# 时光代理人

LINK CLICK

岑银银 —— 编著

江苏凤凰文艺出版社
JIANGSU PHOENIX LITERATURE AND ART PUBLISHING

## 图书在版编目（CIP）数据

时光代理人 / 岑银银编著. -- 南京：江苏凤凰文艺出版社，2024.7（2025.5重印）
ISBN 978-7-5594-7799-6

Ⅰ．①时… Ⅱ．①岑… Ⅲ．①长篇小说－中国－当代 Ⅳ．①I247.5

中国国家版本馆CIP数据核字(2024)第008429号

## 时光代理人

岑银银 编著

| 责任编辑 | 周颖若 |
| 责任印制 | 杨 丹 |
| 特约编辑 | 张诗妍 |
| 封面设计 | Aquavit |
| 出版发行 | 江苏凤凰文艺出版社 |
| | 南京市中央路165号，邮编：210009 |
| 网　　址 | http://www.jswenyi.com |
| 印　　刷 | 河北鹏润印刷有限公司 |
| 开　　本 | 880毫米×1230毫米　1/32 |
| 印　　张 | 8.875 |
| 字　　数 | 264千字 |
| 版　　次 | 2024年7月第1版 |
| 印　　次 | 2025年5月第11次印刷 |
| 书　　号 | ISBN 978-7-5594-7799-6 |
| 定　　价 | 49.80元 |

江苏凤凰文艺版图书凡印刷、装订错误，可向出版社调换，联系电话 025-83280257

# 目录
## CONTENTS

序　章　　　　　　　　　…001

第一章　Emma　　　　　　…003
第二章　秘　　　方　　　…021
第三章　只许输，不准赢　…049
第四章　节　　　点　　　…077
第五章　告　　　别　　　…103
第六章　寻　　　子　　　…125
第七章　桂　　　姨　　　…151

第 八 章　错失的信号　…169
第 九 章　善意的恶果　…189
第 十 章　圈　　套　　…207
第十一章　带着光的人　…223

番外一　比武招亲　…243
番外二　新　　年　…265
番外三　情　　书　…271

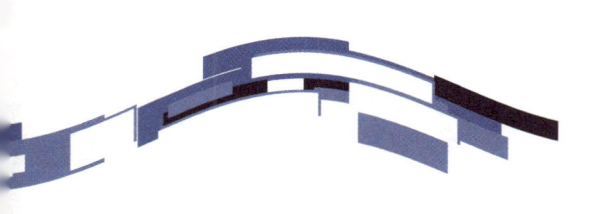

第一，你只有十二个小时。
第二，要完全听从我的指挥，不能做出任何改变。
第三，无论过去，不问将来。

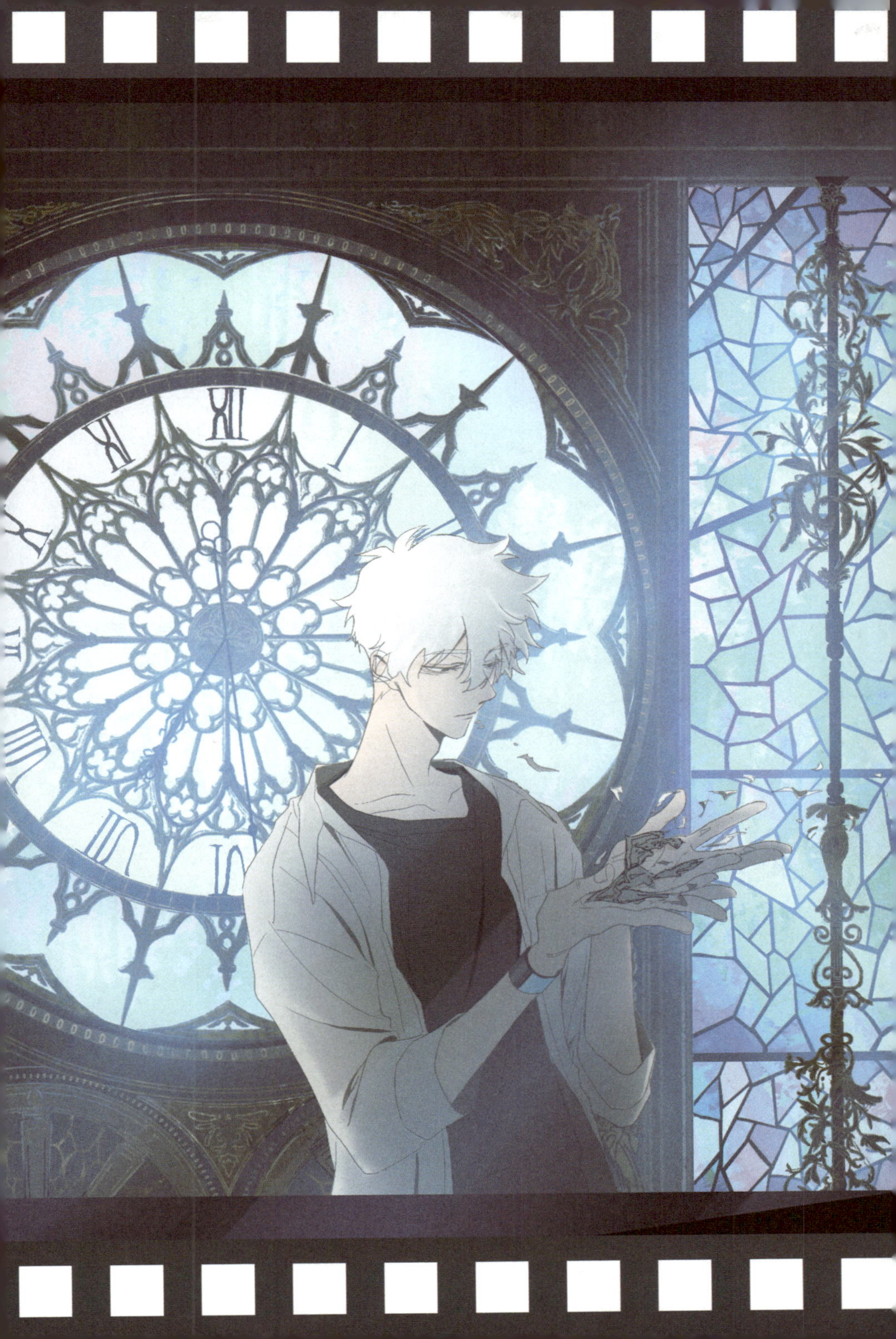

世界安静得仿佛只能听到自己剧烈的心跳声,大片的空白吞噬了一切,变成无边的暗红,将他拖进了未知的深渊……

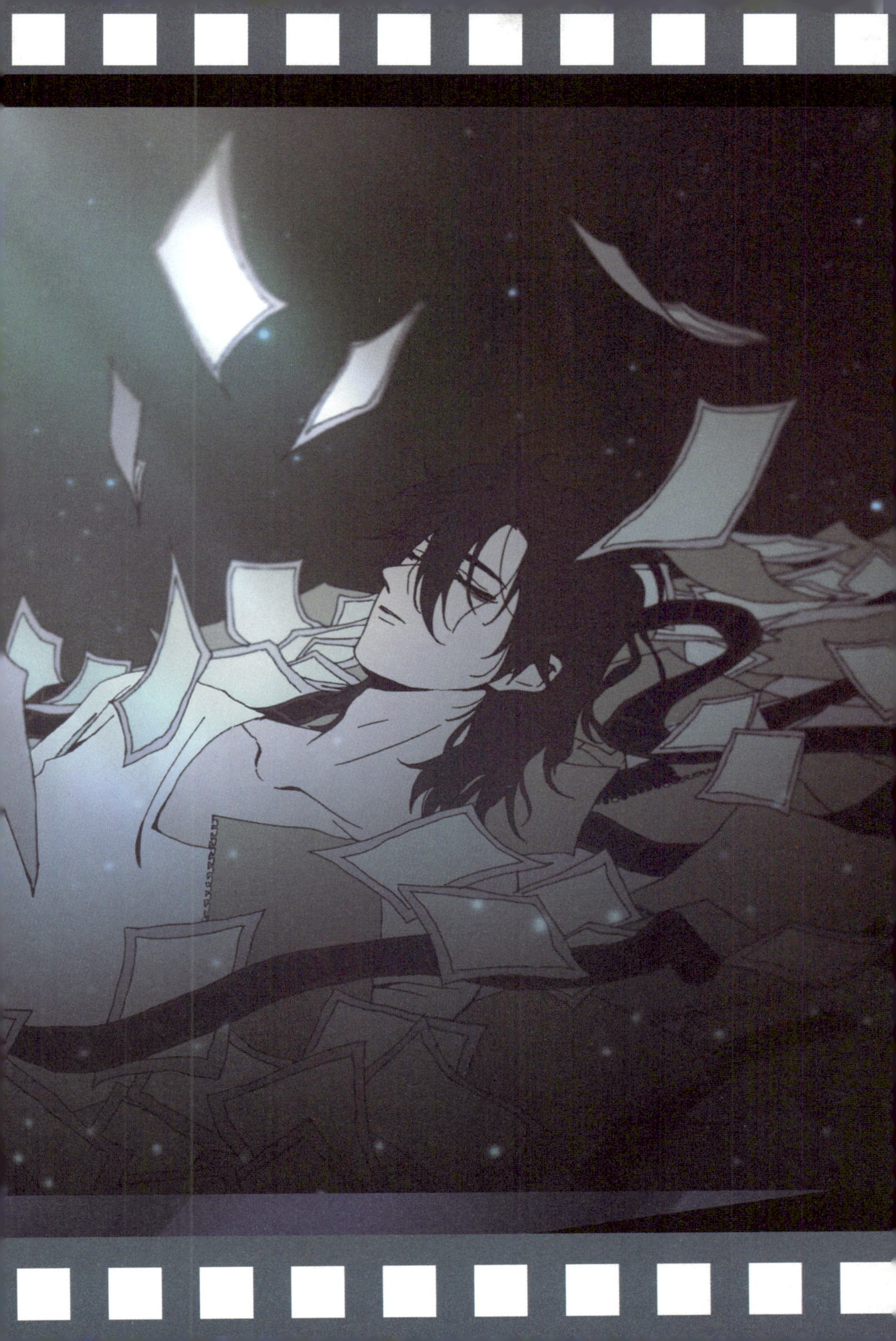

Dive Back In Time

序章

砰——

废弃的大桥上，风呼啸而过，裹挟着凉意侵袭着程小时的身心；如风筝般掉落的身影如同虚幻的魔影，诡异地定格在了半空中。

"我会，如约而至……"冰冷的声音再一次机械地响起，如同惊雷一般在程小时心中炸开，"欢迎你，我的新朋友。"

无数次他从梦中睁开眼睛，努力想要看清楚那道身影，却只能徒劳地挣扎直至醒来。

世界安静得仿佛只能听到自己剧烈的心跳声，大片的空白吞噬了一切，变成无边的暗红，将他拖进了未知的深渊……

# 第一章　Emma

The camera is a fluid way of encountering that other reality.
—— Jerry Uelsmann

摄机是邂逅另一种现实的手段。

——杰里·尤斯曼

盛夏的阳光暖烘烘地洒了一地，大街上几乎看不到什么人。

身材纤瘦的女孩儿风风火火地奔往刷了绿漆的店铺，"砰"的一声拍开了门，嗓音轻快嘹亮："出来接客啦！"

原本冷冷清清的店铺顿时因为这个女孩儿的到来热闹了起来，莫名带着些诙谐意味的迎宾广播机械地紧随其后："老板里面请！"

房间里光线暗淡，布设得倒挺有生活气息。一个身着蓝白棒球服的黑发男孩背靠沙发，正专心致志地打游戏，见人进来眼皮都不抬，语气懒散："包租婆又来吸血喽。"

他手里的操作依旧不紧不慢，然后拖着长腔，声音稍微提高了些："把照片搁柜台上吧。"

"哎，程小时，我可是在帮你还债。"乔苓瞬间火了，气急败坏地喊着对方的名字，果断走上前一把夺过了他的游戏机藏在身后，"你倒好！整天吊儿郎当的！"

名叫程小时的男孩"哎"了一声，从沙发上踉跄而起就要去抢，口中嚷着还给他，而乔苓已经靠在身后的柜台上，把游戏机塞到了背后："就你这德行，等着关门歇业，打包滚蛋吧！"

程小时盯着一脸不爽的包租婆，知道这游戏机要不回来了，哼了一声，嘴里开始耍无赖："我从小跟爸妈在这店里长大，他们回来之前，我哪儿都不会去。"

程小时说完，觉得这话的气势还不够，顺势又补了句孩子式的威胁："你要是敢撵我走，我就原地上吊，看你爸还怎么找新租户。"

乔苓白他一眼："幼稚。"

站在柜台前的白发少年难得开了口："弱智。"

顿时，本要争吵的两人突然熄了火，不约而同地看向柜台那边。

程小时戳了戳乔苓："他，他刚说我啥？"

乔苓瞥了他一眼，没好气地道："说你……"

"弱智"两个字还没说出来，就被陆光打断："乔苓姐，把照片拿来吧。"这声音沉稳而有磁性，一听就让人很安心。

乔苓闻声一扫脸上的阴霾，抛下不成器的程小时，热情似火地奔到陆光面前："好的光光！"

程小时很努力地不让自己笑出声："还光光，奶狗不都叫汪汪吗？"

乔苓毫不犹豫地转身把游戏机"物归原主"，恨不得一巴掌拍在他的脑袋上："你学学人家陆光，年龄比你小，懂事比你早！"

程小时吃了这一击，顿时向后倒去。

"乔苓姐……"陆光试图开口阻止他们再次争吵起来，却不知道该说什么，毕竟劝架不是他擅长的事，好在乔苓没有继续说下去。

"哼，要不是看在你的面子上，我才懒得管他。"女孩儿赌气地扭过头，拿出她的手机摆在桌上。

程小时定睛一看，那是一张雀德游戏公司的财务报告统计图。

"这次任务的委托人希望我们在雀德游戏后天公布第三季度财报之前，拿到他们的核心财务数据。"乔苓神色凝重，"但这份资料被他们的财务总监单独监管，为了避免系统被黑，他也从不在电脑上留底，而是随身携带。"

一旁的程小时正在用力把不幸卡住的游戏机拔出来，嘴上还不忘絮叨两句："时间紧任务重，你就别卖关子了，快说突破口在哪儿吧！"

乔苓淡定地瞥向他："他的助理 Emma 是有机会看到数据的最佳人选。"

陆光沉思几秒，突然道："最近一次和她相关的照片是什么时候拍的？"

乔苓将界面固定在 Emma 朋友圈那张，"喏"了一声，把手机递了过去："这张是 Emma 前天晚上十点发在朋友圈的。"

程小时侧身凑近陆光，盯着手机屏幕，看到第一条分享食物的朋友圈时，感叹一句："嚯，深夜放毒哇！"

乔苓对陆光小声说："你先探探机会，倘若不行，再往前找。只能追溯到上周，只是财报数据可能不是最新的了。"

没人注意到，也就是短短几秒内，陆光的眼睛如扫描仪般迅速浏览着手机上的信息，逐渐变成冰蓝色的瞳孔隐约透射出的寒光利刃般快速浏览着朋友圈里的照片。

那位被称作 Emma 的女孩儿在拍摄这张照片的那段时间里所经历的一切，都像幻灯片一样展现在陆光眼前。

他看到的已经不再是简单的文字图片，而是真实的场景。这些情景在他脑海中快速闪过，伴随着大脑的高速运转，几秒过后，他猛然抬头，紧缩的瞳孔吸走了所有异样的眸色，一切又恢复了正常。

他对上了两束等待的目光。

程小时胳膊肘撑着柜台，见陆光这副反应，顿时直起了身子："有戏？"

陆光看向程小时，沉稳答道："有。"

他顿了一下，与程小时四目相对，又严谨地补充："且仅有一次。"

"第一，你只有十二个小时。"陆光瞥了眼腕表，此时是晚上九点五十七分，离线索照片拍摄时间仅差三分钟。"第二，要完全听从我的指挥，不能做出任何改变。"他侧身看向无动于衷的程小时，嗓音泠泠如水，平淡的语气里藏有难以察觉的不容置喙。

后者用不耐烦的表情表示，这些话他已经听得耳朵都要磨出茧子了。

"第三……"

陆光刚一开口，程小时便叹了口气，顺势架起胳膊，吊儿郎当地往沙发上一靠，懒散接话："无论过去……"

陆光盯着浑身似没骨头的程小时，面不改色地把接下来的话说完："……不问将来。"

程小时坐起身来，朝陆光摆摆手："好啦，知道了知道了，都念叨多少遍了。"

他把左手递给陆光，冲他狡黠一笑："我负责进入照片，你负责给我带路。"

陆光的视线从程小时面带笑意的脸庞转移到那只近在咫尺的手掌。

这只手掌此时已大大方方地摊开，对陆光毫无保留地开放，掌心深处是程小时所有的真诚、坦荡和信任。

陆光眼睫轻眨,同程小时清脆击掌:"出发。"

程小时进入照片成为Emma,她正在用手机拍摄刚刚点的外卖——一份春卷儿,准备发朋友圈晒一下。此时已经是晚上十点,Emma仍在公司加班。

身体突然的变化令程小时感到轻微不适,他下意识地摸了一下脸,准备检查身体其他变化时,被处于现实世界的陆光喝止。

"住手,按我说的做,不要给自己加戏。"

程小时翻着白眼儿没好气地答:"是是是,都听你的。"

在照片里,程小时始终能够保持与陆光的联系。执行任务的过程中,两人分工明确,程小时负责行动,陆光负责指挥。

程小时看着眼前刚开盒的春卷儿,自觉地拿起筷子就要开动:"那我现在是不是该吃完这份春卷儿啊?"

陆光无情制止:"等等。"

程小时动作僵住,手里攥着已经分开的一次性筷子,面色发黑:"吃个外卖还要等什么?"虽然嘴上抱怨,但顿了几秒之后还是把筷子气愤地扔在桌上。

这时,办公室门口传来一个陌生男人的呼唤声:"Emma,来一下。"

程小时没正形地往后一挪,懒散地大声答话:"哦,来了。"

陆光无奈提醒道:"喂,注意你的仪态。"

程小时嘴角抽动,整理了一下情绪,学着女生笑容灿烂地重新应答:"欸,朱总,我这就过来。"

他仿佛想得到认可,还贱兮兮地问陆光:"怎么样,这仪态够不够端正啊?"

陆光的额角滑下一滴不易察觉的汗,叹气扶额,懒得理会发病青年。

只见程小时搔首弄姿地扭着胯朝朱总小步走去,后者察觉到些许古怪,面露疑惑:"怎么了?好像心情不太好。"

程小时讪讪笑几声,随口乱编道:"没事啦,刚才想到个臭男人,突然犯恶心。"

说着,他踩着高跟鞋走得更快了,仿佛真的有什么让他恶心的东西似的。

陆光脸色越发阴沉,语气微怒:"弱智,跟你说了别胡来!一句谎话只能用另一句谎话来掩盖。"

陆光一语成谶,不幸言中。

朱总听了方才程小时的胡编乱造后信以为真,下一秒竟随口问道:"哦,有男朋友了?"

程小时闻言,方才还神采飞扬的笑容顿时僵在脸上,面皮渗出些许冷汗,声音结结巴巴,紧急求助陆光:"那到底是有还是没有啊?"

陆光不耐烦地答"没有",然后催促他:"赶紧把话题绕回正轨。"

于是程小时挤出尴尬又不失礼貌的微笑,乖巧回答朱总:"没有。"然后迅速转移话题,"对了,朱总,找我有什么事吗?"

朱总懒懒地坐靠在办公桌边儿,轻佻道:"刚刚看到你发的朋友圈,别吃外卖了,等会儿我请你吃消夜。"

无事献殷勤,非奸即盗。程小时保持着面上的假笑,直接摆手拒绝:"不不不,不用了。朱总,我今天特意点的春卷儿,你要不……还是早点回家吧。"

男人听到这话,嘴角的笑越发不怀好意:"你一个人在外打拼也不容易,有什么需要,尽管跟我提。"

程小时的冷汗越流越多,勉强维持友善的微笑,心里却早已看穿朱总的真实面目。见对方开始朝自己步步紧逼,他下意识地后撤几步,嘴上艰难打圆场:"哈哈,可以吗?会不会不太好啊?"

油腻男人的身影逐步逼近,渐渐笼罩住暂代 Emma 的程小时。朱总显然上头,只当程小时是在害羞,猥琐着邪笑:"自己人,没什么不好意思的。"

程小时已经被逼退到墙壁,无路可退,尬笑几声,尝试开口:"朱总,能不能……"

话未说完,朱总突然将他压在墙壁上,双手按住他的大臂,开始口无遮拦:"你说说看,要我做什么。"

程小时因为假笑咧开的嘴角不断抽搐,面露惊恐之色,再次求助陆光:"陆光,这是什么情况啊?我都按你要求的做了,他怎么还来劲了?"

陆光双手交握，面不改色地回答："别慌，跟着我说。'朱总，这里是公司'。"

眼看朱总的嘴唇越来越近，程小时整个人快要陷进墙壁里。他现在是女人的身体，完全无法挣脱力胜一筹的朱总，只能在极度扭曲的姿势下尝试劝道："朱总，这里是公司。"

朱总却理由充分地驳回了他的顾虑："我的办公室，可是全公司私密性最好的地方。另外，我的电脑和手机全是加密的，而且我也没什么拍照留念的癖好。"

这个人渣看着无法反抗的Emma，仿佛猎物得手般狞笑道："所以，你大可放心。"

程小时快要撑不住了，质问把他丢进贼船的陆光："姓陆的，你说的有戏不会指的是⋯⋯"

陆光冷静分析后，脸不红气不喘地做出最终指示："为达目的，迎男而上。"

程小时目睹越发逼近自己的恶心嘴唇，内心嘶吼："坑爹啊——"

陆光则继续劝道："如果你做出了改变，就需要用更多改变来弥补。

"那么⋯⋯历史的进程，都会被你打乱。"

程小时挣扎了几秒，最终选择妥协，赴死一般"迎男而上"。关键时候，一阵手机铃声忽然响起，打断了这场令人作呕的潜规则。

陆光当机立断，站起身大声吼道："就是现在，推开他！"

程小时如获大赦，用尽全力推开朱总："对不起啊朱总，我接个电话。"

电话是Emma的母亲打来的，他刻意走得离朱总远些，接通电话心有余悸地感慨："阿姨，您可算是救了我一命。"

电话里传来疑问的声音："哦？我是不是打错了？"

程小时立刻反应过来自己现在的身份，连忙改口："欸欸，妈，妈！"

"欸，是您儿子，别挂呀！呸，是您女儿！"

朱总冷眼看着Emma的背影，一语双关地咬牙切齿："她妈的电话，来得真不是时候。"

程小时又回到了自己的办公桌坐下，以Emma的身份和电话里的母亲交流着。

"我看到你发的朋友圈了,是不是才吃饭啊?"电话里的口音朴实温暖,是妈妈的感觉。

程小时不想让母亲担心,看着已经凉了的春卷儿,连忙反驳:"没有,这是晚饭时拍的照片,我到家了才发的。"

然而妈妈轻易便识破了这个善意的谎言:"胡说,肯定又在加班。"

接着又是家常式的絮叨:"还有,又叫外卖。地沟油、黑心肉,早晚吃出病来。"

程小时拿起筷子夹了一个春卷儿端详,笑着说:"妈,都什么年代了,现在的外卖做得可好了,干净卫生,健康放……心。"

他的声音随着春卷儿里小虫子的蠕动,已经没了底气。

"唉,都是骗你们这些年轻人的,我跟你说。"

程小时的手颤抖片刻,便默默放下了富含蛋白质的春卷儿。

"好了好了,少说两句,让女儿赶紧把工作做完,早点回家。"电话里的声线忽地变成了一个雄浑质朴的男音。Emma 的父亲如很多家庭里的父亲一样,尽管自己也是想孩子想得紧,却仍劝妻子不要过多打扰孩子的生活:"宝宝,我不是给你说过吗,发朋友圈,记得屏蔽你妈,你怎么把我屏蔽了?"

程小时眸里情绪万千:"哦,一不小心,点差了。"

"你妈这个人哪,就是爱瞎操心,眼不见为净。今天的活干不完的话,跟领导打声招呼,咱明天再做。抽时间,给自己找个男朋友啊。"

程小时支吾两声:"爸,我——"

"黑灯瞎火的作妖呢!"不速之客朱总这时来到,程小时一时语塞。因为刚才的"好事"被这通电话打断,这个猥琐男的脸色相当难看:"明天开会的材料,今天一定要写完。"

电话那头仿佛有所察觉,Emma 的父亲立刻说:"好了好了,不说了,挨你们领导批评了吧,你赶紧忙吧,拜拜。"

程小时已经坐在电脑前了,连忙应答:"拜拜。"

朱总出去前又交代一番:"对了,明天早上九点开会前,记得把会议室整理一下。"

程小时带着社畜特有的疲惫拖腔应答:"好的,朱总。"

朱总似乎还不满意,补充道:"临走时记得检查下同事的垃圾分类。"

程小时白眼儿快要翻上天了:"好的,朱总。"

照片外的陆光此时正准备煮泡面当消夜,程小时在朱总离去后长舒一口气:"可算逃过一劫,后面该干什么啊?"

陆光搅拌几下尚冒着热气的面,从容答道:"没听朱总吩咐吗,写材料啊。"屏幕前的程小时双目无神,一脸麻木地接着听对方安慰,"没事,我会一直陪着你、指导你的。"

程小时听到了吸溜面的声响,想到自己在里面加班,姓陆的却在吃消夜,他的心里越发不平衡,手指放在键盘上迟迟不动,浑身气得发抖。

而时空另一端的陆光仿佛有心捉弄他,含着面嘟囔道:"嗯?快开始吧,两点前一定要写完,不然过去会因为你而改变的。"

程小时瞪着冰冷的电脑屏幕,咬牙切齿:"陆光,我恨你——"

陆光意有所指地答道:"可恨的人,并不是我吧。"

随着时间的推进,程小时打字的速度越发加快,空荡荡的办公室里只有啪啪的敲击声,更显静谧。程小时不知道坐了多久,忍不住感慨:"陆光,你说她是不是日复一日过着这样的日子啊?"

为了生存不得不远离亲人独自打拼,不得不迎合上司违背自己,不得不牺牲自己的时间日夜不停地工作,过着这样日日夜夜腐蚀人心的生活。

彼时陆光正在假寐,并没有正面回答:"说好的,无论过去。你该关心的,是明天早上发布财报前的最后一次财务决算会。"

程小时收回思绪:"你是说九点开始的那个?"

陆光轻轻"嗯"了一声:"十点之前,必须拿到数据。最后一个小时,是我们唯一的机会。"

程小时丢完垃圾后,就骑车回到了Emma的住所。Emma这具身体因为一天的拉扯已经极度疲惫,所以回到住所后连灯都没开,直接脱了鞋子躺在床上睡着了。没过多久手机的消息提示音响起,睡眠极浅的程小时瞬间被惊醒,嘟囔道:"大半夜的,谁啊?"

此时的陆光准备休息,见状告诉他:"不用回。"

程小时如释重负,迷糊道:"太好了……"他的眼皮发沉,再度进入睡眠。

他做了个梦,梦里有一个守着饭桌的可爱小女孩,母亲为她做了热气腾腾的春卷儿,她着急品尝却被烫到,父亲就在旁边捏起一块为她轻轻吹凉,用熟悉淳朴的口音告诫她:"做人啊,不能太心急,有时候就得等一等、忍一忍哪。"

小女孩懵懂地接过父亲吹凉的春卷儿,天真地问:"爸,你怎么就不怕烫?"

父亲答道:"我皮糙肉厚,不碍事。"

母亲却打趣嘴硬的父亲:"装,继续装。"母亲看向小女孩儿,嘴边笑容不减,"你爹为了你这块儿心头肉哇,刀山火海都敢过,看看,都烫红了。"

说着,她拿起丈夫烫红的手,轻轻吹了几下。

父亲有些不好意思,笑着抽回手继续嘴硬:"哎呀,好了,别整你们女人家那一套,我一大老爷们儿,害不害臊哇。去去去,快点儿,给我拿点白的。"

母亲:"有手有脚自己拿去,我还差一锅汤没有熬完呢。"

两人说着便起身,各自走向不同的方向做事。而饭桌前的小女孩已然变成了幼年的程小时,他专心地吃着美味的春卷儿,没有留意到父母的离去。等回过神来,他才缓缓站起身,望着旁边空荡荡的座位和空旷的房间,开始面露惊恐地呼唤:"爸,妈。"

然而他看到的只有漆黑的一切,没有任何回应。

餐桌上昏黄的灯光忽地熄灭,一切都陷入了黑暗。巨大的孤独和不安向他袭来,年幼的程小时眼中泪光闪烁,眼泪不受控制地落下来。

巨大的悲伤浪潮般搅动了程小时的梦境,他缓缓从梦中醒来睁开双眼。陆光此时还没有休息,感知到程小时的苏醒,柔声问道:"醒了?"

程小时恍惚地告诉他:"我梦到了吃春卷儿,和爸妈。"

陆光枕着胳膊,说:"还惦记呢?"

程小时低声道:"惦记他们的不光是我吧。"

陆光沉默几秒,斟酌了一下缓缓开口:"当你成为她,同样会继承她的一些情感和记忆。"

程小时的面色略显忧伤，问："那他们还会回来吗？"

面对这个问题，陆光缄默了。

程小时等了片刻，知道不会等到想要的答案了，落寞地翻了个身。

此时夜幕沉静，月色如水，虽然身处两个世界，但此刻他们仿佛只有一墙之隔。透过那堵半虚半实的墙壁，陆光似乎看到了程小时单薄的脊背，下意识伸手去触摸。有那么一瞬，墙壁像消失了一般，陆光柔软冰凉的手掌轻轻落在了程小时的肩上，作为一种无言的安抚，默默守护着这个忧伤的少年："好了，快睡吧。"

程小时的声音有些沙哑："嗯，你也是。"

陆光轻叹一声，翻过身去，沐浴着月光而眠。而才道了晚安的程小时缓缓睁眼，视线落在黑屏的手机上，最终没能按捺住情感，拿起手机翻阅未读消息。

手机屏幕投射出的光亮在极端的黑暗里很刺眼，里面的文字却饱含情感。

"闺女呀，到家了吧？听你爹说因为刚才打电话，让你挨领导批评了，妈妈给你说声对不起。但一想到你吃不饱睡不好，我跟你爹心里呀就特别堵得慌，谁让你是我们的心头肉呢！"

不知道是因为体内有属于Emma的情感还是想到了自己，他终于再也忍不住，紧攥着手机，一滴一滴的眼泪无声滑落，在程小时的心上砸出一个又一个滚烫的涟漪。

第二天一早，程小时就在会议室里准备着会前工作。会议于九点开始，此时陆光正坐在照相馆客厅里吃早饭。感应到程小时井井有条的工作步骤，他饮了口咖啡，平淡地表扬了一句："干得不错！"

然后咬了口面包，继续道："还挺入戏。"

程小时坐下打开电脑，没好气儿地说一句："滚，还不是为了还清欠包租婆的债，不然谁愿意干这倒霉活。"

"倒霉活？"会议室的大门冷不丁地被打开，朱总没有感情的声音令程小时一个激灵站起身来，连忙撑起笑脸准备赔不是。

"你不想干，有的是人想干。"朱总板着一张比鞋还臭的脸，身后陆续进来几位高管，各自带着会议资料入座。

程小时弯腰觑着朱总的脸色笑着解释："欸，朱总，不是说工作啦，是家里的喷头又坏了，折腾了我一上午。"

说着，他端起茶壶就要给朱总沏茶。

朱总看都没有看她，径直入座，打开笔记本，嘴上继续高姿态地数落："努力表现，少说闲话，这样才能早日变成凤凰，飞出你那麻雀窝。"

程小时压抑着内心的怒火，虽然眼神如刀，但最终还是收了回去，勉强在脸上堆起笑容。

朱总拿起一份材料，宣布："好了，开会。"

会议持续进行，程小时渐渐失去耐心，小声询问正在现实世界安静阅读的陆光："喂，陆光，什么时候动手？"

陆光手捧着书，不疾不徐地答道："急什么，还有人没到呢。"

程小时就坐在朱总旁边，却始终没能得到任何关键数据，只能用余光盯紧他，尝试寻找其他合适的下手机会。

程小时忍不住向陆光吐槽："这家伙也太贼了，屏幕贴了防窥膜，什么都看不到。"

陆光挺直脊背，表情淡然，翻书时的动作优雅从容，仿佛天生带有让人心静的魔力："做人不可以太心急，有时候就得等一等、忍一忍。"

在梦里，好像也有人对程小时说了这么句话。

可惜程小时和陆光性格迥异，这样的话语没能让他心静，反而越发着急："那你告诉我还要等多久。"

陆光语气坚定，残忍拒绝："剧透可耻。"

程小时闻言急得快要把键盘敲出洞了，引得旁边的人对他投以疑惑的目光。忽然陆光合上书坐直身子，看了一眼手表，果断指示："就是现在。"

程小时猛然睁大眼睛，显然还没反应过来。

"快碰翻他的杯子！"陆光话音刚落，程小时立刻会意，视线落在朱总电脑旁的杯子上。而正在查看资料的朱总显然注意到了他的古怪变化，下意识脱口而出："你……"

"哎哟！"程小时没有给朱总任何反应时间，直接姿态浮夸地伸手拍翻目标茶杯，尚在冒着热气的茶水一滴不剩地全洒在了朱总的大腿上。

顺利得手并报了仇的程小时脸上尽显得意之色，陆光催促："还愣着干什么，快去，帮他擦裤子。"

程小时收起喜色，赶忙装殷勤起身嚷道："朱总，我来帮您擦。"他拿着纸巾在朱总身旁蹲下，面上笑里藏刀，擦拭力道极其凶狠。

朱总猛地吃痛，疼得咧嘴："哎哟，别别别……我自己来！"

程小时闻言收回了手，还没来得及站起身，会议室外一个打扮时髦的女人便匆匆赶到，带着怒气推开玻璃门："好哇，被我抓个正着！"

现实世界的陆光抬手看表，低声说道："人齐了。"

整个会议室的人不约而同地看向这个陌生来客，面露诧异。只见女人满面怒气地叉起了腰，在看清 Emma 的脸后，愈显恼火，直接踩着高跟鞋大步走进屋来："怪不得天天说加班，原来是有个小妖精在这儿伺候着呢！"

朱总做贼心虚，连忙扶着座椅把手起身，向愤怒的妻子解释："你怎么来了？哎哟，误会了，她是我助理。"

"滚蛋！"女人直接推开欲要继续狡辩的朱总，显然不想再听，双眼冒火地走到程小时跟前大声训斥，"你这助理的工作范围也太广泛了吧！正开着会呢，手往哪儿伸呢？"

会议桌上，一个始终缄默的金发女人此时和朱总对了个眼神，暗示他多说几句，拿 Emma 当替罪羊。

朱总脸上的茫然顿时消散，微不可察地点头，然后对妻子说："是她老缠着我！"

程小时正要对女人解释，听到这话眉毛疑惑地挑了一下，下一秒愤怒地伸着脖子就要反驳："我！"

与此同时，陆光提醒他："听我的。"

女人叉腰叫嚷："你刚才说什么？"

程小时的气焰顿时浇灭，只好低眉顺眼地对着女人，口中嗫嚅："我才没……"

"有"字还没完全说出口，他的脸颊处便是一声脆响，火辣辣地疼。

程小时顿时呆在原地。

女人扇了他一巴掌，随后展开言语上的羞辱："你这种外地来的我见多了，想傍个男人坐享其成，家里爸妈没文化，就别把这种野丫头放出来祸害人了。"

女人意犹未尽，冷笑一声，口中继续辱骂着。

程小时仍保持着被扇后的姿势，双眼因为惊怒而微微扩大，女人的羞辱如针一样刺入他的耳膜，他的脑海里幻灯片似的播放着属于 Emma 和父母的记忆片段：父亲为她吹凉发烫的春卷儿，手机里父母永不停止的问候与关爱。他攥成拳头的手持续颤抖，几乎快要暴起。

陆光急忙喊他："程小时，程小时，别干傻事！"

程小时即刻看向女人，目光凶狠，几乎要将其生吞活剥。

陆光猛然站起，企图唤醒程小时的理智："想想我们约定好的三项法则。"

程小时的眼神逐渐恢复清明，攥着拳头一步一顿地走向女人。陆光曾告诫他的三项法则在他的耳畔回响，他如凶兽般死死盯着倨傲的女人，仿佛下一秒就要咬断她的喉管。

女人见他表情阴狠，没有怯场，反而更加恼火："欸，你还敢瞪我！"语罢再次挥手就要开打。

在第二个耳光落下的一秒里，为了任务的顺利进行，程小时咽下所有委屈，泄气似的垂下眼睑，眸里含泪，最终低眉顺眼地接下了这个耳光，之后身体倒向办公桌，连带着朱总的电脑一并摔落在地。

朱总无暇顾及电脑，连忙觍着脸劝妻子："好了好了。"

程小时头发散乱，无力瘫坐在地板上，仿佛在低头忏悔自己的过错，殊不知，他闪着暗淡金光的眼睛如扫描器般锁定着朱总电脑屏幕上的关键数据，只消片刻，陆光便在手机上记录下了程小时看到的所有数据。

"数据我都记下了……"

挂表的指针准确地指在了数字 10 上，他把手机塞进兜里，音色沉稳："委——托——完——成。"

"昨日，雀德游戏因财报数据作假而遭停牌，涉案人朱某和胡某已被警方批捕。"

新闻节目里,女主持人吐字清晰,流畅地播报着大众感兴趣的社会新闻,凝重的表情显示出此事件的恶劣程度,电视里还播放了警方逮捕涉案人的录像。

此时夜色正好,客厅里没有开灯,光线昏暗。程小时和陆光中间隔了些距离,占着沙发的两头相对无言。

过了良久,陆光忽然开口问道:"你还在生我的气吗?"

程小时闻言瞥他一眼,然后往后一靠枕起胳膊,倒也不打算继续僵持:"还好罪有应得,大快人心。"

他的视线转向窗子,目光所及是深邃的天幕与碎星。

"你说如果我真的做了什么,一切都会因此而改变吗?"

陆光借着月色,用余光描画着程小时的侧脸。后者并没有注意到陆光的眼神,仍然仰头看天,略显瘦削的下颌线浸在薄如蝉翼的月光里,淡化了些许锋利,一如他的神情般,异常柔和。

每个人白天或许都有着不一样的生活轨迹,遭逢着并不等同的喜怒哀乐,但总能在夜晚披上同一片月色,欣赏属于所有人的浩瀚星幕。

Emma 如以前无数个夜晚那样,依旧骑着单车从公司奔往公寓,但不同于以往的是,明天的她无法再沿着这条熟悉的路去往公司。她在这座陌生的城市四处碰壁,如今公司被封,她因曾是朱总的助理,从此以后将无法摆脱这个致命的职业污点,注定无法再在本行业工作。梦想在这样安静的夜晚悄无声息地夭折,她悲难自抑,不住啜泣。

住所终归不是家,是她在陌生城市的歇脚之地,只能使她免于风吹雨打,却不能抚慰她这颗被现实摧残得疲惫无比的心。

灯亮起来,门被关上,下一秒,Emma 的身体就如同泄了气的皮球,再也走不动路。她扶着玄关的柜子瘫在地上,眼泪汹涌而下。

房间里的光线并不均匀,此时整个屋子只有玄关是明亮的,内部昏暗。她不经意地往里屋一瞥,便察觉到了异状,踉跄起身走进去。开灯,温暖的灯光簌簌铺落,最终聚焦于一盘摆在桌上尚热的春卷儿。

Emma愣了一秒，用指尖轻触，感受到了来自家庭的温度。她迅速摸出手机，看到了昨夜辗转难眠之际，她给父母发的消息："爸，妈，我想你们了。"

眼泪再次决堤，在冰凉的屏幕上滑落，形成一道道水痕。

那晚，和Emma共感的程小时终究没能按捺住情感，替Emma对她深爱的人说了最想说的话；而深爱她的人在她不知道的时候已经造访，却在只留下了一盘代表亲情的春卷儿后悄然离开。

与此同时，照相馆里的陆光仿佛觉察到了什么，看着程小时，问："你不会真做了什么傻事吧？"

而程小时依旧凝望着那片璀璨星河，终究没作回答。

火车站外，繁华都市的车辆川流不息，呼啸而过；火车站里，念女心切的年迈父母正在等待班次，准备返程。他们为了不打扰女儿，决定连夜离开，面容尽显惆怅。

一阵电话铃声突然响起，略显老态的母亲连忙掏出手机接听："喂？"

"妈！"此时的Emma在夜色里不顾一切地狂奔，声音因剧烈的运动而颤抖，最终被揉碎在温和的夜风里。

母亲急忙问："闺女呀，你怎么哭了？"

父亲"哎呀"了一声，急了，开始数落妻子："我和你说别来添乱，你肯定又给宝宝惹麻烦了！"

然后他凑在妻子身旁，对着手机说："宝宝，你妈知道你想她了，激动的哟，偏要炸个春卷儿偷偷给你送过来，后来又说这天凉了，要给你加床被褥，还要带厚的棉衣棉裤。我说城市里啥都有卖呀，她偏说自己缝的最暖和。你看看，觉得太土了就放家里穿，实在不喜欢，不要就不要了。"

Emma已经跑进了一个车站点，此时距离父母只差一段车程。她不敢停下，喉咙仍带着些许哭腔："要，我都要！你们能不能别走？"

父亲察觉到女儿声音的变化："俺们这不是怕耽误你工作吗。怎么了宝宝，是谁欺负你了？"

Emma急忙说："你们在火车站别动，我这就过去！"

她太着急，以至于没有仔细看路，话音刚落就撞到了一个路人。

Emma 明显受到惊吓，连忙道歉："对不起！"

被撞到的男人身材高挑，穿着黑色的运动服，被棒球帽遮住了眼睛。只见他和善一笑，拍了拍衣服，道："没事儿。刚刚听你说着急去火车站，我开车可以顺路捎上你。"

说着，他指了一下自己停车的方向。

Emma 神色犹豫，陷入了短暂的思考。

与此同时，照相馆里与她分享着同一片星幕的程小时忽然开口，仿佛在自言自语："我还真想知道……她现在过得好不好。"

陆光听到程小时的自言自语，略显不悦，盯着程小时，不容置喙地重申："我说过，不问将来。"

程小时又回到了原先那副吊儿郎当的姿态，轻叹口气，语气轻松地敷衍过去："欸，不问不问。"然后胳膊一收，坐直了身，看了眼一脸严肃的陆光，站起来活动筋骨，"开个玩笑，这么认真干吗呀！"

"老板里面请——"熟悉的接客信号响起，乔苓清脆的声音打断了两人的对峙，"喂，出来接客啦！"

"欸——恭迎包租婆驾到！"程小时走出客厅，方才那些顾虑已然被他抛到九霄云外了，"这么快就有新委托呀？你接活也得挑挑拣拣，别什么破烂都揽，啊！"

乔苓懒得搭理程小时："就你废话多，陆光呢？"

陆光没有跟着出去，只是心事重重地看着程小时的背影，手机里继续播放着每日新闻：

"接下来是社会时事。昨晚在城郊河内发现一具女尸，据警方调查，死者生前在雀德游戏担任财务相关工作，目前不排除因工作失利而选择投河的可能，本台会对后续侦查情况作追踪报道。"

陆光盯着手机屏幕里面孔熟悉的死者照片，白底证件照上微笑的女人正是程小时共感过的 Emma。

然后他并没有展现太过惊讶的表情，只是关掉手机朝客厅的乔苓走去："欸，来了。"

## 第二章 秘方

The portrait is your mirror. It's you.

底片就是你的镜子。它就是你。

—— August Sander

——奥古斯特·桑德

阳光带着温度渗进窗子，给一切实物裹上浆糖般的颜色，伴随着窗外偶然飘来的汽笛声，为室内平添一种岁月静好的闲淡惬适。

乔苓一如往常风风火火地跑进店里，喊两个才休息不久的员工出来接客。

"这还没有一天，包租婆拿我们当牲口使吗？"

程小时作为被压榨方，心里抱怨几句，然而想到遥遥无期的债务，只得恋恋不舍地从沙发上起身。

陆光因为看了下新闻，比程小时略慢了些到。

等人到齐了，乔苓将一份密封的资料扔在桌上，开始向两个睡眠不足的打工仔介绍下一个任务："喏，这次的委托任务是弄到一种特殊的调味配方。"

坐得离桌近的程小时伸手摸到文件包，一边听乔苓说话，一边小心翼翼地掏出包里的东西。

"照片里的两个人原本共同经营一家连锁面馆，一个负责前台管理，一个负责后面厨房……"

随着乔苓的语速逐渐加快，程小时缓缓掏出一沓照片，粗略浏览了一番。

哦，好像很多都是这两个人的合影。他从中随便抽出一张，捏在手里细细端详。

乔苓看到程小时难得认真地进入工作状态，没打断他，继续业务娴熟地介绍："两人合伙超过十年，一直都很默契，所以招牌汤面的调味秘方一直由她保管。"

说到这里，她不由自主地想到那位女士委托时的场景。

那是个穿着时髦体面的女士，精致的外表包装下透露出独属于商人的精明能干。

那天她戴着一副墨镜，虽然看不到眼睛，但能看到她那双精致的柳叶眉始终紧锁，这便足以让人猜想到她的整个五官神态该是多么严肃持重。

彼时的乔苓聆听完女士的经历后略显疑惑，温柔的大眼睛显现茫然，轻声问道："连您她也保密吗？"

女老板听了这话面无表情，忽然凑近乔苓，姿态莫名有点紧绷，仿佛她接下来说的是什么重大秘密，平淡的嗓音里带着些许不易察觉的鄙夷："是我太天真，从没想过有一天她会背叛我，另立山头。"

乔苓的思绪重新回到照相馆，接上刚才的话："所以她才这么着急忙慌地想要夺回秘方。"

乔苓传达完任务，一如既往地叉腰问："好了，还有什么问题吗？"

程小时抬头，直接马屁一拍到底，很是捧场地给老板比画一个大拇指："没了，解释得很到位。"接着，他看向一旁正靠着架子调试照相机的陆光，"陆光，你有什么要问的吗？"

陆光听见有人喊自己头也不抬，依旧我行我素地摆弄相机。正午灼热的光线经窗子过滤，只留下薄薄的一层，不偏不倚地覆落在他的周身，衬得他的轮廓线条柔和中透露出一丝暖意，让人一时间有点儿挪不开眼。

陆光手头动作不停，游刃有余地思索片刻，开口只淡淡问道："这两个人叫什么？"然后看向乔苓，等待解答。

乔苓如梦初醒般地"哦"了一声，连忙答道："予夏，林贞。"

经过仔细观察，他们辨认出林贞是照片上那个长相柔美的黑发女人，而另一个金发美女予夏则是此次任务的委托者。

客厅的沙发永远是默认的员工工作地点，陆光和程小时在出发前一坐一躺，无不在绞尽脑汁分析照片。

程小时最是懒散，每每一挨沙发就活似没骨头，不是瘫着就是躺着，从来都是坐没坐相。这会儿他躺在陆光身侧，一双大长腿搭在沙发把手上，半截小腿还在半空中晃荡，看似悠闲地枕着胳膊研究照片，内心却逐渐陷入沉思。好像每张照片都能出现关键人物，但仅从每张特定的情景来看，几乎没有哪张存在明显线索。这么多照片，难不成要一张一张试？

程小时想到这里就一阵腰酸背疼，好像做任务的劳累提前窜到他身上似的。有模有样地看了一会儿，他最终得出结论："照片不少，线索难找。"

陆光知道他嘴里吐不出什么象牙，接上他的话说："机会不多，只能走一步看一步了。"然后把手里的一沓照片递给程小时。

程小时的身体明显僵了一下，这不就是让他一张一张试吗！

他撑着手坐立起来，无奈接过照片再次翻看。有的照片拍摄较早，上面的两个女人都还年轻，称得上俏丽佳人，同时也不难猜出二人的交情确实不浅。

看着这些照片上笑容如此真挚的两位女性，再回忆起乔苓的介绍，程小时心里五味杂陈，忍不住感慨："你说说，这么多年的合伙人，怎么就割袍断义了呢？"他扭头面向陆光，试图征求对方的看法，"是不是太可惜了？"

陆光并没有回应，只是轻声叹了口气，侧颜染上了层不易察觉的遗憾之色，可嘴上还是冷冷道："办事就好，来龙去脉不用你操心。"

程小时被泼了盆不算太凉的水，也没什么反应，毕竟姓陆的永远都是这种事不关己的冷漠姿态，习惯就好。

他转过头继续若有所思地翻看这些图像材料，没一会儿，像是又想到了什么，没头没尾地问道："哎，对了，万一我们俩哪天一言不合，是不是也会分崩离析呀？"

听到程小时这话，陆光坐在沙发上一言不发，像是浑不在意。

然而说者无意，听者有心。没人知道，他的脑海里瞬间涌进了许许多多的记忆，它们像幻灯片一样在自己眼前依次播放：手机里的死亡报道、新闻里白底的死者照片……

陆光明白，程小时这么问不是完全没有道理的。

每一次执行任务的过程中，他们两人总会或多或少地产生分歧，而这些分歧可大可小，可多可少。他们目前还没有真正大动干戈地吵起来，没有出现信任危机而分道扬镳，但不代表永远不会。

不过是因为先前较为幸运，遇到的分歧都是较小较少的，经过短暂的商讨最终都能达成共识。可必须明确的是，程小时不是被陆光完全掌控的个体，陆光最多只是程小时的指导者，他能给程小时提供方法，却不能限制程小时的思想。

毕竟他们二人在本质上还是区别很大的。就内在而言，程小时热忱莽撞，总是情感至上；陆光则冷静克制，永远清醒理性。

如果有那么一天，他们真的遇到了涉及原则性价值观的分歧，且无人能做到妥协，没有人愿意后退一步海阔天空，那么他们的感情难保不会就此碎裂，最终分崩离析。

就像照片上这对曾经的好姐妹，因为种种误会分歧，多年的情谊最终还是付之一炬，所有同甘共苦的经历就这样不作数了。

Emma 的死亡就是在给他们敲响警钟。陆光知道这是程小时无法改变的结局，但他又不忍把这样残酷的事实告知对方。

陆光就这样看着程小时，心忽然揪起来。

然而，对于程小时这种神经大条的二五仔而言，这话真的只是他随口一问。他显然不知道陆光的内心世界如此丰富，只是看到这人格外沉默，便想了个点子缓和一下气氛。

只见他跟个幼稚的小孩儿一样，口中念念有词，一番装腔作势的运功后开始挥拳，朝心不在焉的陆光大声叫嚷："哼哼，如果你胆敢背着我搞些阴谋诡计……"

陆光被他这番操作强行拉回了思绪，看了眼手表，无情打断他的施法："时间差不多了。"

但程小时显然意犹未尽，不甘心无功而返，立马翻身下了沙发佯装要揍陆光，伸出的拳头带着一阵细微的风凑了上去，然后虚虚挤着陆光的脸颊，见对方没有立刻推开他，蹬鼻子上脸道："我就打花你这张小白脸——"

陆光一脸麻木，冷漠弹开程小时的柔情铁拳。而这个中二青年戏精上头，还在鬼叫，并且作势又要扑过来："看我庐山升龙霸！"

他接着运功再次伸拳，在快挨到陆光时被对方的手掌抵住。

程小时一脸疑惑，他是不是在做梦？陆光这个冰块竟然在陪自己胡闹！

陆光的确难得陪他幼稚一回，一双清澈的眸子盯着程小时略显惊讶的脸,格外认真道:"你出拳,我出布。"然后从善如流地收回眼神,"你输了。"

程小时眨了眨眼,忽然开怀大笑:"哎,原来你比我还幼稚。"

那点不愉快就在两个人的嬉闹中烟消云散。程小时也调整好了心情,准备干正事了。

程小时像往常一样朝陆光露出满载信任的掌心,轻声道:"准备。"

陆光也像之前任何一次出任务一样同他响亮击掌。

程小时的眼眸闪烁出璀璨金光,只一瞬,便没了踪迹:"出发。"

进入照片的程小时开始共感予夏,此时的她正在和黑发美女林贞合照。她看到前方的摄像装备,立马警觉起来,相机里的照片应该会有线索:"林贞,别动,先让我看看这新的夜间模式拍没拍清楚。"

程小时喊住了欲要查看照片的林贞,独自走向摄影架,俯身贴着相机查看。

此时店里刚打烊,屋里灯光忽明忽灭,她们在寂寥的店门口拍完了照。林贞显然有些疲倦,伸了个懒腰,道:"都忙活一天了,你怎么还这么生龙活虎的?"

程小时微微站起了身:"今天是开张第一天,就像新婚第一晚……"

他说着话,目光依旧粘在显示屏上,不断翻看这台相机过去的拍摄记录:"以后每年都要在此地留个影。"

陆光立马提醒道:"你翻翻之前的照片里有没有线索,赶紧。"

程小时早就在翻了。一张张照片轮转放映,里面尽是一些年轻的面孔和一些特定的热闹情景,并不存在带有明显线索信息的照片。

没有。

这张不是。

下一张。

程小时开始着急,还在尝试寻找,此时林贞喊他:"予夏,别纠结了……"

程小时闻言紧张抬头,再次不甘心地低头继续按着按钮,睁大眼睛找寻。

"就先这么着吧,店里还有一堆事儿没收拾呢。"林贞先行进屋,直接关了店牌的灯光，催促着还在纠结照片的好友。

算了，找不到。程小时只好暂且收手，进屋和林贞一起收拾。

由于是开业第一天，白日里客流量较多，事务繁杂，打烊后室内更是一片狼藉。

予夏、林贞二人忙了很久才收拾完杂活，最后不约而同地筋疲力尽地趴在干净无尘的餐桌上，很是劳累。

店里较为昏暗，只有两人正上方的灯微弱闪烁，寂寥的空气中裹挟些许闲静，而此时此分这份安闲的静谧独属于劳动者。

忙活完店内的所有事务后，与予夏共感的程小时浑身散架般瘫在桌上，腰已经无法直立，脸几乎快贴在桌壁上，一番长吁短叹：" 哎呀，可算忙完了。"

程小时无力趴着，内心悻悻地。他每次进照片，跟着关键人物又是加班又是干活，牲口也不带这样使唤的呀！

此时的林贞双臂交叠靠在桌上，虽然没有程小时动作浮夸，但眉眼间也略显困倦。

尽管身体疲累，她还是神情温柔地看着快蔫儿了的友人，语调轻快地打趣道："喂，我说，就算结婚也没这么累吧？"

程小时直接不假思索地脱口而出："要比这还累，老娘这辈子都不结了！"说着，他还直起右手做出"拒绝"的姿势。

林贞轻轻笑了一声，想到了什么，然后眼眸含笑，继续道："你刚说今晚是新婚，那现在岂不该……"

她忽然坐直身子，轻轻用温热的掌心罩住了对方略微冰凉的手背。

程小时惊呆了，怎么还带这样的？

一种温暖异样的触感突袭四肢百骸，程小时顿时被吓得清醒，直接忘了疲累，大声喊叫着从餐桌蹦到地上，还做出一副滑稽的烈女姿态，声音结结巴巴："跟你开玩笑的，怎，怎么还动起手来了！"

程小时惊魂甫定，背对着眼中玩味的林贞，意识到自己反应可能过大，不由得略感尴尬。

林贞则姿态轻松地托颊而坐，像是在反复品味眼前女人的窘态，眼里温柔不减，温声道："你以前在宿舍看完鬼片，可没少挤在我床上睡。"

程小时不知道两人还有这层经历，消化了几秒，然后不好意思地揉揉脑袋，干笑几声也没答话，心想：她们俩原来还是一个寝室的同学呢，怪不得曾经一度感情甚笃。

这时林贞起身，开始走向厨房："不逗你啦。招待了一天顾客，也该伺候伺候自己了。"

程小时转身盯着林贞步伐轻盈的背影，表情显露出些许茫然，不是说累坏了吗？

陆光忽然出声打断他的走神："发什么呆，赶紧进厨房看看。"

程小时会意。只要在林贞下厨时盯紧她，就能看到那味关键的材料是什么了。

厨房里的锅正咕嘟咕嘟地煮着面，不断冒出白色的蒸汽，不一会儿便伴着四溢的香气包拢住整个空间。

林贞刀法颇为娴熟，三下五除二便切好了菜，接着把菜倒进面里，撒了些调味品，一系列行云流水的动作后，便开始用筷子缓缓搅拌。

一旁的程小时一言不发，靠墙而立，自始至终都盯紧了林贞下在面里的材料，一副若有所思的样态。

都是些寻常的菜和调料，没什么特别的呀。

他看了半天也没看出什么名堂，对陆光小声抱怨道："哪有什么秘方，这不就是一锅乱炖吗？"

陆光耐心道："马上就有了。"

只见这时，正在优雅煮面的林贞忽然想到了什么，转身就打开冰箱门拿东西，程小时内心顿时警铃大作。

有了！

应该就是这个了！

他目不转睛地盯着她从冰箱里掏出来的一盒材料，还晃了晃，更加确认了自己的猜想：原来在那儿。

林贞打开盒盖儿，又是磕磕晃晃几下，然后倒在手里一些碎末。

程小时尝试开口，故意问道："林贞，你拿的是什么呀？"

林贞只当他在开玩笑,音色略显不悦:"明知故问。"然后着手把材料一点一点撒进即将出锅的面里。

程小时心想:"装傻,果然有心机。"

"那个……"他开口想再问,却被门外一阵激烈的敲门声打断。

程小时十分无奈,怎么关键时刻老是蹦出来不合时宜的插曲!

"有人吗?出来接货。"店外一片漆黑,一位送货员颇不耐烦地敲着门,见没有人回应,语气越发急躁,"人呢?这儿不能停车啊,快开门!"

程小时见时间紧迫,也顾不上斟酌语句,直接再次开口询问:"那个到底是……"

"喂,没人我把货拉走了啊!"门外男送货员的声音再次盖住了他的声音。

程小时皱着眉望向窗外,林贞一边搅和着面,一边催促程小时:"戳那儿干吗,去开门哪。"

可恶。

程小时有点手足无措,不知是去还是不去。这时陆光感应到他的茫然,发话:"去吧,如果货没到,后面的一切就都会改变。"

程小时又忍不住看了一眼林贞的手。她取完材料没有来得及洗,那只素白的手上仍沾着些许暗色的粉末物质,想必就是研磨后的秘方了。

"真没人是吧?那我走了。"门外男人的声音迅速拉回了他的思绪。

陆光也催促他:"快去啊。"

程小时表情凝重地收回视线,转身就走:"来了来了。"

而林贞仍在小火烹煮着食物,脸上尽是自由烹饪的舒适惬意,程小时心事重重地开了门。送货的男人本欲走了,听见门开的声音忍不住絮叨:"哎哟,有人不开门……"

男人一转头看见是予夏,忍不住走上前说教几句:"哟,原来是女老板哪。小姑娘就找个好人嫁了得了,开店这么辛苦,省省力气吧,啊。"

程小时本就心情郁闷,正蹲着查看货物,听到这话立刻就恼火了,马上起身面露愠色地反驳:"女人怎么了?女人有手有脚有头脑!"

说着,他还狠狠跺地走上前几步。这股凶悍的气势顿时把送货员吓得接连后退，惊恐地看着眼前这个怒气中烧的漂亮女人。

"这些货，是个男人就给我搬进去。你是不是？"

男人不敢拒绝，怯怯答道："是，是。"

清点安排好货物后，面也已经煮好被端上餐桌。这碗面热气腾腾，卖相颇佳。程小时顿时忘却了方才的烦恼，视线仿佛粘上去了似的移不开眼。而煮面的林贞此时坐在他对面，神色温和地望着他，柔声道："材料该用的都用完了，凑合做了一碗，快吃吧。"

程小时抬头，问："那你呢？"

林贞托着脸颊冲他微微笑了一下，姿态惬意，眼里的温柔快要溢出来了："我的乐趣就是欣赏你吃面时的幸福表情。"

程小时呆呆地眨了几下眼睛，心想她看起来好像并没有那么坏嘛。

陆光看着手里的照片，否决他的想法："不要妄下判断，人是会变的。"

程小时听了后没说什么，"嗯"了一声，递给对面的林贞一双筷子，道："老规矩，一起吃。"

林贞微笑接过，虽说在吃面，但她的目光始终没有离开过对面谈笑风生的人："还记得大学那会儿物资匮乏，有什么吃什么，就像这样，啥都往锅里煮。"

受予夏情感的影响，程小时不由自主地回忆起过往的时光。

那时候两个人在宿舍，说说笑笑一起偷偷下面吃。林贞一边听予夏开玩笑，一边吃面，一不留神就被烫到，口中轻呼，不断扇风使热量消散。

扇着扇着，她忽然心生一计，眼底带笑地看着对面的人，提议道："我们干脆把这碗面列为镇馆之宝吧，怎么样？"

程小时听了显然很兴奋，连忙说："好哇，就叫……"接着，他举起拿筷子的手大力摇晃着，声音灵动雀跃，"女寝那一碗！"

原来这就是予夏招牌面的来历。

语罢两人相对而笑，继续埋头吃面。程小时吸溜吃了一口，一番吞咽后舒畅吐气。

回想自己在照片里当牲口的憋屈，他不放过任何报复的机会，直接给在照片外只能吃泡面的陆光做起了美食解说："哇，这面的汤头是加了什么呀,一股扑鼻的清香,入口又特别甘甜。"

然后他又嘚瑟地补充:"陆光,你尝不到实在可惜哟。"

陆光还在百无聊赖地观察手里的照片,闻言满是不屑:"哼,谁稀罕。"

程小时只当他这是嘴硬,继续愉快吃面,当然吃面的姿势如果能端庄些就再好不过了。

林贞吃面的姿态就比程小时优雅得多。她始终不紧不慢,小口细嚼慢咽,当吃到某一根面时,她和对面的人不约而同地抬头,两双眼睛对视——她们竟然吃到了同一根面条。

这种事情显然在程小时的意料之外。他反应过来后,瞪着讶异的眸子看着林贞,但对方丝毫没有要松口的意思。

陆光在现实世界里看不下去了:"白痴,说了不准随便加戏!"

程小时:"这哪是我能控制得了的!"

他的视线缓缓落在了林贞的脸上,越发不能僵持下去,只好装作被呛到来应对这种尴尬的情形。

"喀!喀!喀!"

林贞被他剧烈的呛咳震到,被迫咬断了面条。这根过于细长的面就这样一头被程小时紧咬,一头滑落在桌面,不过最后还是被缓过劲儿来的程小时一口全部吸入口中。

有点噎。

程小时的脸短暂地憋成了番茄色,林贞看着姿态这样滑稽的予夏,忍不住笑出声来。

而程小时刚缓过来劲儿,也跟着她不住大笑。两人脆如银铃般的笑声交叠起来颇是活泼酣畅,让人轻易便忘却身体的劳累,内心仿佛已经徜徉在欢笑的海洋。

用白天的辛勤忙碌换来此刻家人闲坐、灯火可亲的短暂时光,便是世上最划算的买卖。

照片外的陆光听着程小时没心没肺的笑声,对着手里的照片叹了口气,喃喃道:"这张照片是没戏了。"

照片世界里,两人的笑声点亮了漆黑的夜,自此回荡在彼此的记忆深处，成为年少时光中一抹亮丽的颜色。

第一次尝试宣告失败。

陆光、程小时没有休息，更没有选择放弃，马不停蹄地进入下一张照片。

这张是林贞在接受记者采访时，予夏为其拍摄的照片。在这个时间点，予夏、林贞二人显然处于事业的上升期，面馆已经做得小有起色。

"你们的'女寝那一碗'一夜爆红，请问您有何感想？"记者向林贞抛出问题，而这位内敛优雅的女士拿出了她得体的社交礼仪，只是稍微顿了一下，便清晰流畅地做出回答："其实也没太多想法，烹饪本来就是我的个人兴趣，并且我相信美好记忆是可以留在饭菜里的。"

程小时摄像机的曝光自林贞开口就没停过，已经对记者的采访造成了严重干扰。记者感到强烈不适，直接在采访时不满地打断程小时："停，停，停！"

程小时闻言暂停手里动作，只听记者不胜其烦地说道："老板，你要拍照麻烦别打闪光行不行？会影响摄像效果的！"

程小时连忙放下机器，干笑几声以缓解尴尬，装作一脸愧疚地说："不好意思啊，你们继续，你们继续……"

手头暂闲的当儿，他想起了进入照片前陆光提供给他的计策：让他趁着记者拍摄林贞煮面的过程，找到秘方的线索。

这就好办了，面对电视采访，林贞总不能对记者冷脸拒绝吧。过了一会儿，记者该问的都问得差不多了，终于对林贞请求道："主厨，如果我们追加一条现场烹饪，播出效果会更好。"

程小时立马抓住重点，费力越过集群的拍摄人员，礼貌地假笑着，并对记者们说："欸，记者朋友们，厨房重地，都小心点，辛苦大家了。"

他恰好站在正接受采访的林贞面前，等待着事情的下一步发展。

下一步，只要林贞烹饪，他就有机会获得原料的线索。

这一次，他势在必得。

但没想到，林贞忽然对记者说："就到此为止吧，之后的步骤就不方便透露了。"

程小时蒙在当场,她还真不给电视台面子!

一群记者顿时败兴,泄气地放下话筒吐槽:"哎哟,小气,还想捞个独家爆料呢!"

……

第二次尝试依然以失败告终。脱离照片的程小时像漏气皮球似的栽在沙发上长吁短叹:"唉,又扑空一次。"

陆光看都不看他,只给他递照片鼓励道:"嗯,再接再厉。"

程小时只想给他几个白眼儿。

这一次的情景是予夏与林贞一起工作,两人在店面打烊后一起录入采购清单。

通过店面的装修规模可以看出,两人的事业如今已经蒸蒸日上,颇有越做越大的苗头。

"今晚我们争取把所有采购清单录入系统。"程小时将采购清单递给林贞,然后继续道,"以后有了智能化管理,你就不用每次都亲自盯着供应商备料了,他们会按时按需发货。"

林贞像是没听见,动笔缓缓在采购清单上写着一些材料名。程小时忍不住瞥过去,还没来得及看到上面的文字,就听到林贞突然开口:"予夏……你有多久没回老家了?"

这样的声音倘若细听,会发现与之前两张照片里的嗓音略有不同,似乎是缺少了些感情。

程小时想了一下,随口道:"嗯……很多年了吧,我也记不清了。"

然后,程小时继续电脑打字录入订单,理由充分地补充道:"生意太忙,回不去了。"

林贞写完了,把单子递给他。程小时接住后粗略地浏览了一下,扭头问林贞:"就这些了吗?"

林贞没什么情绪地看着他,点点头,道:"嗯,确认无误。"

程小时继续端详着手里的清单,又狐疑地看一眼林贞,最终没说什么。

再一次离开照片后,程小时第一时间便记录下了清单里的原料,接着仰躺在沙发上盯着这些名称苦思冥想。

经过一番查证，确定记录下来的都是市场上能买到的东西，程小时不由得又是一阵气馁，逐渐抓狂："可恶啊，还是毫无进展。"

第四次进入照片，这次打算深入基地，直击要害。

他跑进厨房四处搜查，翻箱倒柜，但最终搜空了冰箱也没能找到具体的秘方。莫非林贞早有察觉，已经将秘方转移到别处了？

而此时的林贞人在外面，丝毫没有理会厨房里的动静。过了一会儿，她喊予夏去选择店面的新徽标。程小时"哎"了一声，立刻跑出去以避免嫌疑。

都开始选招牌徽标了，她们的生意真是越做越红火，可惜这次依旧一无所获。

再一次进入照片后，程小时发现此时的予夏已经不再年轻，姣好的面庞上已经能看到些许皱纹。

如今的她褪去了年轻时明艳活泼的衣物，换成了一派成熟的女强人装束，西装革履，在众员工的簇拥下准备试吃桌上品类繁复的面品。

多年经商已然消磨掉了她曾经对美食最纯粹的热情，她走马观花地听着员工的介绍，用手机拍摄下眼前一碗碗来自全国各地的风味面食，准备从品尝食物中获取心得，从而对她的招牌"女寝那一碗"进行改进。

"老板，这几碗都是研发的新品，我们从全国各地挑了几个不同地域的风味，挨个儿试了一遍。"员工弯着腰毕恭毕敬地汇报。程小时的注意力都在面上，员工的话几乎没放心上。

对方话音刚落，他话都不回，便争分夺秒地端来一碗开始大口地吃。

他像一个没有感情的机器，甚至都没有怎么咀嚼，便蹙眉凝神将大撮大撮的面吸入腹腔。

面尚热气四溢，他被烫得口腔几乎丧失知觉，但仍机械地重复着吃面的动作，一旁林贞的视线始终没从予夏身上挪开半步。

此时的她也不再是当年的少女，一双被岁月消磨得沧桑不少的眼睛平淡无波，基本找不到年轻时的温柔烂漫。

她就这样静静地看着吃面的予夏，有那么一瞬，像是在寻找些什么。但随着予夏飞速将面吃完，又不顾滚烫地大口饮汤，她眼里微弱的光彻底消弭,心也随之回归到一片死寂。

此时程小时并没有意识到身旁人的心绪起伏,仍在奋力吞咽,不知疲倦地持续吃面。他作为这具身体的临时主人,已经觉得很吃不消了,可肢体受到予夏本性的支配,不得不一碗接着一碗地继续试吃。

随着腹部的饱胀感越发沉重,他觉得自己几乎陷进了一种恐怖的吃面循环里,但这也不能全怪予夏。

程小时本人进来前就是个"饿死鬼",特地有心地选择了这张全是美食的照片,就是为了暴饮暴食以抚慰现实生活里的伤痛。

程小时进入这张照片前见陆光走过来,就知道是要喊他吃饭,不由得坐直疲惫的身子,双眼放光期待地问:"做什么好吃……"

陆光没等他把话说完,就把一碗热气腾腾的泡面摆在桌上,用行动揭示答案。

看到熟悉的泡面桶的那一刻,程小时的内心世界瞬间坍塌,语调360度大翻转,笑容顿时僵在脸上。

他和陆光隔空对视一眼,最后沮丧地垂下脑袋尽显痛苦。他是该跟泡面不共戴天,还是该跟陆光不共戴天?

陆光看着他这副蔫巴巴的样子,倒没怎么嘲讽,直接实话实说:"这单搞不定,就真揭不开锅了。"

然后他缓缓举起泡面桶,无奈道:"将就着吃吧。"

本想着来享福的,和予夏共感的程小时此刻却被夸张的饱腹感折磨得不轻。

林贞看着越来越夸张的予夏,面露忧色,但并没有说什么,后来像是不愿再看,起身走了;而程小时沉浸式吃面,没有注意到林贞的离去,犹自不休。

最后,就连戳着的员工也看不下去了,开口相劝:"老板,您别试了,一气儿吃这么多碗,太伤身子。"

程小时受予夏的带动,难得放下碗,暂时停下,微喘着气大义凛然道:"不行!既然要在全国开连锁,就必须把产品线扩大,下一碗。"

又是一次无功而返,离开照片后的程小时万念俱灰地看着原木茶几上摆放的包装熟悉的泡面桶,气若游丝:"怎么又是泡面?"他扯着哭腔大声控诉,"我要吐了!"

陆光心如止水,温和开口:"口味不同,再试试?"

程小时直接遭不住了,在沙发上撒起泼来:"在上一张照片里连吃十几碗面,我这辈子都不想再吃面了!"

说着,他仰倒在沙发上以臂掩面,几乎快要哭了,而且想哭的心情无比真实。

陆光静静地看着他,想说些什么又忍住了。

眼下线索的寻找毫无进展,乔苓三人更是一筹莫展,还得硬着头皮给那位强悍的女企业家予夏汇报进度。

作为老板,乔苓不得不代表服务方孤身前去向予夏解释相关情况。她虽然在照相馆对程小时咋咋呼呼的,但对客户乃至陌生人向来都态度友好,礼仪有加。

这天她面对着垮着脸的女强人予夏,正襟危坐、温声细语地解释道:"抱歉,予女士,我们还在尽力从蛛丝马迹中寻找线索。"

予夏穿着干净利索的职业装,依旧戴着一副墨镜,环抱胳膊的坐姿显现不满。听了乔苓的汇报,她的手指更是不耐烦地敲了几下,毫不留情地质问:"都等多久了?现在还不知道她正躲在哪里秘密筹备呢!"予夏的声音越来越大,眉头皱得几乎快要陷进肉里,"一旦让她带着招牌汤面把店开起来,那我辛苦建立起的连锁品牌就彻底没有了。"

另一边照相馆的客厅里,程小时还保持着拒绝吃面的姿态,卧倒在沙发上恨不得把自己埋进去。

他身心俱疲,万分后悔当初轻易接受了这种棘手的任务,开始叫苦不迭:"以后……这么难的委托,一定得问乔苓要加班费!"

包租婆只会压榨他,队友只会欺负他,他这些悲怆的号叫不只是因为泡面,还是为命运的不公和他遭遇的凄惨!

陆光口中塞着塑料面叉,没有理会程小时的叫唤,捏着张照片,继续加班加点地寻找线索。

程小时见没人搭理自己,起身不满地盯了陆光一会儿,发现他手里还有一张没有尝试过的照片，于是就大咧咧地坐到他身边试图引起他的注意。

然而深入思考时的陆光抗干扰能力极强，这让程小时更加好奇那张照片究竟有什么特别之处，他也不跟陆光客气，直接伸手抽走了对方手里的照片，问："你都盯着这最后一张照片看了半天了，能不能行了？"

陆光看照片看得有些脖颈发麻，仰头闭眼活动了一下，又俯身手肘撑膝双手交叠，尽显疲倦与困扰："不行，这张一点儿机会都没有，放弃吧。"

陆光睁开眼睛，他的话向来一锤定音，但程小时这时却向他伸出了手。

那只满载希望和信任的手心就这样暴露在陆光的余光里，等待着默契的和鸣。

程小时看着有些倦怠失意的陆光，难得认真地安慰道："就算你看不到希望，也不代表不存在希望。"紧接着晃晃手，轻声道，"来吧。"

陆光微微坐直了腰，一双向来坚定的眸子少见地有些茫然，而这点茫然背后却是至纯的干净简单，一扫他平日里过于成熟的冰凉气质。

他不经意间嘴角一动，笑得像一个不染尘世的孩童，虽然只有一瞬。然后，掌音清脆，这是两人都不必言说的默契。

程小时缓缓睁开眼，身旁的予夏和他擦肩而过，径直走向视线前方的拍摄架，边走边说："本来说好每年都拍一张的，没想到时隔十多年才拍了第二张。"

十几年前，第一次按下快门的是对未来满怀憧憬、热情单纯的予夏；十几年后，第二次，也是最后一次按下快门的，却是青春不再、心灰意冷的林贞。

程小时刚成为林贞的那一秒，便瞬间被人物内心巨大的悲伤吞没，他真切地感受到了林贞内心的伤感。这个时候，正是她和予夏分道扬镳之际。

予夏还在继续说着，走到架子前，没有先取下相机，而是忽地转过身，对眼前的女人露出一个真诚却又忧伤的微笑，语气几乎是在恳求：

"不要让它成为最后一张。

"好吗？"

这两个字的吐音很轻，却比任何字节都要沉重，沉重到几乎要拉垮予夏勉强撑起的嘴角。

她已经好久没对林贞笑过了，等想起来的时候，两人却不知何时走至陌路的境地。

程小时忍住内心的悲楚，对陆光说："哎，原来这张照片，是林贞拍的！"

陆光坐在沙发上略显不安地交叠双手，但语气依旧冷静客观："是的，但这张照片拍摄的十二小时内，都没什么有价值的线索。"

程小时略显呆滞地看着眼前的予夏，听到对方说："林贞，可不可以不要走？"

短短一句话，尽显卑微与落寞，但也蕴含着无限不舍与渴求。

程小时被林贞本人的思维带动，酝酿几秒，便面若冰霜、毫无波澜地看着面色悲伤的予夏，不疾不徐地说道："这里有智能的管理，精准的烹饪产线，完善的商业包装……"

说着，她避开予夏的视线径直往前走，微微弯腰查看相机里刚捕捉的图像，接着说："像我这种凭着一腔热情做菜的人，实在有些格格不入。"

话语是冰冷无温度的，仿佛在陈述客观事实，但程小时能明显感受到林贞的心潮起伏，一种不可名状的哀伤始终盘旋在心脏处，阴魂难散。

予夏关了店面招牌的LED灯，沉默几秒，忍不住转过身大声质问还在观看照片的林贞："但为什么你就不能去适应，去改变，去成就更伟大的梦想？"

这些话仿佛埋藏在她心里许久，如今说出来了，明显使她情绪激动。

程小时缓缓站起身，他感受得到林贞的哀痛，如鲠在喉。本来是有许多话想说的，最终却只说了一句："十几年前的那家面馆，就是我最大的梦想了。"

予夏不愿意接受这个答案，不甘心地继续道："但你也看到了，我们的生意越来越好，越来越多的顾客需要我们给予满足，他们都是冲着你来的，是你让他们品尝到了幸福！"

程小时顿了几秒，最后挎好包，转过身，平淡如水的眸对上予夏那双愤怒而陌生的眸，声音如一口无波古井，让人感受不到情绪的起伏："抱歉，我并没有那么多的幸福可以分享给所有人。"

然而予夏始终没有理解林贞的话，她认为这些遗憾都是可以用技术和金钱弥补的，她急切地表达，却不知这些都不是林贞愿意听的："所以才需要更多的钱，更大的团队，更好的资源来帮助我们。"

程小时不留情面地轻声打断她："不，是帮助你。"

还想继续说服林贞的予夏忽地顿住，一双精明如鹰的眼睛忽地茫然涣散。

只见身为林贞的程小时避开她的视线，缓缓道："为了扩大影响力，那么令人作呕的品牌名称你都愿意使用的时候，这家面馆就已经不再属于我了。"

话音刚落，她便毫不留恋地向前迈步。

她要走了，除了十几年前和刚刚拍摄的照片外，她没有留下任何东西，因为这里已经没有什么值得留恋的了。

如果有，那么那些美好事物在她离去前夕，便已经被打包到记忆深处。她会到一处没有世俗喧扰的地方，就此默不作声地珍藏一辈子。忽然她被予夏坚决地拦住，可对方接下来的话语令她更为心痛："把'女寝那一碗'的秘方留下。"

即使要走了，她更在意的还是秘方。

程小时不以为意地叹了口气，故作轻松道："唉，我也不知道哇。"

此刻和林贞共感的程小时感觉心脏仿佛在被刀具割磨，不断滴血。

陆光提醒道："弱智，按台词说。"

程小时改口："无可奉告。"

被冷漠拒绝的予夏情绪一度激动，直接鱼死网破，大声对林贞吼道："这是我们的共有财产，谁都没资格占为己有！我可以找律师告你。"

林贞淡淡瞥她一眼，最终只撂下一句："自便。"

程小时感受到心里的痛楚逐渐被冻结，冷如冰窖，看了眼撕破脸皮、形容可怖的予夏，心想，没想到彻底改变的人，是她。

被金钱蒙蔽了双眼，忘记当初开店的初衷，抛弃了人生最珍贵的感情。

陆光没有过多评价，只是催促道："世事无绝对，赶紧走吧。"

程小时借林贞之口，最后对予夏说了一句："让一下。"然后沿着人行道,同久久伫立在原地的予夏渐行渐远。

走了几步的时候,予夏突然扭头看向她的背影,问:"你准备去哪儿?"

林贞脚下步伐一顿,道:"回到最初,重新开始。"继而加快步子,再也没有回头。

予夏此时已经冷静下来。她没有办法强制好友林贞留下,只能无奈叹了口气,转向同林贞相反的方向。

正欲离开之际,她忽然掏出手机看到了林贞刚刚发给她的消息。那是她们刚拍的最后一张合照,而林贞还是没有给她留下任何一句话。

程小时上了出租车,便开始肆无忌惮地翻查着林贞的手机,尽管内心闷痛的伤感令他感到微微不适。

他强忍着身体原主的悲伤,搜寻着线索的下落。

另一边,陆光不住地在客厅里背手踱步,显得有些焦急,问:"怎么样?手机里有找到和秘方相关的信息吗?"

程小时翻完泄气地靠在车座上,唉声叹气道:"唉,找遍了,没辙。"

他将头转向车窗的方向,望着窗外渐深的夜色,惆怅问道:"之后,还有机会吗?"

陆光不再来回走,直接坐下来靠上了沙发,显然也是身心俱疲:"没了,之后她在家哭了一整晚,哪儿都没去。"

此时的程小时开始沉默,内心那种猛烈的忧伤再次席卷而来,他透过车窗,仿佛看到了记忆深处两个手牵手欢笑雀跃的年轻女孩。

她们形影不离地牵手嬉戏着,时而跳跃时而转圈,可无论是什么动作,那两双手都紧紧地牵拉在一处,从未分离。

曾经再深笃的情谊,都会经受不起人生百态的考验,最终分崩离析吗?程小时的思绪零散,逐渐飘远。

车越开越快,他始终看着车外的景物,脑海里逐渐涌现出种种情景:有林贞和予夏第一次唱歌时的激情昂扬,有两人第一次去影院看电影时的新奇兴奋,更多的是两人相携共度的大学时光。

他在林贞的手机里看着予夏和林贞在大学寝室的第一张合照,内心的苦楚再次升腾而上,他眼睛酸涩,在几乎快要落泪的时候,陆光不合时宜地出来:"哟,这次表演的细节还挺到位。"

听了这话,程小时的愤怒顿时盖过了林贞的伤感,他哼了一声,一边把手机大力塞进包里,一边狠狠吐槽诟病这个无情男:"哼,以前知道你冷漠消极,没想到现在还变得阴阳怪气!你这男人真的很讨人厌!"

前座的司机听见这话,扭正了后视镜,憨厚一笑:"嘿嘿,发泄出来也好。我开车这么多年了,什么人没见过,像你这样跟老公吵完架自说自话的我见多了。你尽管闹,叔叔就当耳边风听不见,嘿嘿。"

程小时没有仔细听司机在说什么,而是无意中在林贞的包里翻出了几张火车票。他忍不住翻看了几眼,最后找到了这趟车程的最终目的地——襄庄。

程小时忍不住念出目的地的名字,被耳力灵敏的司机及时捕获。这些拉人的司机一天跑几百公里,不爱说话还好,可越是健谈,就越耐不住寂寞,听见客人说啥都忍不住搭搭话:"嘿哟,襄庄可是个好地方!地儿不大,却是好山好水,风景秀丽。"司机瞬间又想到了什么,连忙补充道:"哦,对了,那儿还有一种叫香花草的植物。这花不光好看,味道还特别好闻,嘿嘿。"

坐在外面的陆光敏锐捕捉到这个偶然获取的信息,连忙上网查找香花草的相关资料,念出关键信息:"当地人会把它们晒干磨成粉,当作调味料使用。"

无意获得重大线索的程小时大胆猜测:"也就是说……林贞经常去襄庄是因为……进货?"

陆光直起身子,肯定了他的想法:"应该没有推断错,而且因为是土配方,所以鲜有人知。"

第二天,乔苓找到予夏,向她汇报委托结果。

不同于上次,这次他们已经完成了委托任务,所以乔苓的声音胸有成竹,坐姿还是如之前那般端正,只不过心情没有上次那般紧张尴尬、如坐针毡:"林贞在汤面里加的,应该是香花草粉,这种植物只生长在襄庄。"

对面的予夏这次并没有显现出急躁和不耐烦的样态。

她安静聆听，当听到"襄庄"二字时，她的内心仿佛被小针冷不丁地扎了一下，继而心头掠过一阵久违的痛感，令她的记忆逐渐复苏，心跳随之加快。

只见她直接摘下墨镜，有些难以置信地问："你是说……襄庄？香花草？"

予夏那双深邃的眸子对上了乔苓，乔苓浅浅笑了一下，继而将一张照片放在桌上，递给予夏："当然了，这也只是我们根据线索推断的，事实可能还需要您派人调制品鉴。"

乔苓本要多说几句，却被前方突如其来的哽咽声打断。

只见予夏自顾自地摇头，像是在哭又像是在笑。她此时百感交集，音容的凌厉感被情绪逐渐消融："不会错了……不会错，就是它。"

她这句话不知是回答乔苓，还是回答自己。

她把包放在腿上，一边笑一边落泪，脊背不住颤抖，连带着声音震颤。她的内心久违地传来阵阵钝痛，那是失而复得的东西正在轻叩她的心门。

"终于被我找到了。"

她已经不在意周围是否有人，笑声里混杂着痛彻心扉的悲意穿透窗户，飘向嘈杂的街道，穿梭在细密的微风中，不知有没有传达到那个遥远的地方，那个藏有香花草和少女最纯真情感的最初之地。

尽管过程不是那么顺利，但任务最终还是完成了，这让陆光、程小时二人轻松不少。

尤其是程小时，又回归之前慵懒散漫的状态，这会儿正躺在沙发上猫一样打着相当夸张的哈欠，顺便蹬蹬腿脚伸了个懒腰："大功告成了——"程小时心里的重石落地，跷着二郎腿开始跟陆光唠起嗑来，"可你别说，之前都吃怕了，但真吃不到了，还有点想念那碗面的味道。"

接着，他阴阳怪气地轻叹一声，故作遗憾道："唉，可惜某人没尝过，无法感同身受哇。"

程小时向来拱火技术一流，虽然前段日子生活水平不尽如人意，但起码他在照片里还是白吃了不少美食的。但陆光在现实里不得不每天啃着千篇一律的泡面，换来换去还是那几种口味，吃得已经营养不良了。

这会儿又听到程小时犯欠儿，他直接摒弃了一贯的斯文，"优美"的话语脱口而出："滚。"

　　他正在整理文件，刚鄙视完程小时，文件包里就飘落一张照片，捡起定睛一看，是先前委托人落下的一张。照片上的两个女孩无不青春洋溢，打扮青涩，应该是学生时期拍摄的。

　　程小时见状起身好奇探头，凑在陆光身旁疑惑地问："哎，这里怎么还漏了一张？"

　　他盯着照片上两个笑靥如花的少女，忽然觉得这幅画面有些眼熟，电光石火间想到了什么，笑着指着照片道："嘿，这张不就是林贞的手机屏保吗！"

　　照片上的背景是典型的学生住宿环境，程小时猜测："这应该是在大学宿舍里照的吧？等会儿乔苓那丫头来了，让她赶紧还回去。"

　　两人凑首安静端详了几秒，忽然程小时像被谁踢了似的猛地大叫一声，把陆光吓了一跳："你有病吧，一惊一乍的！"

　　只见程小时一脸兴奋，颤抖的手指缓缓戳上去，指着照片上两人身后的电饭锅，孩子似的继续叫嚷："面……面……面！"

　　他立马看向一脸阴沉的陆光，朝他无比真挚地嘿嘿笑着，一双温顺的眼睛里满是恳求和希冀，尝试朝陆光开口道："嘿嘿……能不能，让我进去吃最后一碗？"

　　陆光一口回绝："不行！"然后数落道，"怎么能为了这种幼稚的理由，随意进入委托人的照片！"

　　程小时见对方油盐不进，打算使出自己的撒手锏。说时迟那时快，程小时脸都不要，二话不说就如大型犬类一般黏上去撒娇："哎呀，就最后一次了，好不好嘛，嗯？"

　　他还在不断发起猛攻，跟陆光贴得越来越近。

　　陆光感到别扭极了，突然的接触令他感到古怪不适，他还在费力抵抗，手掌抵上程小时乌黑柔软的头发，身体后仰微弱拒绝："不行。"

　　不行……

　　不行也有办法！

　　程小时此人无赖至极，他并没有死脑筋地执着于获得陆光的准许，而是见机行事，连蹿几把失利后他便看准时机，忽然偃旗息鼓撤开身子，不过这也是为了另辟蹊径。

陆光见他忽然撤开，一时没缓过来，等反应过来时，程小时已经狡猾地跟他轻轻击了掌，然后那么一个大活人就这样消失在他的眼前。

陆光对程小时此刻只有深深的无奈。

程小时顺利进入照片，满脑子都是那碗久违的面。他现在是年轻时的林贞，把手里高举的相机缓缓放下。

他认得这种相机，在现在完全是老古董，但在那个时候可以说是年轻人梦寐以求的时兴装备了。

周围有塞满读物的书架，整洁的书桌，整齐的床铺以及一些绿植。尽管是学生宿舍，但布置得相当温馨。

程小时手里攥着相机正观察着周围的环境，忽然被一阵轻快的嗓音吸引："林贞可真有你的，电饭锅煮面！高，实在是高！"

予夏此时正是活力四射的少女，只见她走到桌子旁边坐下，看着对面的女孩，眼眸里持续闪烁着兴奋的光点。

她看起来比程小时还要期待这顿饭。

"没想到你厨艺如此精湛。哎，毕业以后我们在学校隔壁开个小面馆倒是挺好！"予夏性格相当开朗，尤其对着林贞更是大大方方、心直口快，一开口就有说不完的话，几乎是个翻版的话痨程小时。

程小时感到难以应对。他面上开始流汗，心里不得已发起求助："喂，陆光，我该答应还是不答应呢？"

被独自甩在沙发上的陆光还在生闷气，抱着胳膊冷哼一声，显然是打算让三番五次违背他的程小时自生自灭。

可恶，竟然不肯理我。

程小时没有听见回应，心知陆光的倔脾气，只得自己撑着笑脸胡编乱造："未来都是外卖的时代，开店这种肯定赔，我们就应该搞智能化管理，最好再配一个应用程序。"

他越说越离谱，引得予夏面露诧异："嗯？应用程序？什么应用程序呀？"

连陆光都听不下去了，无奈帮他这个惹事精解围，暗示程小时应该这样说："不不不，一起开店也挺好的。"

程小时听到立马就学，重复了陆光的话，然后干巴巴笑几声掩饰尴尬。

予夏没有多想，逐渐延伸憧憬，考虑起了店面的名字："哎，要不就叫夏林面馆，怎么样？店也不用很大，小小的，每年做半年歇半年，多开心呀！"

程小时看着予夏满脸期待的笑颜，脸上勉强微笑，然后开始搅拌电饭锅里的面。

他只是来吃个面啊，怎么就促使予夏日后开店了呢？

程小时搅拌了一下，忽地被予夏打断。只见她一边在包里扒着什么，口中一边絮叨："我爸妈又叫我从老家背了一堆土特产来学校。"

程小时缓缓愣住，大概知道这个土特产为何物了。

"在我们襄庄，长辈们就爱拿香花草磨成的粉撒在饭菜里。"予夏掏出一个小盒，举起来兴冲冲地给林贞展示她的家乡特产。

"他们说，香花草的味道能唤醒人最美好的记忆。"程小时接过予夏递来的香花草，轻轻揭开盖子凑在鼻边轻嗅。香花草的确如别人所说那般，本身就散发着沁人心脾的清香，程小时忍不住感慨："真好闻，还带着一丝泥土的芬芳。"

予夏听到这话直接扑上林贞的肩膀，笑着嗔怪："讨厌！你在嘲笑我土是不是？那你还给我！"

两人开始在房间里你追我赶，热闹嬉戏。


另一边，已经知晓秘方的予夏正掩面失声痛哭。

她脑海里尘封已久的回忆海潮般打落在心岸，她知道自己弄丢了太多东西，其中包括最珍贵的、最不能舍弃的情谊。

予夏坐上了回家的列车，她终于可以静下心来凝望窗外清透如镜的水面与梯田。水里倒映着松翠青山，绿意盎然间，她又想起了背起行囊离开家乡的自己，目的地是她的大学。

她满载对成年世界的希望与期待，携着行李缓缓走入学校大门。周遭人来人往,而她不断向前,穿过诸多楼宇,从最初起点不断奔向属于她的未来。

程小时在少女予夏的惊呼里,缓缓将香花草粉撒入面汤,微笑搅拌,一如几年后在开业第一天的晚上,为予夏煮面的林贞那般笑得真挚动人。

予夏下了车,拉着行李箱沿着熟悉又陌生的街道向前迈步。

她太久没回来了,很多曾经的风景都早已不复存在,只有泥土芬芳犹存。深埋在记忆深处的香花草正在缓缓展开花叶,吐露着让人惬意的芳香。

许多年前,那个热情激昂的少女便是这样拖着行李,穿着干净崭新的运动衣从这条路奔向远方。

许多年后,少女已经事业有成,穿着一袭职业装重新出现在这条道路上。

夕阳西下的余晖静静晕染着每一寸景物,天际的彩云悠然飘荡。

已然放弃了事业孑然一身回到家乡的予夏停步,一个熟悉的背影出现在她的眼前。果然不出所料,予夏用最温柔且坚定的语气,叫出了那个贯穿了她一生的姓名:"林贞。"

换上了寻常朴素装扮的林贞愣了几秒,慢慢转过身来:"欢迎回来。"

予夏不顾一切地朝林贞奔跑而去,一如记忆里年轻的予夏拖拉着行李箱,奋力朝林贞飞奔而去。

傍晚微风柔和,吹拂着自由生长在古朴房舍旁的野花草丛。香花草在夕阳的洗礼下随风轻荡,草叶间窸窣不止,仿若私语,而紧紧拥抱着的两人,不知何时早已泪如雨下。

原来这世上诸多香草奇花、珍馐美食,得需最真挚的感情作为载体,才能散发出最令人难以忘怀的香气。

在任务结束暂时休息的日子里,程小时受上个委托的影响,竟然对烹饪起了浓厚的兴趣。

他难得亲自下厨,一番折腾后,两碗还算像模像样的面便热气腾腾地被端出来了:"俗话说书读百遍,其义自见。来尝尝我这复刻版的'男寝那一碗'的味道如何吧!"

程小时脸上的表情颇为得意，接过陆光递来的筷子的同时，向对方发起组队吃面邀请。

陆光坐下，看了眼面，对程小时毫不客气地说："你要是敢把照相馆改成面馆，我立马走人。"

听着比较荒唐，但这种事，以程小时的性格一定能干得出来。

万一哪天照相馆生意惨淡面临关门，他说不定还真会用从照片里学来的煮面手艺"曲线救国"。

这时门忽然开了，敷着面膜的乔苓听见两人的对话，立马说："啊？债还没还呢，谁都不许走人。"

说着她看到桌上放着两碗卖相颇佳的面，不由得双眼放光："哟，吃面呢？"然后非常自觉地端起一碗，转身就走。今天的消夜有了。

程小时立马急了："喂，你拿走一碗，我俩咋办呀？"

包租婆早就扬长而去，哪里听得到程小时心碎的声音。

程小时见没招了，手里捏着筷子，隔着只放了一碗面的桌子，扭过身来和同样准备下筷的陆光面面相觑。

看来，他们今晚不得不同吃一碗面了。

## 第三章 只许输，不准赢

If your pictures aren't good enough, you're not close enough.
—— Robert Capa

如果你的照片拍得不够好，那是因为你靠得不够近。
——罗伯特·卡帕

刚入秋的清晨暖意盎然，不算热烈的阳光铺落在街道间，四周静谧无人。乔苓穿着一身利索的紧身衣，沿着洁净无尘的马路进行节奏小跑，耳机里语速飞快地持续播报着新闻热点：

"今年九月的投河女尸案，原本已经判定为自杀，但最近警方又有了新的线索，据说不排除他杀的可能性。

"但不论死因为何，还是希望我们身边的女性朋友一定要加强身心健康和自我保护意识……

"好了，这么美好的早晨就不继续这么沉重的话题了，让我们来听下一首歌……"

耳边女播音员甜美的嗓音戛然而止，之后舒缓的运动音乐便流泻入耳，一扫实事报道紧张凝重的氛围。

乔苓感到有些疲累，她跑到一处阴凉地，减缓速度停下来，腰背微微弓起，扶膝大口喘气。

持续的长跑令她十分疲惫，额角与脸颊边的头发尽数被汗水浸湿，很难一时缓过劲儿来。

正在这时，她敏锐地听到身后有鬼鬼祟祟的脚步声，脑中忽然浮现出刚才女生被谋杀的危险景象，使得她将要松弛的神经即刻紧绷。

不会这么背吧？

她扶正了耳机，心脏因剧烈运动而狂跳不止，缓缓转身之际，却被突然出现的陆光吓了一跳。

陆光没有看她，而是直接狠狠攥住了一直跟在乔苓身后的人的手腕。他显然早已发现有人在跟踪乔苓，因此一直等待时机，将此人抓包。

乔苓不知所措地看着陆光，还有身后那个跟踪自己的陌生人，汗如雨下，迷惘道："嗯，陆光？"

她瞥了眼那个面生的男人，疑惑地问道："这个人是谁？"

陆光质问的眼神几乎快将此人洞穿，他视线极冷："我也正想问他，为什么要偷偷摸摸跟踪你。"

对方听到"跟踪"二字，顿时急了，连忙摆手大声澄清："误会了，我叫陈潇，是个建筑工程师。网上流传说这儿有人可以进入照片里的时光……"

陈潇话音未落，乔苓一双善于捕捉商机的眼睛即刻发亮。

来活儿了！

只见包租婆的态度堪称360度大转变，颇是热情地开口致歉："啊，原来是远道而来的客人呀，哎呀，失礼失礼。"说着，她朝陈潇不好意思地挥手致歉。

陆光见状先是愣了几秒，然后缓缓松手，陈潇立马把手腕抽回。虽然自己已经解释了，但他好像对现在这个情况更加无措。

过于热情的老板和她的面瘫保镖？

陆光应该是看出了陈潇对自己有些顾虑，便识趣地挪开目光，而乔苓表情放松，随口问道："那你为什么鬼鬼祟祟的？"

陈潇实话实说："传说千奇百怪，有人说老板是个小仙女，也有人说是个……"他被乔苓忽然僵直的眼神盯得有些发慌，挪开了眼，"……老神婆。"

乔苓果不其然大发雷霆："什么？神婆？！"

看到本是面相姣好的女孩此时暴走，陈潇不住流汗，鼓起勇气继续道："我怕被骗，所以特地先暗中调查了一番……"

他忽然从衣服里掏出一张照片，自己先低头看了几秒，接着下定决心似的吸一口气，把照片递给乔苓："大仙，如果你真有办法，请你帮我……"

陆光径直接过照片，而乔苓听到这个称呼瞬间更不乐意了："打住啊，别大仙大仙的，叫我乔乔就好。"

沉迷二次元的工程师疑惑挠头："JOJO？"

乔苓顿时哽住，字正腔圆地纠正："不是JOJO，是乔乔！"

陆光显然已经进入工作状态，正在着手看此次任务的照片。

这是一个球队的合照，里面的男孩们年轻健硕，自信坚定地对着镜头微笑。如果猜得没错，这应该是某次比赛临场前的一张合照。陆光陷入深思。

既然都拍照记录了，想必这个比赛对照片里面的人来说，应该是有着非凡的意义了。

陆光和程小时的寝室是朝阳的，天气好的时候，阳光被窗子的隔栏分割，形成的光影便一块一块地印在洁净透亮的书桌和木质地板上；也会存在几缕不随大溜儿的光束，静静地投落在上铺的被褥上，增添不少温馨的生活气息。

这会儿程小时颇不规矩地坐在椅子上，脚底踩的是那片最大的光影块儿，下巴磕在椅背上，漫不经心地打量着陆光带回来的照片："欸，这照片不是我前几天刚帮人洗的吗？"

他看完后掂量照片几下，便伸手把东西递给陆光，顺便感慨几句没用的："神婆倒挺会招揽生意……"

陆光没有立刻接走，程小时便晃晃手，语调相当慵懒："说来听听吧。"

陆光此时扶床而坐，下铺平整的被褥被压出了些许褶皱，他一边接走照片，一边不紧不慢地开口："委托人当时是校篮球队的替补兼校报摄影记者。"

陆光盯着照片上熟悉的图像，思绪渐渐回到了上午。

彼时陈潇在为他和乔苓解释具体情况。这个一脸苦相的工程师语调平缓，被生活打磨过的眼睛里暗藏哀伤，回溯往事的语气仿佛是云淡风轻。

然而短短的几句话，听罢便令人体味到了许多不可名状的哀情与遗憾："这是我们最后一场比赛前的合影，那是我一生中最难忘的一天。"

陈潇轻轻停顿了一下，手里拿着照片，回忆起了往事，声音愈加低落："输了比赛，错过暗恋，最后还跟我妈大吵了一架。"

他不甚明显地叹息，双手下垂，姿态低落，似乎是压抑了一下情绪才接着道："所以……我想给过去的他们各自带几句话，来弥补我留下的遗憾。"

进入照片给过去时空的人带话，从情感方面来看合情合理，从理性的角度来看却是徒劳无功。无论要对过去的人说什么，程小时他们始终都要坚守一个底线，那就是不得改变事情的结果。

委托人既然提出这样的请求，想必是对回忆里自己曾说过的话或者做过的事感到懊悔。

程小时他们可以帮忙带话，甚至能做一些在可控制范围内的事情，但永远都不能影响最终结果。既然凡此种种并不能改变那些遗憾落寞的过往，那带话又有什么意义呢？

陆光就这样看着一脸真挚恳求的陈潇。对方的眸子藏匿在镜片后，始终萦绕着无可排解的哀愁和渴望。

他忽然理解了对方。陈潇或许并不奢望改变过去的结果，他只是想将那些曾经或遗忘、或后悔的言语传达到那时他在乎的人的耳朵里。

这于他而言，即使没有改变什么，也是最大的慰藉了。

其实，人有时候求的，不过就是一份心安理得和值得铭记的美好回忆罢了。

得知陈潇的需求，乔苓的内心短暂犹豫了几下，继而干笑几声，面色逐渐显露些许迟疑："这个要求……"

她转而看向陆光，询问的声音越发没底气："……你看可以吗？"

毕竟进入照片带话这种显然有可能影响历史进程的行动，她并不敢随便就让陆光接。

她从未目睹过二人如何进入照片，但对"不得改变结果"这类重要注意事项还是有所了解的。

毕竟这也是陆光反复强调的。

陆光是团队的主心骨，在他能力范围内的事情自然不必说，如果事情有可能超出他的控制范围，哪怕只有一丁点儿可能性，他也会果断拒绝。

时空永远是宇宙学说里最深奥和难以捉摸的领域，他们只是凡人，不过是稍微特殊些，能够进入过去的时空，但不代表他们就能不自量力地去与既定发生的事实抗衡。

此时的陆光捏着照片，表情愈显凝重，他扫视了陈潇一番，口头上并未拒绝。

程小时听完后，脸上浮现出迟疑的神色。

这种任务接得多了，纵使神经大条如程小时，也能不知不觉从委托人的几句话里捕捉到任务的关键，并迅速预测出各种可能性，包括可能遭遇的事故、委托成功的概率等。

"带话……"他漫不经心地听完陆光的转述，没什么情绪地说，"这搞不好会影响过去。你，确定没问题吗？"

陆光坐在床铺上，身体被越来越大的光影覆盖住一半，干净的白衬衫被衬得半明半暗，他盯着手里的照片，尝试透过这张特定的图像看到过去十二小时发生的事。他的脸一如既往地淡定，但是能从他的眼神里看到区别于以往的疏离。这次他一直盯着这张照片，仿佛里面有什么让他难以抽离的东西，或者说他看到了一些较为沉重的画面。这些画面足以令时间静止，让他浸入时间的缝隙里持续思考，直到他听见了程小时的声音。

陆光不动声色地将思绪拽回现实，语气略显生硬，依旧没有透露自己的心境："这次没有关系……"他终于放下照片，紧接着像做好了决定似的，朝程小时伸出手，"……并不会改变结果。"

程小时闻言缓缓直起腰来，有些不明所以地看着陆光僵在半空的手。

给输了球赛的队长带话，或许是安慰鼓励？给暗恋的女孩带话，有没有可能使他们在未来相遇，改变命运最初的轨迹？给母亲带话，未来会不会影响到母亲的某些观念，继而影响到其行为？这些都不好说。

在这短暂的停顿里，程小时脑中浮想联翩。

为什么做这些事情，不会改变最终的结果？

最终的结果是什么？

陆光怎么会接这种有风险的任务？

还是陆光心里有谱，已经拿捏住了稳定的底牌？

不知道为什么，他觉得陆光这次伸手伸得似乎有那么几分郑重，但实在说不上来哪里奇怪，可他还是无条件信任陆光的，信任那只无数次送自己进入照片的手掌。陆光向来稳妥靠谱，他既然都这么说了，那这件事情就一定是可行的。这样一想，就没什么好顾虑的了。

于是程小时朝陆光释然一笑："听你的，来吧！"

当钟表显示到下午两点整，也就是陈潇那张照片拍摄的时间点时，窗子外的光线时强时弱，程小时便站在光里，脸上带着踏上新旅途的兴奋与期待，同陆光清脆击掌。

而陆光没有看程小时，他眼睑微垂，从头到尾只注视着自己悬在空气中的手掌。这只手在某几秒内，像从前每一次执行任务那样，与另一只灸热柔软的手击掌。对方带着无形却沉甸甸的信任坠落到陆光最隐秘的内心深处，如甘霖润土，仅恍惚片刻便滋生出蓬勃的嫩芽。

青春健硕的男孩子们身着略微陈旧的绿色球服面对着摄像机，这是比赛前的合照留念。

他们梳着当时特有的发型，每个人坚定的面容上都散发出自信与阳刚，好像前方没有什么困难能阻挡他们。

这次比赛他们势在必得，哪怕前方未知，他们也要先给自己鼓足勇气，在心里默默坚定：一定要拿下这场重要的比赛。

队伍中最高大的那个男生想必就是队长。只见他一拍手，几位队员便站得愈加挺直，抱紧了篮球，齐刷刷地朝他投去信赖的目光。

"好了，都打起精神！"队长的嗓音雄浑明朗，一听就让人觉得十分靠谱，"赢了这一场，我们就能去县里比赛了！"

虽然只是短短一句话，语气中却蕴含着无法形容的渴求与企盼。

队长热情激昂地给队员打气，队员更是情绪高昂，立刻手脚并用，欢呼应声道："好！"

程小时手里揣着相机，静静驻足在互相打气的男孩子前方，看着他们进行赛前调整。那位队长则朝自己这个方向走来，站定后郑重其事地叮嘱说："陈潇，你就在场边待着，替补就你一个，万一谁受伤，得靠你顶上。"

此时的程小时顶着陈潇的面孔，戴着一副斯文的眼镜，正面朝向队长，首先感受到的便是对方的高大和一股不容置疑的强大气场。

程小时本身不算矮，但奈何此时在陈潇的身体里，而陈潇这个时候显然还在生长期。

这个大队长是真的又高又壮啊。程小时认真听着队长的嘱咐，频繁点头，同时也渐渐感受到此人气场强大是强大，但并不会让人感到不适，反倒给人一种安全感。

队长还不忘叮嘱:"在场下没事的时候就做做热身,时刻保持运动状态。"

听到这里,程小时仿佛听到了些混乱的声响,猫儿一样有意识地开始打量周围的环境,口中顺便应答:"哦,哦好。"

在赛场的另一边,在对手队伍的休息场处,有一群青春靓丽的美少女身着定制的运动衣,热情洋溢地给自家的球队加油打气,甜美的嗓音洪亮异常,几乎快要穿透这四方赛场:"龙阳龙阳,称霸球场!龙阳龙阳,势不可当!"

这种盛大的待遇,陈潇的队伍似乎不可能拥有。

对方球队成员是城镇里来打比赛的学生,无不是身着颜色时尚的黑红球衣,优秀的体格与倨傲的神态显现出生活的优渥。

此时在振聋发聩的鼓舞声里,他们内心胜利的欲望愈加沸腾。其实当他们得知自己将面对临时组建的对手时,他们就已经觉得胜券在握。

"今年真走运啊,开局就抽到支临时组的杂牌军,还要特地从县里跑到这小地方来比赛。"这些穿黑球衣的男孩赛前聚集在一起闲聊,不断贬低对手不只是为了取乐子,其实也是他们互相打气的一种方式,"欸,这篮球馆也太破了吧,我看充其量就是个雨棚!"

这话说得不痛不痒,却字字如刀,瞬息之间便凿穿了城与乡的天堑鸿沟。

大伙都被逗得又腰哄笑,而笑话还在继续:"不会打一半就塌了吧?"

接着震耳欲聋的啦啦队口号声又一次盖过了全场的声音。这些女孩子似乎不知疲倦,精力极度旺盛。她们的脸因为兴奋的加油变得涨红,喉咙几乎快要扯破:"龙阳龙阳,称霸球场!龙阳龙阳,势不可当!"

龙阳一中的队长同样是个体格高大的男子,他有着健康的小麦色皮肤和永远带着傲气的脸。

他自得地瞥了眼高声欢呼的啦啦队,进而看向同样满面神气的队友,遗憾的话语经由他的口舌,显得极度轻蔑刻薄:"都已经反客为主了,看来这场比赛注定无趣。"

程小时已经盯着龙阳一中那边很久了,他们的各种浮夸举止和轻蔑语言都令他感到极度不适。比赛尚未开始,对手就已经嚣张至此,甚至还在不断打压另一队的士气,持续碾压他人的自尊与自信。

真的很不爽啊!一群混蛋,程小时的眉毛都快拧成一团了。

想当年,他也是篮球队的主力球员,什么阵仗的比赛他没见过?什么强悍的对手他没遇到过?跟他比,这些乳臭未干的臭小子不过是渣渣!

队长注意到程小时一直盯着龙阳一中那边的情况。

他当然也看到了对手夸张的阵仗,听到了那些不堪入耳的侮辱,但他始终站立如山,仿佛没有任何东西能影响他。只要站在球场上,我们就是平等的,谁都有机会夺取冠军,只见他中气十足地开口:"陈潇。"

一脸怨毒的程小时即刻回过神来,表情一收,面向队长:"在!"

这是有什么重要的事情要安排了吗?

程小时突然热血地站起来。他是摄像,也是替补,如果能上赛场……

然而队长只是轻轻提醒他一句:"别忘了照相。"

程小时本身不近视,戴着符合陈潇的高度数眼镜让他的视线略微模糊,可以说是真切体会到了眼球震荡的感觉。

队长意犹未尽,继续正色补充:"要拍得风风光光,登报后让全校都关注到我们。"

程小时强忍眼睛的不适,耷拉着眼皮,显得有些没精打采,回答道:"放心吧队长,我可是专业的。"

队长说完开始赛前训练,程小时这时才把眼镜扒到额头,像是没睡醒般使劲揉搓着双眼,进而一会儿拿开眼镜,一会儿戴着,反复试了几下,最终实在无法忍受,开始询问陆光:"我不是近视,戴眼镜反而会看不清,能不能摘了?"

陆光起身打开窗户,任大把暖融融的阳光洒进屋内,强烈的光线刺到了他的眼睛,他微微挥手遮挡,告诫程小时别乱来:"比赛没你什么事,给我老老实实坐满全场。"

陆光这命令的语气着实压住了程小时不安分的心,虽然有那么一瞬间,程小时的脑子里疯狂窜出"我凭啥听他的"的念头。

程小时面对多次限制自己、束缚自己的陆光,好像真的没怎么逆反过,他自己也很奇怪怎么会这样。陆光这人虽然要求很多,管得很宽,但起码还是很靠谱的。

程小时只得戴好眼镜,无奈地坐在观众席里。他的身旁还有个老师模样的中年男子,大概是篮球队的教练,就是看起来文绉绉的。

熟悉的"龙阳龙阳,势不可当"的口号再次在赛场上空炸开,而宣告比赛开始的哨声紧随其后。

电机厂中学是陈潇所在的队伍,他们要面对的是实力强悍、气宇轩昂的龙阳一中。

在龙阳啦啦队持久的加油声中,龙阳一中的队长得意扬扬、脚下生风,轻而易举地越过一个个身着绿色球衣的队员。他似乎根本不必费多少力气,便将球准确投入篮中,引来更加热烈的欢呼声。

中场休息,龙阳球队还在持续鼓舞士气,加油打气声一浪盖过一浪;而一边的电机厂中学队,队员们显然开始有些气馁,方才他们真的在很尽力地防守,但总让对手抢占先机。

队长见队员们要么有些垂头丧气,要么在伸脖观望另一边的得意姿态,开口提醒道:"别被他带了节奏。"说着,他朝大家比画了一个加油的手势,"保持联防,打阵地战"。

队长是团队的主心骨,有了队长如此沉着冷静的态度和可操作的实战建议后,大伙纷纷目光坚定,再次抬起了头,认真地以整齐划一的"嗯"声来回应队长。

而另一边,方才夺得胜利的龙阳一中队不怀好意地打量着被他们视作乡巴佬的电机厂篮球队,不以为意地冷笑几声。他们从来都没把这支乡下球队放在眼里。

新一轮比赛拉开序幕。

此时程小时揣着相机,左右摇摆着脑袋费力看球赛,还在与碍事的眼镜争斗不休:"看也看不清,动也不能动,快把我憋疯了。"

程小时感觉有些不适,眼睛的酸涩疲累令他越发焦躁。他的怨气相当深厚,心里暗暗损着不让他摘眼镜的陆光。

陆光正在悠闲掸扫着书架上的灰尘,不紧不慢地对他说:"等比赛结束把话带到,第一个任务就完成了,在此之前,什么也别干。"

最后一句话语气特地重了几分,暗含明显的提醒警示意味。

这类话程小时已经听过八百遍了,他懒得回应,只得自己找事做来消遣无聊寂寞:"身为校报记者,拍拍照总行吧。"

说着,他举起了摄像机,按下了闪光灯。

谁知这强烈刺激的白光一下子闪到了正在防守的队长,队长"哎"了一声猛地闭眼,转头就冲程小时大喊:"陈潇,别打闪光灯!"

程小时像是忽然感知到了什么,猛地放下摄像机,小声道:"糟了!"

只见龙阳一中的队长先是愣了一秒,然后立即反应过来,此刻是击溃对方的最佳机会!

他如一匹窥见了受伤猎物的恶狼,立即扑向队长,仅留下几道残影。擦肩而过时,他将所有力气攒于膝盖,以毁灭性的撞击摧毁电机厂中学的中流砥柱。

骨骼碎裂的声音在队长体内响起——他被对手以卑劣的手段袭击了。

电击般的痛感从膝盖很快蔓延至全身,队长勉强支撑了几秒,便再也无法承受,他抱膝倒地,面颊上冷汗如洗。

警告的哨声此时准确响起:"龙阳一中带球撞人!"

惹麻烦了!程小时猛然从座位上站起,脸上写满了惊恐与着急,同时内心升腾起一阵恐惧内疚。他觉得自己的身体快要僵住了,小声问陆光:"陆光,我刚才是不是影响了历史轨迹呀?"

陆光坐在光线明亮的窗子前,正感受着阳光温暖的炙烤。

他自然是知道程小时闯了祸的,但并没有过多反应。按以前,他应该会比程小时更快一步,提醒他该怎么做。

但这次他好像并不在意,如一个沉默的预知者,缓缓开口:"你的确改动了原来的进程,"他闭眼似乎在回想他在照片里看到的内容,然后睁眼,继续道,"但结果并没有发生变化。"

程小时闻言下意识看向比分显示屏,好像理解了陆光的意思。

电机厂中学和龙阳一中的比分差距巨大,即使队长没有受伤,结果还是龙阳一中取得胜利。

他内心的重石落地，轻松吐了口气："那就好。"

队长还在承受着巨大的痛苦，他被两名队员搀扶着回到休息区，而带球撞人的那名男生正一脸无辜、无耻地跟裁判狡辩道："哎！刚才是他们的队友在场下拍照打闪光，我被晃了眼才撞上的，这犯规不能算在我头上！"

程小时见队长被架回来，站起身一直看着腿脚不便的队长，开口道歉："抱歉啊队长，我一时大意，你的膝盖没事吧？"

队长此时已经被搀扶入座，即使额发已然被疼痛激起的冷汗浸湿，但嗓音还是沉稳有力，尽可能地劝慰队员："别在意，就算不是你，他也会使别的阴招。"

队长满脸是汗地扶住膝盖，继续道："你先替我一会儿，我的膝盖应急处理一下就上……"

程小时闻言略微惊讶。陆光多次警告过他，只得看完球赛，不得做其他事，不然历史的进程就会被轻易改变。

"在此之前，靠你了。"队长勉强抬头，一双坚定炙热的眸子对上了程小时。

程小时看着眼前这位大山般的团队老大纵然受伤也锐气不减，眼底的勇气与信心饱满如初，他一时有些呆滞，有些不知所措。

保险起见，他再次求助陆光："喂喂，陆光，这也在计划之内吗？我到底是上还是不上啊？"

陆光一边冷静分析，一边回答："过去已经被你打乱，在输掉比赛这个节点之前发生的事，"情况确实不乐观，陆光的脸色明显暗了几分，"我已经无法预知。"

程小时还没有运动，脸上却渗出了冷汗。他看了一眼陷入迷茫、神情沮丧的球队，不想大家陷入这种缄默死寂的气氛里，提起精神，坚定回答道："好，我会加油的！"

龙阳一中队那边，战意正酣的球员们得知对手换替补上场，不由得冷笑。这场比赛的冠军于他们而言，已经是囊中之物："哼，主力换替补，干脆投降算了。"

他们似乎是故意要打击对手，讥讽的声音格外响亮。

龙阳一中的队长看了看消沉的电机厂球队，这些人已经彻底让他丧失了嘲讽的乐趣，他索性没有说什么，只是装模作样地呵斥自己的队员："都滚回自己的位置上去！"

程小时步履沉重地走向球场，回想起方才陆光的言语，内心开始被诸多不确定性噬咬，感到茫然无措："糟了。"

程小时改变了照片里既定的历史进程，如今陆光无法再根据自己看到的过去来对他进行指导。也就是说，接下来对一切可能性的拿捏权，全落在了他手里。

这将是场步步惊心的球赛。

稍微走错一步，他、陆光，这里全部的人，甚至现实生活里和他们有交集的人，可能都会出现不可想象的变故。

比赛的哨声再次吹响。

电机厂中学篮球队开局便再次失利，龙阳一中的队长迅猛截和了本该落在绿衣球员手里的球，继而以猎豹般的速度带球奔向篮球架。

场下的队长看得心惊肉跳，立马大喊："快回防！"

身着黑色球衣的龙阳一中队长颇为轻松地奔跑着，身后几名绿衣球员拼命紧随，其中便有戴着眼镜的程小时。对方颇为得意地带着球，自以为胜券在握，但转瞬间，他手里的球就被程小时截跑了。

只见程小时迅速转身奔向篮球架，在投球过程中频遭对手阻拦。他知道自己被包围了，但仍然没有丝毫怯场。

程小时中学时期打过比赛的次数是这些乳臭未干的小子的不知多少倍，难度也显然都不在一个档次，这种强度他根本不放在眼里。他的姿态堪称完美，旋转跳跃的过程中巧妙躲开对手无数次的阻拦。他在球场上的行踪诡异，走位灵活如蛇，令对手难以捉摸，甚至都无法看清他的动作。

他们完全想不到，这个看着斯文瘦弱的眼镜男，竟然会有那么大的爆发力。

没过几分钟，程小时便甩开了一堆黑蜂般凌乱的对手，在对手还没来得及反应过来时，奔到了球架处。他单脚发力，猛地飞跃而上，完美地扣下今天最漂亮的一球。

全场所有人登时目瞪口呆。

对手的主力盯着这个所谓的校报记者，没想到这个貌不惊人的眼镜男将会是一个强劲的对手。

全场所有人都是一脸的难以置信。

受伤的队长也不例外，十分惊讶。他没想到自己这个平日里看起来文质彬彬的同学，竟然是一个隐藏的篮球高手！

同队的绿衣球员在短暂的惊讶后，脸上是明显的骄傲和喜悦。

程小时空中投篮固然是耍足了帅，逗够了威风，他冷静的面庞在汗水的衬托下显现出不同于陈潇的独特气质。他潇洒投篮之际，内心却在隐隐担忧。

"篮球我可是不输给任何人的。"他的思绪在这极为短暂的跃空里，回到了自己的高中时期，这是他对陆光说过的一句话。

他和陆光的初遇就是因为篮球。当时日头正烈，他在球场打球打得酣畅淋漓，突然球不小心飞出了场外，恰好被路过的陆光抱住。

那会儿的陆光外表斯文，穿着打着领结的白衬黑裤校服，看着就和他们不是一类人。陆光拦下了飞得不受控制的球，就这样抱着，似乎在思考什么。

球场上，程小时的额发已经被热汗全部打湿。他从来都不肯好好穿校服，领口大敞，领带早已不知所终。只见他在陆光对面大声吆喝，语气随意自然："新来的，别愣在那儿了。"他随即一笑，然后挥手示意陆光过来，"二打二缺个人，来不来？"

陆光抱球的力气又紧了几分，他原以为程小时只会让自己把球抛过去，突然被邀请一起打球，直接把他整不会了，就这样看着对方。

眼前的这个男生站在篮球场上，阳光洒在他意气风发的面庞上，他笑得真挚美好，像极了天真无邪的小孩子，一双发亮的眼睛在微风吹拂后，越发真诚热烈。

程小时始终保持着邀请的手势。思绪回到了现在，与回忆里不同的是，这种手势在眼下的情况里，只有挑衅的意味——放马过来吧。

他看着略显紧张的对手，更加不慌了，眼里尽是玩味。

对方队长被他盯得很是不爽。程小时这种无所畏惧的表情，让对方慢慢滋生了一些恐惧，不过对方很快调整了自己的状态，这种时候决不能被吓到。

精神打压！

他勉强提升音量，提醒队员："都认真做好防守，别掉以轻心了！"

在观众席看比赛看得满头大汗的队长此时看着球场上身姿矫健的陈潇，不由自主地感叹道："这小子什么时候变得这么强了……"

赛场上，不同阵营队员的加油声此起彼落。

"防下这一球！"

"好！"

"好！"

比赛已经进入白热化阶段，所有人都在竭尽全力地奔跑跳跃，挥洒汗水。在对手即将投球的一瞬，程小时迅猛冲上去，完成了一个完美的盖帽儿，球权还落到了自己队员手上，徒留对方球员呆在原地，整个球队的人都手足无措。

进球！

很快，上半场比赛结束的哨声在众人不知觉的情况下吹响。所有人都意犹未尽，而程小时在这轮比赛里率领团队差点将比分拉至与对方平手。

电机厂中学所有人的脸上都洋溢着喜悦与激动，他们的目光不再像一开始那样乌云遍布，而是异常明亮。所有人都簇拥着大功臣程小时，发自内心地称赞：

"嚯，陈潇你今天是球星附身，判若两人啊！"

"太强了！欸，那几招跟哪儿学的呀？"

"怎么这么强啊！"

这时队长缓步走来，面上的微笑显现肯定，嘴上也是对程小时的不吝夸赞："你小子可以呀，估计平时没少偷练。"

说着，他递给程小时一瓶矿泉水。

程小时微笑接过，拧开盖子就直接一口闷下大半瓶。

队长的眼睛里燃烧着希望的火焰，他就这样坚定地看着程小时，像是已经看到了值得期待的未来，开口道："有你在，这场比赛我们一定能赢。"

程小时闻言停住喝水的动作，他满脸像洗过一般，湿漉漉的眼睛透过镜片看着神色坚毅的队长，没有多想立马一口答应："没问题，包在我身上！"

陆光的声音在程小时夸下海口后冷不丁横插一杠："程小时！别得意忘形了，比赛结果不能改变！"

他语气急躁，显然是非常严重的警告。

程小时闻言立刻收敛起得意扬扬的表情，脸上的笑意逐渐有些勉强，他干笑几声，跟众人打哈哈："但，但也不能光靠我一个人嘛，是不是啊？"

队长觉察到程小时的变化，表情逐渐回归严肃。

"下半场比赛准备开始！"裁判已经开始赛前提醒。

程小时背对队长奔向球场，耳边是陆光不休的提醒："程小时，你的任务不是打赢球赛，见好就收。"

程小时有点泄气地回答："哦，知道了。"

哨声吹响，两支球队的战斗再次打响。

此时两队仅有五分之差，如果程小时以先前的战斗力完成下半场比赛，那获胜基本是必然的。

可他深知，这场比赛只许输，不准赢。如果非要逞一时之快而使所有人遭殃，那实在是莽夫所为。

程小时不得不按捺住内心的胜负欲，一切为了大局，一切为了任务的顺利完成。

观众席上，队长的膝盖已经好很多了，他能平稳站立，眼睛却始终盯着比分板上持续变化的数字，脸色凝重。

一旁始终观看比赛的带队老师看到了他的焦虑不安，不由得劝慰："鸿斌，别那么紧张，往下看。"

赛场上，电机厂队的所有队员都在全神贯注地进行比赛，除了意图放水的程小时。

队友即将传球，却始终找不到程小时，无奈之下只好把球传给了旁边的其他队友。而程小时把对手当作屏障，躲在其身后不想接球，大家看得出来，他已经开始不认真了。

接到球的队友眼神迷茫，而程小时仍然在躲闪，他情急之下只好把球抛到空中，等待程小时的扑接，然而他们等到的却是对手的截球。

龙阳一中的队长看准时机，直接一跃而起，表情满是不屑："没了他，你们什么都不是。"

程小时在众人身后，不由自主地因队友的举动而汗颜："怎么这种情况下还硬要传给我？"

因为程小时的退缩与放水，对手轻松便投下一球。龙阳一中的队长不费吹灰之力进了球后自信转身，脸上满是无法掩饰的扬眉吐气："怎么样，看到我的复仇反击了吗？"

他始终看着程小时，企图从这人脸上看到些许惊惧、疑惑、自我怀疑，但他没能如意。

程小时满心都是怎么防守，压根儿不看他，这会儿正背对着他跟陆光说悄悄话："怎么样，我这演技还可以吧？像不像真的失误？"

程小时的表演破绽百出，在中场休息之际，队友们就纷纷表示出对他的疑惑："刚才陈潇在干吗，怎么还反向跑位啊？"

大家都感到了巨大的疑惑，这时始终在观众席沉默的队长大声发话："你们别忘了，篮球是团队的竞技！"

他的声音中气十足，充满了对程小时的肯定："陈潇刚才是故意往禁区外跑，吸引对方注意，拉开空当儿，给你们创造得分机会！"

程小时听了这番无比信任的辩白后，更加感到汗颜。

队友们登时醍醐灌顶，恍然大悟道："原来如此呀！"

大家仿佛忘了几分钟前他们还质疑程小时是内鬼，这会儿就对这名深藏不露的队友愈加敬佩，赞不绝口了。

"陈潇不光会单打独斗，还能运筹帷幄，调兵遣将！"

"太厉害了！"

程小时在一旁听得脚趾都能抠出一栋三层洋楼，尴尬扶额，流汗不止。

休息过后，他又要上场了。篮球在他手下弹跳，他心不在焉地走在球场上，面对前方严丝合缝的防守，表情没有丝毫动容。

对方防守球员企图夺走程小时手里的球，转瞬间程小时一个看似随意的转身让对方扑空。程小时成功将球传给了队友，引得台下队长连连赞叹："传得好，传得好！"

因为程小时的传球，电机厂球队抢占先机，完美投篮，再一次缩小了比分差距。

休息时，队友们如看稀奇宝贝似的团团围住程小时，不约而同地朝他竖大拇指，称赞的话语顿时如瀑布般流泻而出：

"嚯，陈潇你这传球可以啊，快赶上职业球员了！"

"你放心传，我们会积极跑位来配合你的！"

程小时被一堆散发着青春荷尔蒙气息的男学生勾肩搭背，底气不足地答道："嗯，好。"

他看着这些热情的笑颜，心里懊恼："怎么会这样。"

再这样下去，比赛就要赢了，他明明已经很努力地放水了。

对手依旧在休息时盯着他们，只是这次不同于之前，他们眼神愤愤，不敢再轻敌，毕竟对方如今蹿出一个非常令他们忌惮的角色。

龙阳一中的队长攥紧了拳头，狠狠说道："刚才那球一定是走了狗屎运！"

哨声再次响起，场上奔跑的身影重重叠叠，在颇有节奏感的摩擦起跳声里，电机厂中学再进一球，而龙阳一中队长始终站在程小时身后，如猎手般寻找机会。

观众席里的队长正襟危坐、全神贯注地观察比赛动向，看到己方接连进球后并没有太过明显的反应。

不到比赛最后一刻，谁都无法预料最终花落谁家。这会儿所有人都大汗淋漓，拼尽全力地认真比赛，除了意图放水的程小时。他刚刚已经很努力地在演戏了，但最终还是得了分。

难道真的要逼他使出绝招？

程小时这么想着，拍着球颇有气势地走向龙阳一中队长；后者见状连连后撤，还以为他要使出什么绝活，没想到对方走了没几步，就突然摔了个狗啃屎。

龙阳一中队长一脸疑惑,这人确定不是来搞笑的吗?

程小时特地趴在地上多拖了一会儿,才磨磨叽叽地爬起来:"哎,这下总行了吧?"

他这水放得都快有一个太平洋了!

此时两队比分仅差四分。然而比赛还未结束,裁判的哨声却突兀地响起:"电机厂中学请求暂停——"

程小时下意识转向观众席,正好对上队长决绝的目光。

即使是暂停,龙阳一中队的加油示威声依旧不绝于耳。越到比赛最后阶段,这些女孩子的声音越嘹亮热烈。

不论当前局势如何,她们始终坚信,自己的队伍必将取得最终胜利。毕竟他们这支镇里优秀的球队,是绝不可能输给一个乡下球队的。

程小时回到观众席里,被队长强行按着肩膀坐下:"你给我坐下。"

其他球员都在队长身后站着,表情怪异。而程小时对上队长磊落如清风的眼神,顿时慌了——不好,被看穿了。

在他以为队长将会对自己进行种种质问的时候,对方只是目光深沉地叮嘱一句:"你体力透支严重,技术动作已经变形,好好休息一会儿。"

队长沉稳地走向队伍,用大家平日里最信任的语气说道:"刚刚校医已经帮我做了应急处理,现在该换我上场了。"

他的声音坚如磐石,无可撼动,在众人欲言又止的空当儿里,径直走向赛场,显然听不进任何劝阻。

程小时的视线紧紧攫住队长孱弱的膝盖处,那里虽然已经缠了绷带上了药,但恢复时间显然不够。他拖着受伤不久的腿一瘸一拐地去比赛,这是在以身犯险!

程小时看得有些忧虑,不由自主地问身旁的老师:"他这一瘸一拐的,真的没问题吗?"

老师闻言表情没有太多变化,只是扭头语速缓慢地对程小时说:"如果现在不上,可能以后就再也没有机会了。"

他语重心长,接下来明显还有话要说。

程小时看着这位面容沧桑的老师,内心所有持续跳动的焦躁似乎都被这样低沉的声音压制住，不安的情绪逐渐化为一汪平静无波的泉面。

他好像听故事般沉浸在老师口里的过去，逐渐忘记时间，思绪飘远。

"我们镇子本来就不大，能给学校的资源也有限，这篮球馆还是电机厂工人们自己用旧厂房改的。"

程小时不禁仔细打量周围的环境。中间正在进行比赛的球场是明亮的，但堆积着破烂汽车和电机的角落是阴暗的。四周的墙壁渐次剥落，露出古旧的红砖，上面因为常年潮湿，爬满了幽绿的青苔。

"后来厂子关了，爱打球的学生就常跑来玩。学校本来也懒得管，但最近准备扩建校舍。"

老师说几个月前陆鸿斌队长来找自己，那时他也穿着如今这套球服，怀里抱着一个篮球："如果我们能代表学校打出好成绩，是不是就不会把篮球馆拆了？"

陆鸿斌的询问里夹杂着些许急切和慌乱，眼睛里饱含着恳求意味的情感。

作为一个乡村中学，组建篮球队这种事学校是肯定不会支持的，只会觉得荒唐，于是实话实说："我们学校从来就没组建过篮球队，你这不是胡闹吗？"

现实从来都是残酷的，然而这盆冷水并未浇凉这个年轻人对篮球的热爱与渴望，他目光一如既往地坚定，言语铿锵有力："不管怎么样，请让我们试一下吧！"

程小时目送着队长一瘸一拐却稳如泰山的背影，老师的话语持续萦绕在耳畔。

"像我们这种乡镇学校，想出人头地只有读书一条路，篮球梦对他们来说，根本就是天方夜谭。"

天方夜谭？

程小时涣散的思绪逐渐凝聚，他看见场上这些热爱篮球的青年已经排列好队伍，如蓄势待发的箭，在狭小潮湿的篮球馆里，散发着太阳一样炙热的气息。

他们的防守明明只有几个人，却聚成了一面牢不可破的盾。

队长受了伤,却依旧沉稳而立,眼底燃烧着熊熊火焰,那是他持久的激情和精气神。

哪怕他们一直追求的篮球梦真的是天方夜谭、是镜花水月,他们也一样有飞蛾扑火的决心与勇气,不惜一切将梦想化为现实。

凭着这么一腔热爱闯一闯,便足够了。

程小时心潮起伏之际,鬼使神差地开口:"教练,换我上场吧。"

这位老师转过了头,正儿八经地说道:"什么教练?别忘了,我是教化学的。你们这些孩子一个个都怎么了?"

程小时的心微微一沉。这些热爱篮球的少年,甚至都没有专业的跟队教练,更不用提专业化的训练。

他们的梦想就像墙缝里的花,在这样艰苦的环境下拼死挣扎,才能汲取一点养分,尝到一点甜头。

他们没有明亮宽敞的球场,没有专业的训练,没有学校家人的支持,什么都没有。

程小时感到一阵揪心,只听这个老师继续开口问道:"篮球对你们来说,到底意味着什么?"

意味着什么?

程小时想起之前和陆光打了一天的球后,站在夕阳西下的余晖里,那时的他面向陆光,汗流浃背,身上铺满了橘黄色的光,疲累却酣畅地笑着:"打得不赖嘛,新来的。以后,我们俩就是拍档了。"

陆光因为剧烈运动,衣服不像之前那么规整了。他的衣服领口像程小时那样敞开着,整个人散发着青春活力,领带凌乱,运动过后一扫平时的面若冰霜,脸上能看到些许薄汗,脸色也比之前红润一些。

陆光看着眼前才认识不到一天,就称呼自己为"拍档"的男孩,瞳孔涌现出不易察觉的诧异。他停顿了几秒,然后耸肩说道:"随便玩玩,何必当真。"

程小时听了这种带有拒绝意味的话语,只是笑了一下,继而把球递给陆光,不紧不慢地开口:"那可不是,每当我把球传给你的时候,都代表了我对你的一份信任。"

陆光看向眼前的球，罕见地陷入了迷茫，然后抬头和程小时四目相对。

程小时站在逆光的位置，整个人被阴影笼罩，脸部线条被加深勾勒，一双眼尾微微上挑的眼睛里露出他不曾见过的光："这一辈子能和值得信任的伙伴在一起，是多么难能可贵的事。"

陆光缓缓伸手接过程小时的球。

此时此刻程小时坐在观众席里，看到队长向一名球员传球，仿佛看到了球场上曾经的自己和陆光；而陆光也感知到了他的想法，不由自主地看着双手。他的两只手微微拱起，仿佛也抱起了一颗篮球。他想了想，放下了手，对程小时说："程小时，别忘了你现在还活在过去，活在别人的世界里。"

但这时程小时已经站起身，一副准备冲锋陷阵的姿态："我知道。"他顿了顿，眼睛始终坚定地看着球场上挥汗如雨的队友，"我要做的，不正是去弥补他过去所留下的遗憾吗？"

只是这会儿，对手在女生们的欢呼尖叫声里又成功进了一球，比分差距又在逐渐拉大。

队长被对方球员牢牢牵制，动弹不得，只能眼睁睁看着球飞向篮筐。

幸好球只是磕到篮筐，并被弹飞，众人见状便冲着球飞跃而去。队长竭尽全力终于抢到了球，但落地后膝盖受到冲击，无法支撑身体，被迫倒地。

奋力抢夺到手的球就这样在地上滚得越来越远。

队长不甘心他的梦想也如这球般离他越来越远，他怎么能甘心呢！

所有球员情急，直接全部簇拥上去，连忙喊道："队长！"

程小时见状立刻向身旁的老师请求："教练，快换人！"

老师没有在意程小时的称呼是否准确，他跟着起身，视线始终放在那群身着绿色球衣的男孩子身上。他面色微微茫然，眼睛里似乎蕴藏着复杂的情感。

队员们看着队长不停颤抖的膝盖，担忧和恐惧从每个人的表情中流露而出。大家努力扶起队长，焦急劝道：

"队长！"

"队长,别硬撑了!"

而队长一只手撑地,举起另一只手示意他们不要扶自己,豆大的汗珠一滴一滴落下。

哨声响起,这是电机厂中学第二次请求暂停。

队长被两位队友小心搀扶着回到观众席处,他已经耗费太多体力和毅力了,再这样下去,他这条腿很可能就此报废。

程小时等候已久,见到他们走来,便迎面朝他们走去,关切询问:"队长,你没事吧?"

队长逆光而立,尽管被人搀扶,但腰背依旧直挺。他没有立刻回答程小时,而是疼痛难忍地闭着双眼,声线颤抖地说:"我舍不得,我真的舍不得。"

他还在剧烈喘气,疼痛几乎快要盖过他所有的知觉。

程小时闻言陷入短暂的沉默,继而举起手臂,坚定而认真地承诺:"今天绝不会是你在这里打的最后一场比赛。"

队长看着那只手,那只手浸浴在白昼般的光线里,显得异常明亮,像远方不可名状的希望。此时这样的希望就出现在他们面前,带着耀眼的色彩,抚慰他们的内心。

队长神色紧绷,郑重其事地和那只手击掌,迸发出了嘹亮的回响。

希望的火炬就此传递。

陆光对程小时的作风了如指掌,他内心顿时生起十二级警戒,立刻警告程小时:"程小时,别忘了我们的约定。"

而程小时丝毫不顾陆光的提醒,步履坚定,径直往球场中心走去。现在他的心里已经装不下那些条条框框了,他只想为那些炙热的梦想搏一搏,竭尽全力填补这些引人神伤的遗憾。

程小时站定,已经做好了全力以赴的准备。


比赛正式开始。

这一次,程小时打出了自己的实力。

他忘却了时间,忘却了地点,忘却了任务,忘却了一切阻碍他脚步的东西。他的脚下仿佛不再是这片狭小的阴暗潮湿的球场，而是独属于他的空间。他在这个流光溢彩的空间里尽情驰骋，肆意跳跃，以迅疾矫健的身姿一次次躲过对手的追堵截杀。

篮球在他的手心里异常滚烫，仿佛被赋予了生命，同他融为一体，永远都不会从他的手心滑落，只会不断奔跑、闪避、凌跃，奔向那承载梦想的篮筐里。

继电机厂队接连几次失利，这次程小时在极短的时间内一球命中，引来队友洪亮的喝彩："好！漂亮！"

比赛中场休息，失势的龙阳一中队员咬紧后槽牙，眼里尽是不甘的愤恨和怒火。眼看比分越发接近，说明他们极有可能输给电机厂中学队，也就是他们不放在眼里的野鸡球队。

这种耻辱，他们怎么可能接受得了？

龙阳球队的队长不屑地瞥了眼那边欢呼雀跃的电机厂球队，然后转过身跟同伴秘密交耳。

语罢，两人对了眼神，默默点头。他们必须赢，无论用什么手段。

比赛开始。

两支队伍再度交锋，当球传到龙阳球队队长的手里时，程小时迅速越过众人进行拦截。

龙阳球队队长抱着球跟程小时周旋，心知如果一直不放球，根本没机会赢。他身上的压力变得越来越大，压得他眼皮发紧，头皮发麻。接着，他脚底忽地发力，猛然上蹿，以一种他能做到的极限高度，将球抛出。

但程小时滞空能力也很强，靠着硬实力将球盖了出去。

敌队队长一脸疑惑："什么？他能滞空这么久！"

众人惊呼。

队长坐在观众席里跟老师不约而同地齐声大喊："好！"

己方一名球员掐准时机，果断出手抢到球，在对手还未回神的时刻，完美将球投篮。

比分即刻变为 42：45，电机厂中学至少再拿三分，就能赶上甚至有机会超越龙阳一中！

电机厂球队队员手舞足蹈地欢呼："差距缩小到只有三分了！我们还有机会！"

比赛虽然已经进入尾声，队长也受了伤，但比分已经追到这里，大家都很难再安静地坐在观众席上休息。大家太激动了，因为看到了近在咫尺的希望。

队长站在休息处，奋力朝队员们大喊："这次防守至关重要！人盯人看死他们！"

球员们奔跑的脚步在赛场上摩擦过地面，扬起些许不高不矮的尘沙，两个阵营的人你追我赶。

篮球最终传到了程小时手里，只见他飞快地带着球向前奔跑，面对前方拦截的高大身影，他目光冷静，毫不畏惧。

因为他的心里早拟订了路线方案。这场比赛，他赢定了。程小时正轻松越过阻拦他的人，却在擦肩而过的那一瞬间，被人狠狠打了脸。

阴招！

程小时感受到面部的剧烈灼痛，伴随着巨大的力道，他急速冲刺的身体没能站稳，直接狠狠摔在地上，眼镜应声落地，随即被一双脚无情碾碎。

裁判警告的哨声吹响："龙阳一中防守犯规！"

打人者识趣地举起右手承认错误。

没想到比赛进展到了这步田地，对方早已走火入魔，不惜犯规也要赢得比赛，而踩碎程小时眼镜的正是对方球队的队长。他无辜地挠了挠头，转身对程小时假惺惺地道歉："兄弟，不好意思啊，想过来协防的，没想到踩着你眼镜了。"

说着，他走近俯视着还在喘息的程小时，假惺惺地朝程小时伸出了手。

程小时抬头看着他，回以礼貌的微笑："谢谢。"

对方没想到程小时竟然这么冷静，顿时一愣，继而开怀大笑。

嘴硬！他只当程小时是逞强，轻蔑地笑着："抓紧吧，打完还得赶车回县里。"

比赛似乎已经是终局，龙阳一中啦啦队的喝彩声没有随着时间而消沉，反而依旧嘹亮。

他们自认为自己得到了巨大的优势——陈潇失去了眼镜，等于失去了视力，这对电机厂中学队是一个致命打击。

可他们永远不会知道，眼前这个人不是陈潇，而是视力极佳、球技卓绝的程小时。

龙阳一中队这样偷奸耍滑，反而更加激发了程小时和队友们的斗志。

程小时接过了队员抛来的球，奋力一跳，双眼紧盯着篮球架，将球毫不犹豫地投过去，丝毫不拖泥带水，甚至比他戴眼镜的时候还要利索。

龙阳一中的队长咬牙惊怒："什么？他竟然还会投三分？！"

双方比分瞬间持平。

这一球，将会是场上最重要的转折。

队长继续高声做着场外指导："一定要控着球，把进攻时间耗完！"

龙阳一中队显然有点慌乱。若是比分差距大时，他们还可以随心所欲地比赛，游刃有余地逗乡下人，但如今眼看这些乡巴佬就要赶超他们，他们无法接受，也无法承受被这些人击败的耻辱。

当然龙阳一中篮球队队员还是有一定实力的，他们彼此间默契十足，在程小时拆挡之际没有将球抛出，而是出其不意地迅速传球。

程小时扑了个空，心里懊恼。

眼看着一名黑衣球员接住了球，对手在满场欢呼里投进一球，得两分。

陆光企图在最后关头拴住这只脱缰的野马："到此为止吧，这已经是最好的结局了。"

程小时持续大口喘息，没有答话，继而转身看向身前眼神坚毅的队友。

还有一次机会，如果这次能投入三分，他们就赢了。

这时龙阳一中球队队长闲庭信步地走到程小时身边，得意地用胳膊肘撞撞他："放弃吧。"

程小时没有理会对方，他像一支离弦之箭般冲出，留下对手在原地凌乱。

"程小时！"陆光终于急了，他没想到程小时真的要孤注一掷。

对手被不停跑动寻找机会的程小时甩得东倒西歪，其队长直接针对性地发号施令："包夹这个替补！"

程小时接住了队友传过来的球，即刻被一群如狼似虎的对手包围阻截，但他毫不怯场。他竭尽全力把球一抛，以迅雷不及掩耳之势传给了一位靠近球架的队友。对方接住了球，奋力一跃。

流逝的时间似乎慢了下来。

陆光像是不能动了，就这样如石膏般站着。

难道比赛的结局就这样被改变了吗？

程小时满头冷汗，双目圆睁，看到球在篮筐的边缘停顿下来，他的心也随之上下扑通，几乎快要跳到嗓子眼儿了。

不要掉进圈里。

不要。

陆光的警告声持续不断地在他的耳边炸开。

## 第四章 节点

微风吹动了我的头发,
教我如何不想她?
——刘半农

"相片里的世界即代表过去，"陆光面对程小时而坐，慢条斯理地开口道，"你做出的任何改动都有可能扭曲时空，改写未来，但也有例外……"

他平淡的眼神随着语气的停顿而略微一滞。

程小时慵懒地坐在椅子上，闻言缓缓直起腰，疑问道："什么例外？"

陆光不再看他，而是直起两截小臂，肢体动作与口头语言并用，给程小时仔细讲解："在某些时光里，会有一个重要节点……"

他的左手保持不动，右手跟着他的讲述移动着。

静止的左手就是他口中不变的重要节点："就算不小心改动了之前的所有进程……"他指节分明的右手轻轻点了一下左手，继续道，"但只要那个时间节点的事件结果不变，那么一切都将复原如初。"

重要的时间节点？

如果赢了这场比赛……

程小时也不知道自己的选择是否正确，此时此刻他正在为一群青春热忱的青年的篮球梦而披荆斩棘，几乎做到了所向披靡。

他每一个潇洒的奔跑、旋转、跳跃的动作都不属于过去的时空，这是他强行介入而出现的新情况。他改变了过去，他本不该出现在赛场上。这个改变的后果究竟是什么，程小时自己也不知道。

这一球，程小时不会亲自投，至于最终能不能进，就要看队友了。

有那么一瞬间，程小时希望这一球不要进篮。

然而，这一切不知该称作命运的馈赠还是玩笑，队友巧妙地避开了对手的抢夺，他对胜利的渴望同样很强烈，因为这场比赛的意义实在过于沉重了，它承载着这群人的梦想。

"那是我人生中最难忘的一天……输了比赛，错过暗恋的女孩，最后还跟我妈大吵了一架……"

委托人陈潇充满愁绪的话语缓慢在耳边弥散。

"重要的时间节点一旦被打破,那么之后的过往可能都将会被改写。"陆光严肃的警告又如警铃般猛地在他脑海里敲响,余音弥散,他觉得自己快要耳鸣了。

程小时瞳孔骤缩,眼里不再有任何人,只有球和篮网。他仿佛要以目光为刃,刺破这个极可能会带来灾难的球。

篮球稍微歪了,在球筐边缘别有意味地转了一圈,但没有影响最终的进篮。程小时瞳孔里仅存的光点随着篮球入筐的瞬间趋于涣散。

篮球垂直坠落,他的心也如这般,在寒风呼啸的恐惧里直直坠入冰窖。

三分球命中!两队比分即刻变为48∶47。

电机厂中学最终以一分之差惊险夺冠。这场比赛,将不再是陈潇铭记一生的遗憾,而是一场属于程小时的毁灭性的事故。

比赛结束的哨声吹响的那一刻,全场响起了歇斯底里的欢呼号叫。

"球进了!"

"赢了!"

程小时很久没有缓过神儿,已经完全感受不到肢体的疲累。

他心事重重地走向队伍,而其他成员难掩喜悦地等他过来,接着,大家都激动地拍着他的肩膀,口中不住地赞美:

"没想到是你小子最后顶住了压力,完成绝杀!"

"厉害呀!"

比赛谢幕,几家欢喜几家愁。

一边,电机厂中学球队兴奋到了顶点,球员们仿佛有说不完的话,大家手舞足蹈、滔滔不绝,每个人的脸上都挂着自豪的喜悦,就差敲锣鸣鼓、沿街放鞭炮来庆祝了。

另一边,龙阳球队的队长一直在数落垂头丧气的队友,几乎要把梳理整齐的头发抓成鸡窝了:"你们是怎么防的啊?"他气得手脚并用,不断跺地,恨不得朝队友们喷火,"竟然输给一个刚组建的乡镇学校篮球队!"

他的手臂猛然一挥，扭头指向陈潇，暗自骂道："这该死的替补，到底是从哪儿冒出来的？"

　　此时身为陈潇的程小时不知何时离开了人群，独自面向篮球架，背立众人，背影显得格外孤独，氛围也和大家格格不入，看起来并没有因为获得胜利而兴奋。

　　捅了这么个大娄子……

　　他怎么可能高兴得起来？

　　陆光不会有事吧？程小时心头一紧，实在不敢细想，只能攥紧拳头企图给自己打气。

　　为什么陆光到现在还没跟他说话？

　　队友兴奋劲儿过去，没见到陈潇的影儿，转头就看到大功臣罚站似的站在球场上，立马追了上去："陈潇，好样的！最后那球传得漂亮！"

　　队友们今天的溢美之词全部毫不吝啬地给了程小时，基本是隔几分钟就想再夸几遍的程度。

　　毕竟大家能赢，多亏这位深藏不露的选手力挽狂澜，成功帮他们保住了篮球场，使他们离梦想更近一步。

　　腿脚不便的队长在老师的搀扶下缓缓走向程小时，脸上是温和怡人的笑容，如同苦寒过后的花迎接阳光时那般灿烂。

　　但程小时此刻正沉浸在自己的世界里，周遭各种欢声笑语尽数湮灭于内心无限的恐惧慌乱中。

　　他凌乱在被无数可能性充斥的空间里，冷汗浸湿了他的衣领和额发，他面色惨白，仿佛刚从水里打捞起那般无措忧恐。

　　队友察觉到程小时的古怪："欸，陈潇，你怎么戳那儿不动啊？"

　　另一位队友拍拍他的背，关切道："是不是还没缓过神儿来？"

　　程小时丝毫没有听到这些关切问候，真正的他在陈潇僵硬的身体里剧烈挣扎，这是他进入这个世界的第一次破戒。

　　从他代替队长走上球场的那一刻，过往的秩序便就此被打破，历史也开始被篡改。他在陆光的重重警告中仍我行我素，逞一时之快，将球传给了队友，最终改变了比赛结果。

因为这一球，所有恐怖的可能性如藤蔓般在他脑海里蔓延扩散，接着紧紧箍住他的大脑、心脏。如果过去的世界被改变，那么未来的世界会不会因此变得不一样？

"那么之后的过往都可能被改写……"陆光不容置疑的声音如刺颅长钉，狠狠贯穿了程小时的后脑勺，切断了一切具有思考力的神经。

他最珍视的好友，这一刻，仿佛就站在球场上，沉默着站在他的对面，他却看不清陆光的脸。陆光仿佛被时空的魔咒牢牢箍住，进而晕开了层层旋涡，连带着他整个人被这些旋涡悉数卷走，永远消失在程小时的世界里。

程小时的世界开始近乎灰白，他极度恐慌地吸气，呼吸的声线如被拨动的弦般止不住地颤抖。

他目眦欲裂，整个人仿佛被浸在万丈寒渊，在恐惧的寒潭里挣扎着，微弱地重复喊着那个名字："陆光……陆光……陆光……你在不在？"

回应他的只有自己心脏的狂跳声，而陆光的身影已然消失在房间。

队长被老师搀扶着一瘸一拐地走来。此时的程小时被众人包围，他在大家眼里格外诡异，像突然凝结的石像，脊背和嘴唇持续颤抖，似乎看不到周边的任何人。

"欸，他怎么了？"

"比赛结束之后就一直发愣，不会是兴奋过头了吧？"

队员们面色担忧，围着程小时开始讨论。

队长没有说什么，径直走到程小时身后，厚大的手掌轻放在了程小时的肩上："陈潇……"

然而队长还没来得及继续安慰，就被突然炸毛的程小时一把甩开手。程小时的情绪相当激动，声音碎裂在沉寂的空气里："别碰我！"

队长保持着被甩开的姿势，惊讶地看着程小时；所有队员顿时噤声，目瞪口呆地看着眼前的情景。

他们认识的陈潇，是个温顺的人。

不过程小时很快就缓过神儿来，大口喘气，瞬间收敛表情，没有直视这些质问的目光，轻轻开口："队长，对不起，我想一个人静一静。"

说罢他转身就走，留下一众队员一脸担忧，站在原地不知所措。

程小时越走越快，眉头已经皱出了褶子，还在不停呼喊着："陆光，人呢？倒是说句话啊！"

依然没有任何回应。

程小时猛然站定，难道真的出事了？！

陆光那边不可能这么久都没回应，程小时不敢预想现实里究竟发生了什么。

他虽然急得如热锅上的蚂蚁，但头脑尚清醒，这种时候他很清楚自己必须退出照片，尽管他是那么害怕面对已经被篡改的现实。

程小时小臂颤抖，准备双手合掌退出照片。

他对不起陆光，如果陆光真的出了什么事，他该怎么办？

然而就在他两只手掌即将接触的那一刻，那个他焦灼等待的声音出现了。

"停下！"

程小时的动作顿住，呆愣一瞬，便长舒一口气。热汗盖过冷汗，开始源源不断地冒出："你个鸟人，怎么现在才冒出来？吓得我差点儿退出照片。"

程小时因为方才过度的恐慌，声音仍有些震颤，但更多的是类似于劫后余生的喜悦释然。

陆光已经不在卧室，正在一楼的柜台处摸索着什么。

此时已经濒临黄昏，窗外的色调逐渐趋于橘黄色，能进入室内的光已经不多了，屋内显得有些昏暗。

陆光察觉到程小时残余的紧张，安抚着："委托人的话都写在字条上了，不知道乔苓放哪儿了。"

他在柜台这里扒拉到了需要的字条，接着道："现在找着了。看你着急忙慌的样子，总算知道瞎胡闹的后果了吧。"

陆光有心惩罚程小时，就始终没有搭理他。这会儿他攥着字条往回走，不忘再数落几句，让程小时长长记性。

程小时立马火了，亏他那么担心，刚刚都快被陆光的沉默整疯了，结果这人不以为意,还落井下石,丝毫不顾及他的感受:"你刚才整我是吗?"

"我才没你那么无聊。"陆光淡淡回应,看着手里的字条,缓缓坐下,继续道,"上个事件的节点的确已经被你改写,但最终结果没有变。"

程小时疑惑地"啊"了一声:"那是为什么?"

他还没接着说下文,余光便看到带队老师走过来,手里拿着他的摄像机。老师把相机递给他:"陈潇,赢了比赛,相机都不要了。"

照片外,陆光缓缓把字条展开仔细阅读。

照片内,程小时不好意思地干笑几声,接过了相机,对老师憨笑着:"一兴奋给忘了。对了,后面我们是不是要和其他队伍打比赛啊?这样,篮球馆就能名正言顺地保留下来了吧?"

保住篮球馆的话,这些少年就有了精神寄托,他们的篮球梦才能更实际。

老师叹了口气,犹豫几秒,最终还是选择实话实说:"其实今天的比赛无论输赢,校领导都已经决定,要将这里拆了盖新校舍。"

程小时听愣了。那今天在赛场上,这些少年人的付出又算什么呢?别人承诺给他们的理想终究是镜花水月。

"说到底……学习总比兴趣来得重要。"老师面露愧色,但道理不假。

迫于时代,迫于压力,迫于城乡差距,他们这种乡村学校只有学习这一条出路。如果真的要在学业和兴趣间做出抉择,于他们而言只能选择前者。

程小时感受到一种无能为力的悲哀。这就是陆光说的无论输赢,结局都不会改变的原因吧。

这时,一阵欢笑声截断了程小时和老师的谈话,他转头看向那群意气风发的少年,每个人的脸上都写满了憧憬和希望,洋溢着奔赴理想的欢喜雀跃。

"队长队长!"

"下一次是不是要到县里打比赛呀?"

"对呀对呀……"

"这样学校一定会支持我们把校队办下去的!没准儿还能帮我们把球场再修缮一下!"

"对对，改成木地板，配上大灯！"

"哇，完美！"

"太棒了。"

看着球员们纷纷围着队长，叽叽喳喳地进行讨论，程小时知道他们不仅仅是沉浸在胜利的喜悦里，更是浸浴在对光明未来的希望与畅想中。

但他们不知道，这实际上只是披着希望外皮的虚无失望。

老师同样看着这些少年，目光慈爱，但作为教师，他不得不带他的学生回归现实。

"还是告诉他们实情吧，反正早晚都得知道。"

话音刚落，老师便开始走过去，走了没几步，却被程小时拉住手臂。

他诧异地看向程小时，而程小时默不作声，表情为难而怜悯，冲他轻轻摇头。

如果这个时候告诉他们真相，让他们得知自己只是竹篮打水一场空，只怕会摧毁这些少年的斗志，无异于捅刀杀人。

太残酷了。

老师定定地看着目光坚定的程小时，又看看那群仍在欢声笑语的年轻人，终究是应下了这个善意的请求。

程小时开口道："谢谢教练。"

老师从程小时跟前走过，摆摆手无奈道："说了叫老师、老师，这孩子今天怎么了。"

程小时目送老师离去，转头看向逆光而立的一众队员。他们今天的话是真的多，如泄闸的洪水般源源不断：

"哈哈，大伙太棒了！肯定不用拆！"

"是啊！"

"刚才那球传得太神了！"

"是呀，你也一样啊！"

程小时看着这些斗志昂扬的少年，忍不住微笑，缓缓举起摄像机就要拍照。还在热烈讨论的队员们注意到了他，猛然回首，随即开怀大笑，勾肩搭背摆好了姿势。

"咔嚓！"

闪光灯不断摁下，从体育场上方的格子窗上洒下的光线，照亮了这片承载着万千希望的巴掌大小的球场。

"程小时，你别忘了还有任务在身，保留点体力。"陆光总是在程小时企图摸鱼时出来敲打他。

程小时拍摄的动作一顿，心想陆光这人真会挑时候扫兴，但也只能因为任务无奈妥协。

能怎么办？只能听他的呗。

"不就是带个话吗，能有多累？"程小时撇撇嘴，不以为然道。

陆光："但在此之前，你得负责送陆鸿斌回家。"

陆鸿斌，就是受伤的队长。

程小时察觉到陆光语气的吞吐，一时有些奇怪。

不就是送人回家吗，这有什么值得犯难的？

迅速拍了几张合照，就已经到了黄昏，于是大伙稍微整装便相互道别，带上一天的好心情各自奔赴家的方向。

黄昏时分的乡野小路最是抓人眼球。橘黄色的暖光轻纱般披在红砖绿瓦上，四下无人，街坊邻居们忙着在屋里烧饭，空气中偶尔能闻到食物烹饪的香气，听到亲人团聚的欢声笑语。

入夏的晚风轻柔拂过路边的野草野花，程小时骑着自行车穿梭其中，视野远方便是落日，温暖而静谧。

然而，此时此刻的程小时没有精力去品味欣赏这些美景。程小时只有一辆自行车，只好将受伤的陆鸿斌安排在后座。当队长坐上后座的那一刻，程小时差点儿没稳住，双腿强撑地才堪堪稳住不至于倒下。

因为是乡镇学校，学校到居民区的路途偏远，并且很多地方都崎岖不平。程小时无助地看着面前遥遥无尽的路途，内心苦涩。

唉，又是被当作活牲口使唤的一天。

泥土路还好，最难走的莫过于上坡路。

以前的自行车基本没有减震装备，轮胎不大，远比不过现在的山地车，且不说走平坦路都会被震到，在爬坡时更是举步维艰，尤其是在带人的情况下，没锻炼过的可以直接放弃了。

多亏多年运动积累的好体力，程小时才得以咬紧牙关跟上坡路斗智斗勇。他一边喘粗气，一边冲陆光悄悄抱怨："打球跑断双腿，骑车困难加倍，为什么吃苦的人总是我呀？！"

现实世界中的陆光以不变应万变，默默抿了口茶。

坐在后面的陆鸿斌对自己的体格还是清楚的，他看着程小时被热汗浸湿的后背以及颤抖的双腿，忍不住开口道："陈潇，累的话就放我下来，我自己能走。"

程小时抱怨归抱怨，但还是明白事理的，立马强撑起精气神儿，转头对一脸惭愧的队长笑道："没事，这点儿运动量算个啥啊。"

自行车渐渐开始左摇右晃，看起来岌岌可危，却还在被迫持续向前推进，看着还有几分滑稽。

而现实里，陆光安逸地坐在沙发上，看着刚刚找到的字条："看样子体力还挺充沛，那正好，趁现在把委托人的话带到吧。"

程小时无声抗议：这还是人吗？

他费力蹬着快散架的脚蹬子，向着远方前行，整个人像刚从水里捞出来似的，在骑上平缓的阡陌小道时，他几乎快断气了："陆光，我是不是上辈子欠你的？"

程小时边吐槽边环顾四周，他和队长现在站在一个小山头上，山脚下是齐整的房舍与宽广的农田。周遭山脉连绵不绝，丘陵起伏，盎然的绿意包围了整个村落。在这里能看清整个村子的全貌——这是一个被群山相拱、绿水环绕的美丽村镇。

陆鸿斌静静坐在后座，不时欣赏着周围的景色。他仿佛早已忘记自己受伤的腿，回到了自己的舒适区，脸上微笑也多起来，即使不在球场，他也永远满怀期待与热爱。他爱篮球，爱队友，也爱自己的家乡，热爱生活。

他感受着晚风的吹拂，看着陈潇费力的骑车动作，笑着开口："你小子篮球打那么好，怎么没早露两手？害得我当初拉你临时当替补的时候，心惊胆战了半天。"

程小时没有回答，而是另说他话，忽然开口："队长，我有话想对你说。最近我总是梦到当时和龙阳一中的比赛，我作为你的替补上场，竟然又是灌篮又是三分，把对面打得落花流水，梦醒了，就特别留恋能一起打球的日子。

"长大后，虽然还会走上球场，但没了放学轮流抢篮筐的你们，没了责怪我投篮不长眼的你们，没了就算这样还愿意把球传给我的你们。

"球场，也就不再那么令人兴奋和着迷了。"

正在望风景的陆鸿斌略显疑惑，但还是静静聆听。程小时目光平静，语气平稳地将委托人的话传递给陆鸿斌。

程小时一边骑车下山，一边在陆光的引导下，以温和平缓的语气说出委托者留下的话。

随着速度的加快，程小时的头发被风高高吹起，浑身都染上了落日的余晖。

陆鸿斌安静地听着陈潇的诉说，没有打断，只是逐渐微笑着侧首而望，将风景尽收眼底。

想必，陈潇对队长有很深的情谊吧，特意给队长写了心里话。

前方的路段相比先前的路好走很多，车也没那么颠了，程小时骑得越发轻松起来。

这时一个少女的叫声忽地在前方响起，带着特殊地方的口音："陆鸿斌！"

程小时听到声音，先是心脏异样地猛然震颤几下，接着连忙刹车。

自行车在惯性的作用下向前冲了几米才停下，少女恰好就站在两人面前，指着车后座的陆鸿斌又腰斥责："陆鸿斌，你怎么又偷偷跑去打球了哟，你是不准备上大学了吗？"

少女戴着草帽，穿着长靴，似乎是刚从地里干完活回来。她不经意间看到陆鸿斌打了绷带的腿，火气又即刻消失，充满关切："妈呀，你的腿咋子了哟？"

她连忙凑上来，走到陆鸿斌身旁，弓腰看着他的伤腿："不会是摔折了吧？"

陆鸿斌连忙用家乡话回应："呸呸呸，有这样咒自己哥哥的吗？"

这个少女原来是陆鸿斌的妹妹啊。只见少女直起身，又开始像个恨铁不成钢的家长说教"不务正业"的哥哥："打球不来钱又不长见识，这么拼命值得吗？"

想必陆鸿斌在家没少被母亲收拾，自己亲妹妹都训他训得像模像样的。

后座的陆鸿斌已经对这种话高度免疫了，俨然一副无所谓的表情。没人能撼动他对篮球的热爱与执着，即使是最亲的人也不行。

眼看两人你一句我一句，程小时夹在中间，不知道该怎么劝。

毕竟他也是和队长打球的共犯，没有底气，只能尴尬地看看这个，再看看那个，帮不上什么忙。

只是不知为什么，他每次多看这个少女一眼，心里就会产生一种异样的感觉，仿佛被羽毛轻轻挠着，某一瞬间有许多话想要对她说，却一句都说不出口。

这个女孩，对原主来说绝对不简单。

程小时还在心里揣测，陆光就给他揭晓了答案："她就是委托人暗恋的女孩刘萌，也是我们第二个任务的目标。"

程小时呆呆望着少女被夕阳浸染的侧颜，内心开始不受控制地悸动着："不用你说，我已经从身体的反应上感知到了。"

刘萌似乎注意到了始终黏在自己身上的视线，转而不悦地看向程小时。

程小时偷看被抓包，一时有些无措，就这样呆愣地对上那双生气的大眼睛。

刘萌黑着脸，用普通话冷冷地问道："就是你和我哥一起打的球吧？"

接着她没好气地打量着程小时，眼睛逐渐疑惑地眯起来："你是谁啊？怎么没见过你？"

程小时不知如何开口，只得这样静静地看着她。

只见刘萌瞅着瞅着，忽然恍然大悟，冲程小时笑起来，大叫："哦！陈潇！你的眼镜呢？不戴眼镜还真没认出你呀！"

原来是陈潇去掉眼镜后气质变化太大，导致她一时没能认出。

程小时闻言不好意思地挠挠头，笑着解释道："嗐，打球时被人踩碎了。"

刘萌扶着陆鸿斌缓缓下车，听到这番解释惊呼："天哪，你们今天是去打球了还是去打架了?一个瘸一个瞎,都疯了吧!"

"好了,可以啦可以啦,妹妹。"陆鸿斌的手臂搭在少女的肩上。他长得人高马大,几乎一只手就能把刘萌抱住,但此时因为受伤,需要刘萌的搀扶。这对兄妹看起来感情非常好,互相吐槽起来十分自然:"你少说两句嘛,都赶上咱妈了。"

刘萌听到这话立马就要继续唠叨,但奈何陆鸿斌察觉得早,赶紧对程小时开口讲话,打断了她的话头:"欸,陈潇,快给我俩拍张照纪念下。"

说着,他钩刘萌脖子的手臂紧了几分;而刚被堵住话的妹妹没好气地翻了个白眼儿,没有继续说,似乎早已习惯自己哥哥的无赖。

听到"拍照"两个字,刘萌疑惑地问道:"纪念?今天有什么好纪念的?"

程小时动作很快,连忙举起摄像机对准这对兄妹,一副准备拍照的姿势。

听到妹妹的疑问,陆鸿斌低头笑着回答她:"你哥今天开心,开心的日子就是值得纪念的日子。"

程小时在为他们找合适的拍摄角度,但面容姣好的少女始终板着脸,似乎有些不愿意拍照。

陆鸿斌见状开始打趣:"萌萌,你是不是最近书读多了,脑缺氧面瘫啊,能不能笑一个?"

程小时也忍不住开口劝道:"刘萌,你就笑一下。"

刘萌紧抓双手,有些不好意思地动动嘴角,看起来拘谨极了。她很少有拍照的机会,不知道该如何摆姿势,其实是有些紧张无措的。

身为哥哥的陆鸿斌不懂女孩子的心思,大大方方地搂着体态娇小的妹妹,咧嘴露牙笑着,格外阳光精神。

程小时稳定好相机,开始口头倒计时:"三,二,一……"

闪光灯亮起,程小时道:"瘸子!"

这是在调侃陆鸿斌的伤腿。陆鸿斌听了这话先是一愣,接着不由自主地笑了;而刘萌早已忍不住,扑哧一声,笑得一颤一颤的,银铃般的笑声持续了好久。

陆鸿斌看着一向不苟言笑的妹妹一时有些惊讶。他这坏脾气的妹妹,一下子就被陈潇逗笑了!

他平时怎么逗,都只能收获亲妹子的冷眼。

刘萌笑完,直接忽略了亲哥,抬眸望着同样也在微笑的程小时。

陆鸿斌早就知道妹妹的心思,见此情此景,心生一计,立马提出建议:"来来来,你俩也拍一张。"

话音刚落,他直接没轻没重地把妹妹推到程小时跟前。

刘萌"哎呀"了一声,险些跌进程小时怀里。

两人第一次距离这么近,程小时的心几乎快跳到嗓子眼儿了。这是什么情况?

好在刘萌用手臂及时阻挡,才没有让两个人撞到一起。

她好不容易站稳,扶着程小时,回头大声质问哥哥:"为什么要拍?"

陆鸿斌连忙开始朝妹妹吹嘘好友的能耐:"今天陈潇可让我长见识了!灌篮、三分,样样都行。"

刘萌听了这话顿时眼睛放光,连忙转过身冲程小时惊喜十足地道:"什么?陈潇,你还能灌篮?!"

两人此时距离极近,程小时只觉得大脑逐渐断片,思绪乱糟糟的,不知该如何回答。

太近了。

就程小时本人来说,他也是第一次和女孩子靠这么近。

程小时觉得自己无法再与刘萌对视了,强忍着莫名其妙的笑意,眼看别处开始信口胡诌:"小意思,网上看动画学的。"

现实中的陆光无奈叹气,某人又在满嘴跑火车了。

好在他已经习惯了程小时的各种搞事胡闹,只好用不知重复了多少遍的话语,老妈子一样地再次絮叨:"注意言行,收起你的狐狸尾巴。"

程小时现在跟刘萌站得隔了老远,都是一副不好意思的扭捏模样。陆鸿斌粗壮的手臂揽着程小时瘦削的肩,背对刘萌小声相劝:"哎哟,你可别装了,快站过来。"

他这个哥哥,头一次忙活得跟个媒婆似的,而程小时装模作样地捏着嗓子,不断摆手拒绝:"哎呀,讨厌啦,人家不要嘛!"

他这副欲拒还迎的作精模样，就差一句"卖身卖艺不卖身"了。

正在喝水的陆光差点被呛到，一脸黑线地咬牙切齿："程——小——时！"

这人如今真是皮得无法无天了。

程小时装娇羞装得有模有样，比小女生还要矜持，一脸为难地对着陆鸿斌，死活不肯挪动半步。

陆鸿斌还在坚持不懈地催促道："别磨蹭了！趁着夕阳无限好，赶紧地！"

一边的刘萌站在他们身后，完全没有先前训斥自家哥哥时的气势。此时的她化身纠结害羞的小女生，背着手用脚尖在地上画圈。

经过陆鸿斌的一阵劝导，程小时和刘萌二人终于同意拍照。

两人保持着不会让彼此羞涩的距离。程小时慵懒地坐靠在单车上，刘萌则背手站立，漂亮的脸蛋上挂着淡淡的微笑。

陆鸿斌举着相机，看着两人之间尴尬得能过车的距离，忍不住开口调侃："喂，我说，你俩是正负极呀，能不能凑近点哪？"

刘萌听罢只好挪挪步子，一小点一小点地靠近程小时，但始终不敢直视他。

在这样的日落时分，程小时被暖融融的光照得有些神志不清，伸手打算搂住刘萌的肩膀。

他的手臂颤抖着在空中探索，掌心满是紧张的汗。当程小时的手快要触及刘萌时，陆光隔空阻拦："程小时，收爪！"

程小时即刻收回了手，脸色有些不悦，而一旁的刘萌笑得很甜，准备拍摄。

这是她第一次跟暗恋对象合照。

"三，二，一。"

"瞎子！"

陆鸿斌按下拍摄按钮，不忘礼尚往来打趣回去。闪光灯晕染了刘萌可爱的剪刀手和笑容，以及程小时苦瓜般的脸。

拍完后，三人互相扶持，沿着乡间小路往家的方向走去。

太阳还在不断下坠，夜幕却还没有来临的意思，天际充斥着金黄色的阳光，映出三人被拉长的影子。小路行人稀少，周遭尽是雀鸟归巢的鸣叫,水面如镜,鸟语花香。

这段路的两边尽是长势很好的庄稼,每一棵都吸足了养分,看起来精气神儿十足。

程小时忍不住侧首多看了几眼。这里在十几年后,估计早就被高度现代化的建筑、马路取代了吧,但谁能忍心下手去摧毁这样美丽的村落呢?

程小时边走边想,不知不觉已经走到了终点,也就是陆鸿斌兄妹的家。

他和刘萌小心翼翼地扶着陆鸿斌走到门口,此时天色将暗,风也稍微凉了些许:"唉,总算到家了。"

陆鸿斌缓缓站定,长舒了口气。

刘萌搀扶着陆鸿斌的一只手臂,微笑着向程小时道谢:"陈潇,今天谢谢你呀。"

程小时脖子上还挂着相机,闻言不好意思地挠头道:"没事儿,助残扶弱,举手之劳,那我就先撤啦。"

程小时说完就要走,冷不丁被陆鸿斌拦住:"等等。"

机会来了!

任务还没完成,程小时怎么可能轻易就走。

程小时装作要走,闻言停住脚步。这时陆鸿斌看向刘萌,嘴角带着意味不明的微笑,口头怂恿道:"萌萌,你送送人家陈潇呗!"

刘萌"啊"了一声,和程小时对视一眼,然后偏开了眼:"哦。"

程小时知道陆鸿斌这是在暗示自己,于是用目光朝这位好队长致敬。

只见好队长陆鸿斌接过了这份致敬,仍保持正人君子的微笑,接着很是俏皮地冲他眨了下眼。

程小时第一次和女生单独说话,真的十分紧张,但谁让委托人的第二张字条是带给刘萌的呢。

队长,靠谱!

程小时和刘萌返回的时候,天幕已有近半显现出淡紫色,其余大片的云彩呈现出纷繁的颜色,色泽瑰丽,形状奇特,伴随着晚风的吹引,渐次朝夜的方向飘去。

今天的天空魅力异常,吸引了很多人出来看天。

村民们很少见到这样的天空，仿佛有人打翻了颜料盘，油画般呈现在世人眼中，美得令人窒息。

两排电线杆仿佛守护村落的卫士，矗立于穹顶之下，默默注视着这对少男少女。

程小时推着车子跟在刘萌身后，只是看着她的后脑勺，不知道接下来该怎么办，只好向陆光求助："陆光，他怎么还能把这个女孩弄丢了呢？"

陆光没和他说闲话，只是重申执行任务时要遵循的原则："无论过去，我们要做的就是把话带到，其他的一概不管。"

程小时心慌得厉害，还没来得及诟病陆光一如既往地无趣，就先吐槽起了自己现在的心境："哎哟，我这心都快跳出嗓子眼儿了。"

程小时望着眼前负手慢行的纤细女孩，心里塞满了十万个为什么和一堆八卦。

此时群山也覆满了五彩斑斓的颜色，正在迈步前行的刘萌忽地转身面向正在推车的程小时，然后背对着小路行走。她就这样看着程小时，嘴角带着微微的笑意："陈潇，原来你不戴眼镜的样子，还挺帅的嘛。"

这是……在夸我？

程小时索性把纠结的难题抛给陆光，生怕失去机会，赶忙请教："欸欸，人家女生都主动开口了，我到底是接还是不接呀？"

程小时纠结的当口，刘萌又转回身去，背对着他，似乎有些为难地开口："那个……陈潇，你知道我家情况吧？"

程小时一脸茫然地"哦"了一声，其实知道的也算十分详细："嗯，听你哥说起过。"

刘萌轻盈的步伐忽然停住，她和程小时之间隔了几米："我和我哥是同母异父，所以我爸希望今年中考结束后，我能到他那儿去……去市里上学。"

刘萌低头看着自己的脚尖，而程小时看着她的背影，不知如何搭话。

她转过身，正对程小时，继续道："但我……"

刘萌不知道该怎么说下去，就这样看着程小时，渴望被理解。

程小时见状，果断再次求救："陆光，我该怎么回答？"

陆光看着陈潇给他的字条，上面尽数写着他那些遗憾的、没来得及告诉刘萌的话语，开始缓缓念着。

程小时接收着陆光传递的信息，一字一句开始向刘萌复述：

"刘萌，听到你要去市里的消息，我真的……为你感到高兴。

"市里有更好的教学资源，更大的发展前景，所以我希望你……尽早去。

"马上去，最好立刻就动身。

"而我……也会努力在不久之后，考上市里的重点学校。

"然后……追上你。"

"好，拉钩！"少女轻快的嗓音如清铃一般。

天空中的云雾纵然在日落时分绚烂夺目，此时也抵不过夜幕的侵袭，粉亮的颜色逐渐被染紫，葱郁的群山也渐渐暗下来，夜晚真的来了。

晚风吹拂着他们的头发，涤去内心所有的防线与隐忧。他们就这样坦诚面对自己，面对对方。

虽然程小时是在帮陈潇表达内心，但这起码能填补这个遗憾了吧。

刘萌听完陈潇对自己说的话，忍不住低头轻笑，再抬起头却已经是眼含热泪。她笑着面向陈潇走了几步，微微弯腰，朝他伸手："好，拉钩！"

程小时看向少女的小指，又看看那双藏满笑意、满是期待的眼睛，最终释然一笑，伸出自己的手指："嗯，拉钩。"

他嗓音喑哑，但动作颇为真挚，哪怕他知道，即使拉钩做出承诺，许多年后，刘萌和陈潇还是会错过彼此。

因为他只能带话，无论做什么事，都无法改变现实。

当然陈潇想要的，无非就是一个慰藉。

陆光将字条收起，第二个小任务圆满完成。不过他的眉头依然没有舒展开来，因为夜晚已经来临，接下来还有最后一个带话任务。

他向程小时隐瞒了一个重要的线索，那就是照片拍摄的日期。


漆黑的夏夜吞噬了所有色彩。村子地处山区，山路的坡度相当大，程小时骑着单车沿着无人的公路直奔家的方向。

因为路上没什么人，程小时也静下心来思索："陆光，这样说真的没问题吗？之后他俩还是会错失彼此？"

程小时想到了方才对刘萌的那些承诺，他觉得那些话一旦说了，日后两人很有可能会相遇，从而改变历史原本的轨迹。

但照片里的原则，不是不能改变现实吗？过去的陈潇做出了承诺，这难道不算改变现实吗？

照片外的陆光端着咖啡走到窗子前，闷闷应答："嗯。"

装有铁栅栏的大天窗点缀着碎银般的繁星，看起来梦幻迷离。陆光保持着微微仰头的姿态，继续道："只要节点事件不变，结局就不会发生改变。"

究竟是什么样的节点让两人错过彼此呢？

纵使他心里疑惑重重，但出于对陆光的绝对信任，程小时便不再刨根问底："好吧，你说的总没错。"

接下来，就是最后一个任务——给陈潇的母亲带话。

程小时猜测现实里陈潇的母亲可能已经离世，他理解为什么要给母亲带话，但不理解为什么一定要在这个时间点带话。

难道在这之后，陈潇的母亲就离世了吗？

程小时还没来得及细想就回到了家里，立刻接收了来自母亲愤怒的训斥。他现在的身份是跑出去打球打了一天，浑身脏兮兮，眼镜碎了，还很晚回家的少年陈潇。

"你要死啊！"母亲操着熟悉的地方口音，挥臂就要揍他，程小时连忙用手臂挡住。他们母子二人就像玩游戏似的，绕着桌子一个追一个跑。

程小时还没褪下汗了一天的球服，这让有洁癖的母亲更加火大，连围裙都来不及脱伸手就打。

"打篮球，打篮球！

"把眼镜都打破了！

"书还读不读了？！"

母亲歇斯底里地朝程小时吼道。

程小时像只受惊的小猫，丝毫没有了球场上大战四方的气势，拖着步子颤巍巍地退到了墙角。哪怕孩子在学校能掀砖揭瓦，回到家，照样害怕家长的棍棒皮带。

他与母亲保持着安全距离，双膝微屈，表情恐惧，连忙摆手认错："我……我……我错了。"

母亲没有继续靠近，瞪着蹿得比兔子还快的儿子，扶着腰大口喘气："你现在不务正业，不好生学习，以后就跟你老汉一个德行！"

程小时惊魂甫定，母亲训了他一顿后，他觉得应该要结束了。

谁知母亲缓过一口气，又伸手指着他的鼻子尖，看起来又要再揍一顿，吓得他差点儿蹦起来，又往后退了几步。

程小时有记忆以来，没挨过亲妈的打，头一次感受到这种被母亲训斥的滋味，心里固然恐惧，但也夹杂些许初体验的新鲜感。

虽说是代人受过，但他没有非常抗拒。在他的认知里，这是人之常情。

那放"妈"过来吧！

程小时已经准备好"英勇就义"，不再逃跑，但母亲没有如他预想的那般冲过来，只是扶着腰，看起来有些疲累："还愣着干吗？"

她没扶腰的那只手摁着桌子，显然已经要没体力了，声音稍微小了些，呵斥使唤道："去，端菜！"

听到要吃饭，程小时脸上的惊恐顿时一扫而空，仿若劫后余生般，无比积极地跑进厨房。他这一个下午耗费了太多体力，早已经饿得前胸贴后背了。

他还以为母亲会气得不让他吃饭了呢。

程小时端着手里尚冒着热气的饭菜，心里默默想：母亲们，大概都是刀子嘴豆腐心吧。

当最后一盘卖相颇佳的红烧鱼被端到桌子上时，今天的菜才算是上齐了。

程小时坐在母亲对面，拿起筷子，稍微打量了一下今晚的饭菜，略显疑惑，忍不住发问："就两个人，准备得这么丰盛吃得完吗？"

饭菜以荤菜为主，有鸡有鱼，几乎是过年过节的丰盛程度，的确不适合两个人晚上吃。

只见母亲挪好每个菜的位置，一边从电饭锅里为程小时盛米饭，一边缓缓开口："哪个晓得你老汉什么时候回来？"

母亲给程小时掰了个大鸡腿放在米饭上,接着,像是自说自话一般抱怨开来:"从来不打招呼,万一到家不够吃,又要怪我没照顾好!"

她的眼镜被饭菜的热气熏得有些花,起身将满满的饭碗递给程小时,继续道:"来,你多吃点就不浪费了。"

这些场景对大多数人来说都不会觉得陌生,基本每个家庭的妻子在丈夫忙于工作没回家时,总要对孩子抱怨说道,但这些对程小时来说都是新奇的。

程小时的父母在他很小的时候就离开了自己,他一直由乔苓一家收养,直到现在。

父母没有陪伴自己成长始终都是程小时人生中的一大缺憾。他没有立刻开动,而是看着母亲低眉顺目、手撕鸡肉的情态。

母亲看起来还算年轻,在她没有开口说话的时候,是一个温柔体贴的妻子与母亲的形象,虽说比表面上的脾气大了些许,但程小时也能确信这是位好母亲。

他已经饿很久了,在照片外没机会吃上这么丰盛的饭菜,这会儿没多想,直接抓起鸡腿,扒着米饭,大口吃起来。

谁知才咽下去没几口,陆光就开始提醒:"别光顾着吃呀,还有一场架没吵呢。"

陆光此时坐在被夜色覆盖的沙发上,屋内没有亮灯,他好像并不是很喜欢这类人造光。

程小时沉浸式端碗吃饭,动作奇快,一口能塞很多。经陆光提醒,他大口吞咽的动作缓缓慢下来,将碗筷放在桌上。

程小时放碗的动作缓慢而笨重,在这段短暂的时间里,他的大脑想了很多,譬如吵架的话题、吵架的方式、吵架的语气等。

他真的对怎么处理家庭矛盾一无所知,陆光这不是强人所难吗?!

程小时努力回想他早年看过的一些家庭剧里的情节,想着等会儿模仿那些叛逆孩子的行为。

母亲注意到程小时没再吃饭,手下动作没停,疑惑问道:"怎么不吃了?"她打量着自己儿子正襟危坐的坐姿,下意识地觉得接下来自己还得被气。

程小时犹豫了一下，打算干脆死得痛快些，单刀直入："妈，今天听刘萌说，她下半年要去市里读书了。"

提到"市里"两个字，母亲的神色微微一动，一对柳叶弯眉逐渐皱起。看得出来，母亲对这两个字异常敏感，这不是净在亲妈的雷区里蹦迪吗？

可是不踩雷，又怎么能引爆情绪的炸弹呢？

按照原先的轨迹，这天晚上陈潇会向母亲提出要去市里上学的打算，两人针锋相对，谁也不让着谁，吵架的程度极为激烈。

程小时一想到这个点，就越说越没底气，不知是吃饭热的还是因为害怕，额角又开始滴汗，头也随着话音的递进越发往下低："我什么时候也能去市里呀？"

母亲撕肉的动作停了下来，程小时不安地抬起眼皮观察着母亲的脸色。他看到她攥紧的拳头和阴晴不定的面容，顿时感觉不妙，在以为母亲就要爆发的时候，对方却把拳头一松，将一盘细细撕扯过的肉丝递给他："来，肉都帮你拆好了，拌到饭里头吃。"

母亲跟平时没什么区别，动作轻缓，语气平淡，仿佛程小时从未口出狂言。她应该是选择性忽视程小时的话了。

程小时没有等到料想的发火，心里反而越发紧张。他紧抿嘴唇，汗水顺着下颔线落到桌上，一双在球场上还驰骋四方的腿，此刻在桌下正不住地颤抖。

要知道，他最不擅长的就是吵架，但这场架又不得不吵。

陆光总让他做超出自己能力范围的事，不是一次两次了，等回去后，必须得让陆光给自己磨一个月的咖啡作为补偿！

程小时继续勇敢地火上浇油："反正以后都要去市里打工了……要不就干脆早点儿去找份工作，然后……"

母亲的拳头猛地砸在桌上，她也不怕疼，眼睛里持续烧着怒火，大声道："你走！要走你现在就走！"

母亲的吼声逐渐喑哑，尖厉的嗓音趋于哽咽："反正你们一个个都往市里头跑,就把我一个人丢家里,都不要管我嘛!"

看来程小时精准踩雷,直接戳到母亲的心病。如果儿子、丈夫都去市里,就要剩她一个人在这儿看家了。

只见母亲的表情越发苦涩,程小时透过镜片,能看到她那双略显沧桑的眼眸里闪烁的泪花:"你爸去市里当什么小报记者,每天人都不晓得在哪儿,是死是活我都没的消息……"

她深吸一口气,似乎想要将这么多年的酸楚使劲咽下去,并没有像程小时想的那般暴跳如雷,反倒是在情绪快要崩溃时哭了出来:"这么多年了,天天都给别人拍照,自己家里一张新照片都没拍过。我就说嘛,你跟你老汉一个德行!"

母亲越说越气,声音逐渐提高:"不读书,不务正业。你要真的有本事,就去考个状元,读个好学校,把户口落到市里,把我们都接过去嘛!"

母亲的声音开始嘶哑,听得出来这些话已经在她心里压抑了许久。

程小时面色为难地看着歇斯底里的母亲,一时不知如何是好。

他实在没辙了,只好求助陆光:"陆光,伤人的话,我……我开不了口。"

陆光临窗而坐,摊开最后一张委托字条,打算借着月色来阅读:"那就趁早完成委托吧。"

陆光这次没有勉强他,程小时顿时松了口气,转念一想又察觉到些许怪异。这次的委托似乎灵活度要比先前的高很多。

难道都是因为最重要的那个时间节点不会改变吗?

程小时还没来得及继续思考,就被陆光打断,他已经开始念发言材料了。

程小时听了几句,神色略显犹豫,小声问:"你确定我就按你读的说吗?"

然后他略显不安地瞥向对面不住颤抖的女人,只见母亲经刚才一番吼叫,此时已然没了力气,虽然情绪稳定下来,但是又开始掩面哭泣。

程小时开始不由自主地愧疚起来,陆光没有继续强迫程小时再次挑起争吵:"即使没有争吵,结果也不会发生改变。"

程小时开始复述陆光传递的信息。时间一分一秒地过去,程小时始终眼神柔和地望着母亲,流畅地表达着属于陈潇的想法。

母亲逐渐停止哭泣,惊讶地抬头看着眼前微笑的儿子,觉得这个自己从小带到大的小子仿佛一瞬间长大不少。

这些话超过了陈潇实际年龄的思想水平,但足以使原本悲伤的母亲破涕为笑,神色欣慰地看着自己突然懂事的孩子。

见到母亲神色初霁,程小时也忍不住勾起嘴角,羞赧地挠着后脑勺。

这番话说完,程小时先是由心而生地轻松快乐,紧接着,先前始终萦绕内心的疑云再度袭来。

太反常了……这次的任务,到底是怎么回事?

为什么这么多次破戒,都对最终结果毫无影响?

此时陆光将字条合上,稳妥放进衣兜,宣告任务结束:"好了,该带到的话全部带到,委托任务完成。"

程小时长吁一口气,顿时将方才的疑虑再次抛到九霄云外了。

毕竟是圆满结束了,可能……这个世界稍微特殊些吧,兴许是他多想了。

程小时看着眼前快凉了的饭菜,打算吃饱再回去:"今天运动量超负荷,容我吃饱了再走吧。"

陆光默许。

程小时风卷残云般把鱼和鸡吃干抹净,几碗米饭下肚,靠在椅子上一脸满足地揉肚子:"还是家里的饭好吃哦。"

刚赞叹完母亲的厨艺,结果厨房里又传来一声:"哎,不要着急哦,还有一碗面。"

母亲刚给他盛满一碗端过来,程小时立马回忆起前一个任务被面支配的恐惧,苦兮兮地垮了脸:"怎么又是面啊?"

不行了,已经到极限了。可母亲将面放下,不容置喙地要求:"哎呀,听话嘛,这个面你必须吃。"

程小时实在吃不下去了,婉言拒绝:"对不住了,真吃不下了。"

母亲带着笑意看着满脸拒绝的程小时,道:"你忘了啊,今天是五月十二日,你老汉的生日。他人回不来,但这个长寿面我们一定要吃。"

五月十二日？程小时忽然僵住。

程小时忽然神色一凛，转头问："今年是哪一年啊？"

他心里无来由地开始恐慌，一种强烈的预感几乎快要把他吞噬。

母亲听到这话，讶异了一下，笑着说："哎，你是不是真的吃多了，今年是哪年都不晓得了吗？"

程小时的视线扫过墙上一张张照片以及带有日期的老挂历，在确定那张悬挂的纸面上的年份后，思绪被彻底卷入了回忆的灰暗旋涡里。

他对这个日子同样记忆深刻。突如其来的地震摧毁了无数幸福美满的家庭，留下了太多眼泪、挣扎与叹息。

当时程小时的父母早已远走他乡，没有了音讯。年幼的程小时长期寄宿在乔苓家里，像个脆弱的瓷娃娃，内向寡言。

程小时半夜被噩梦吓醒，不敢一个人睡，只好去找乔苓。

乔苓开门后，揉着眼睛连忙问道："程，程小时，你怎么了？"

程小时弓着腰背，单薄瘦弱的身体颤抖着，短衬前襟也被泪水浸湿，尚显稚气的脸庞上尽是恐惧，声音带着哭腔，断断续续地说："新，新闻上说，昨天半夜发生了大地震，死了好多人。爸爸妈妈会不会也在那里？他们会不会遇上地震？他们会不会再也回不来了？"

乔苓身为姐姐，伸手摸着程小时浸满冷汗的软发，温声安慰道："别傻啦，他们应该是去了更远的地方，一定会平安回来的。"

程小时音色破碎，抖如筛糠："乔苓，我想他们。"

程小时收回思绪扶着桌子站起来，身体还是控制不住地颤抖。母亲察觉出不对劲儿，一脸担忧："潇潇，吃着吃着怎么站起来了？"

然而程小时完全听不到母亲的声音，他大脑飞速运转，瞬间明白了陆光口中那个始终都不会改变的时间节点——大地震。

无论他说了什么，做了什么，都无法改变这些人葬身废墟的命运！

## 第五章 告别

我始终认为生死不算一回事，
只是事情没做完，
觉得遗憾而已。
—— 邹静山

程小时被一股无形的力量狠狠嵌固在地面，突如其来的恐惧和无助让他忍不住发抖，桌上的花纹在他眼前扭曲弥散，他看到的全是黑色的背景。他的父母相携行走，却只是徒留背影，越走越远，最后彻底消失在他的视线里。

爸爸妈妈，这是如此简单的称谓。家是很多人安心的港湾，却是程小时一生都无法到达的地方。

"潇潇……潇潇你说话呀！"在陈潇母亲的眼里，程小时一系列诡异的反应就像突然丢了魂魄，那种绝望到骨子里的眼神和浑身剧烈的颤抖令她无比担忧。

她小心翼翼地推搡着魔怔的程小时，继续道："是不是哪儿不舒服了？"

程小时感受到了一丝温暖，逐渐回过神儿来。他看着陈潇母亲担忧的神色，不敢再想下去，只觉得自己整个人如同被丢进了火窟，绝望恐惧化成了熊熊烈火焚烧着他的理智。

最终事情还是到这一步了。

陆光感受到了程小时情绪的波动，眼皮一跳："程小时，退出照片！"

程小时知道了真相，照片中的局面濒临失控。

陆光知道程小时向来感情用事，如果程小时救下任何一个本应该死去的人，那么现实世界就会发生改变，他们很有可能就此消失；如果程小时没能救下人，他身处灾难现场，本身就在以身犯险，极有可能也葬身于此。

所以陆光并没有将完整的故事告诉程小时，他以为只要及时结束委托，程小时就永远不会知道照片原本的故事。

死亡是永远不可能逾越的重大节点。

"原来如此……"程小时终于明白了，"我知道为什么你会这么反常了……"

陈潇母亲担心得快要哭出来了:"你在跟哪个人说话哦?潇潇……你回妈妈一句……"

陆光坐在沙发上,灰暗的月光笼罩了他大半张脸,他神色冰冷道:"不论中间的过程如何改变……最终的结果,他们都难逃一劫。"

程小时无声地呜咽,尾音哽咽悲戚,耳边再次响起陆光在执行任务前告诉他的那句话:"在某些时光里,会有一个重要节点……

"就算不小心改动了之前所有的进程,但只要那个时间节点的事件结果不变,那么一切都将修复如初。"

为什么本该输的比赛可以赢,为什么不必跟母亲吵架。

……

原来,是因为这些人最终都无法逃脱死亡这个节点。

球赛赢了输了有什么区别?对暗恋的女孩承诺了有什么用?

"所以他们都会死……"程小时再也忍不住,攥紧拳头朝陆光歇斯底里,"是不是?!"

他要救下这些人!如果眼睁睁看着这些鲜活的人死在他眼前,死在他离开照片后,他真的无法原谅自己!

程小时目光坚定地看向陈潇的母亲:"阿姨,你在家千万别动,我出去一下马上就回来。"

不明真相的陈潇母亲则一脸诧异,叉起腰冲行迹怪异的儿子不满地喊道:"啊,你喊我什么,阿姨?这孩子莫不是打球打傻了,连亲妈都不认得了?欸,天都黑了,你要去哪儿哦?"

程小时骑上单车,争分夺秒地往陆鸿斌家的方向赶。

陆光看着程小时这一系列的疯狂举动,怒喝道:"程小时,你救不了他们!他们早就已经死了,你所看到的只是过去的一小段时光!"

陆光从没这么失态过。如果程小时真的救了本该死去的人,一切都会乱套!

当然更大的可能是程小时一个人也救不下来,反而把自己搭进去。固定的死亡节点不是那么容易改变的。

程小时现在这种做法,无异于以卵击石。

身在另一个时空里的程小时蹬车的动作缓缓停滞。陆光压下嗓音，尽可能地维持冷静镇定，试图跟他讲道理："更何况，死亡是无法逾越的重要节点。你再努力，也扭转不了他们的命运，甚至可能导致……"

"潇潇，你到底咋子回事吗？"陈潇母亲急切的呼喊声打碎了这死一般的寂静。她一路小跑过来，看到停在路灯下的儿子，更加担忧害怕。

陆光没有在意自己的话被打断，在另一个时空继续对程小时一字一句道："你我现在的生活，也都不复存在。"

不复存在？

程小时神色一滞，他终于想起了照相馆里他和陆光的打闹，想起了乔苓不厌其烦的唠叨……

这些最真实的他所经历的，都会因为他现在所走的疯狂的每一步而宣告终结。

程小时站在路灯下，火气被不甘心地浇灭，但又空白无措。

他该怎么办？

他能怎么办？！

程小时的手忽地被一个温暖的掌心覆盖，冰冷的手突然感受到暖意，他缓缓直起身子看着眼前的女人。

这是这个世上最爱自己的女人。

程小时借着陈潇的身体，感受到了存在于他记忆中的母爱。

"潇潇……你的手咋在抖呀？"

母亲没来得及脱下围裙，就跟着发疯般的程小时一路跑出这么远。她完全顾不上责怪，心疼得蹙起眉毛，抓起程小时裸露的胳臂细细抚摩，忍不住道："今天这么热，手还是冰的，是不是生病了？"

程小时怔怔地看着她："妈，我没事。"

陈潇母亲瞥他一眼，老练地拆穿了他的谎言："嘴上说没事就肯定有事。"

说着，她没有放开儿子异常冰凉的手，反而用自己的手焐着，想帮他驱走寒意。

程小时没有说话。他现实里的母亲没机会给他焐手，也不能给他吹热。

路灯昏黄的光将他从头到脚笼罩住，仿佛给他罩上了层密不透风的茧。程小时内心的挣扎与煎熬几乎快要让他失控。

陆光压住情绪,不忍道:"放手吧!"

程小时知道这份温暖不属于他,他只是这个时空的过客,他不能入戏太深,可他真的无法眼睁睁看着这样的母亲葬身废墟。

程小时深吸一口气,恋恋不舍地把手抽回,搭在尚有余温的车把手上。而母亲依然满面愁容,手轻轻拨开他浸湿的额发,温暖的掌心抚平了程小时凌乱的思绪:"哎呀,还好,没发烧。"

程小时的眼眶逐渐湿润,他不能再等下去了。他轻轻拨开陈潇母亲温暖的手,也不敢看她,支支吾吾找了个借口脱身:"我刚想起来,有件重要的事情忘记和鸿斌说了,我去去就回。"

"哎呀,深更半夜的,有啥子话不能等到明天上学时说吗?"

程小时不欲多言,再说下去他的眼泪就要滑落了,他索性直接跨上车子,马不停蹄地往前赶路。

她看着儿子远去的背影,就像许多年前,她目送丈夫离开那般。

程小时继续不顾一切地往前冲刺,他不敢稍有停顿,不敢想半个多小时后会发生什么。或许他会被滚落的山石砸中,或许他的家……他的母亲……

程小时在夜风的吹拂下勉强维持着思绪的冷静,对陆光道:"陆光,你告诉我他们已经死了,但手心里传来的温暖那么真实……"

陆光瞳孔骤缩,预感到了程小时想要做什么:"程小时,你想清楚……如果把地震的事情公之于众,将会引发多大的恐慌!到时候,结果可能更糟!"

程小时对家最早的记忆,就是如同这般的初夏。

天开始微微燥热,每家每户都开着老式的旋转风扇。风扇缓缓地旋转,在蝉鸣虫叫的宁静夜晚,睡意很浅的小孩子经常会被身上的些许薄汗扰了睡眠。

清澈的月色透过窗子和栏杆,静静铺落在毫无褶皱的床褥上,映亮了小孩子恬静的睡颜。

年幼的程小时穿着睡衣,安静地平躺在床上;母亲侧躺在床上温柔地拍着他的背，低声给程小时唱温柔的摇篮曲。

"风儿你要轻轻地吹，鸟儿你要轻轻地唱……"

年幼的程小时就在妈妈温柔的歌声中沉沉入眠。

"我的……

"我的小宝贝，快要睡着了……

"宝宝的眼睛像妈妈……"

程小时想到了太多事情：年幼时关于母亲的回忆，长大后他在照相馆里的记忆。每一个记忆碎片他都难以割舍。

他不想接受被迫进行的选择，不愿意被掣肘，所以在最后的时间里，他要镇定冷静地走好每一步。他希望救下所有人，也希望现实不受影响。

他抱着侥幸的心理，希望改变这些人葬身地震的命运。

此时的陆鸿斌正搬了把椅子撂在院子，屋子里传来了恨铁不成钢的教训声："陆鸿斌！我看你是昏了头，打球能当饭吃呀？你自己吃去！"

他的母亲越说越生气，狠拍桌子猛地站起，指着门外比驴还犟的儿子，大声宣布道："从今天起，你的饭我就不管了！"

陆鸿斌丝毫没有被这样的话语威胁到。事实上，他已经听过无数遍了，嘴上还是犟："不吃就不吃，哪个怕哪个嘛。"

狗叫声一阵接一阵，陆鸿斌搭坐在椅子上，抬头看着夜晚的天空。邻居们听到了这一家的动静，忍不住走到门口看被赶出房的陆鸿斌，不由得讨论闲聊起来。

"哟，这是咋子了哟？"

"鸿斌那个娃儿平时不是挺靠谱的吗？怎么跟他妈杠上了哦？"

"娃儿正发育哩，不给饭吃咋子行？"

"哎呀，这帮娃儿迷上了打篮球……"

程小时终于赶过来了，胡乱把车子一扔就冲进院子里，正好遇上郁闷看天的陆鸿斌，连忙停下弯腰大口喘气。

大队长正仔细打量着色彩诡谲的天，结果一低头就看到脸憋得通红的程小时："欸，陈潇？你怎么回来了？"

程小时扶着膝盖还没缓过来劲儿，直接摆头竭力冲他喊："走！赶紧走！"

陆鸿斌诧异道："你搞笑呢？我这膝盖都还没消肿，能走哪儿去？"

程小时一番没头没尾的话显然让陆鸿斌有些吃惊，他只当这人是今天打球打得起劲儿，现在还有些神经上头。

"陈潇！"

这时，陆鸿斌的母亲从屋里缓缓走出来，一脸不善地打量着满脸是汗的程小时，当看到他俩身上相同的球服时更是怒火攻心。

天天打球，打球！一个两个都不学好！

陆鸿斌的妈妈显然对陈潇印象很差，直接开口大声指责道："陆鸿斌都这样了，你还想把他拉到哪儿去？"

接着，她用手指着面露无措的程小时，越说越愤怒："就是你把他带坏了！"

程小时如今已经无法跟她解释那么多了："阿姨，我不是这个意思……但你们真得赶紧走！"

这句话在陆鸿斌的母亲听来如同挑衅："还赶我们走？你啥子意思哦？"

陆鸿斌的母亲像是被点燃的一桶炸药，如今已经完全曲解了程小时的意思，一旁听得云里雾里的陆鸿斌也忍不住道："陈潇，你说什么胡话呢？"

程小时没有时间再去解释了，歇斯底里道："陆鸿斌，算我求你了！带上刘萌，马上离开镇子！"

陆鸿斌神经大条，只当程小时是想去市里想疯了，乐呵呵地看着他说："你该不会是现在就想去市里打比赛吧？还有俩星期呢！看你小子急的！"

程小时再也忍不住了，索性将残忍的事实一并坦白："还打什么打？篮球馆……学校早决定拆了！今天就是最后一场了！"

这是陆鸿斌的底线，他难以置信地冲程小时大吼："放屁！马老师都没说拆呢，你算老几啊？马老师他……"

陆鸿斌索性不愿再听，径直站起，大臂一挥，直接不顾情面地下了逐客令："别说了！要走你走！"

程小时没那么多时间思考，只能循着本能地焦急道："我是真的很想

109

帮你们……"

陆鸿斌直接大步跨上去，大声怒斥道："别以为你今天风光一时，就能对别人指手画脚！"

刘萌也看不下去了，跑到他俩中间拉住陆鸿斌，连忙劝道："哥！你也冷静一下。陈潇他肯定是有原因的！"

周围的邻居们还在外面看着这场闹剧，无奈和绝望深深地笼罩住了程小时。他紧紧攥着拳头，指甲快要嵌进肉里，沉默几秒道出了最终真相："今天晚上八点半，会发生地震！"

"什么？"此语一出，这片小院子里里外外的人无不倒吸一口凉气，显然每个人都被这样荒诞不经的话语震撼到。

程小时却顾不得这么多，继续对听呆了的刘萌说："刘萌，你爸不是在市里吗？赶紧和他联系，今晚就去他那里避一避！"

刘萌抓着哥哥的手臂，震惊地"呀"了一声，而站在一旁的母亲一听这话更生气了："你还背着我跟那个挨千刀的偷偷联系！"

刘萌一时间惊住，不知如何答话，只能唯唯诺诺地开口解释："妈，我，我还没有决定……"

陆母打断刘萌的话："决定啥子啊，你还真想去市里念书啊？你让他死了这条心！你要是跟着那个没良心的混蛋，就不要认我这个妈了！"

陆鸿斌完全看不下去了，挡在刘萌面前对母亲解释道："刘萌不是说还没有决定吗？"

陆母看着忤逆的一双儿女，气得不行："你们两个，一个天天想着去县里打球，一个要去市里读书，我辛辛苦苦把你们养大，我图啥子啊？"

陆鸿斌打断她的话："妈，你别闹了行不行？"

陆母哽咽道："我闹？你让邻居们评评理，到底是哪个对不起哪个？！"

程小时看着眼前的情景呆住。他只想通知这些人有地震，没想到会激发矛盾，引发这么大的家庭闹剧。

陆光打破了程小时拯救所有人的幻想："你的一言一行都会引发波动，让过去变得更加不可预测……"

他没有想这样的……

他只是想救这些人……

他只是想从死神手里夺回这些，曾经在他眼前鲜活过的生命。

"你既挽救不了注定会死的人，又可能让另一批原本无辜的幸存者因此丧命。"陆光的话一字一句都在给他滚烫的心肺浇凉水，熄灭了他眼底最后的希望。

程小时的腿脚逐渐不稳，院子外已经开始讨论起来了：

"刚刚有人说今晚要地震啊？"

"真的吗？哪儿来的消息哦？"

"但今天还是有点奇怪哦，热得要死哦。"

老人们摇着蒲扇，不由自主地看天：

"我屋里的狗叫了一天。"

"我屋里也是！跟疯了一样。"

大家开始有些恐慌，讨论声此起彼伏：

"别真的是地震前的预兆哦！"

"对啊，狗是有灵性的！"

恐慌逐渐在人群中蔓延开来，陆鸿斌忍不住质问道："陈潇，你发什么疯？凭什么说马上要地震？"

面对陆鸿斌压迫性的质问，程小时一时语塞，不知道从何解释："因，因为……"

他总不可能说他是从未来世界来的吧？另一个时空的陆光呼吸一紧，程小时总不可能真的要……这么说吧？那样的话，整个世界就彻底乱套了，会是不亚于地震的灾难。

"因为……"程小时的两片嘴唇持续颤抖，使他每一个字都说得那么艰难。

邻居们站在一起，也问他：

"是啊，哪里来的依据哦？"

"到底是怎么回事哦？"

"你哪里晓得这是真的？"

"要真的有，可得通知镇里所有人撤离哦……"

"你别乱传啊。"

"地震也分等级的……"

"陈潇,说话啊!"

"把全镇人都惊动了,可就成笑话了……"

"到底怎么回事?"

"对嘛,怎么回事嘛?"

……

源源不断的追问质疑如洪水猛兽般朝他汹涌而来,程小时一时被这些音色各异的言语压得无法呼吸,他抬头迎面撞上所有质疑的眼光,大声吼道:"是杂志上写的玛雅人预言!"

这个解释让他沦为大家的笑柄。

程小时在众人的笑声里低垂着脑袋,奋力压制住眼泪。

邻居老人们摇着扇子笑了会儿,互相松了口气:"地摊儿上闲书的话,哪个可以当真的嘛!还好没信嘞!不然真就闹出笑话咯!"

大家都在谈笑风生,没人注意到此时天色的异变。原本应该越来越黑的天却逐渐变亮,一望无际的穹空白光乍现,时明时灭。

一脸不安的刘萌此时大半张脸被光映亮,看着满头是汗的程小时抿嘴无言,程小时此刻已经筋疲力尽。没有人相信他的话,他们的离开真的无法改变。

在众人的注视下,程小时不堪"凌迟",直接头也不回地跑了出去。

他扶起自己气急撂在地上的自行车,直接奔向家的方向。

周围的人依然在嘲笑:"陈潇,走咯,你这个娃儿还是要好生读书,学点正经的知识才好哦。"

程小时注定救不了这些人,他从没有感受过这样巨大的绝望。地震还未发生,他却已经听到了山崩地裂的轰响,那是程小时内心世界塌陷的悲鸣。他猛地停在了一处路灯下,紧攥车把的手指尖已经发白,头微微低着:"我好想救他们,救所有人!"

陆光完全能共情程小时,但此时的他能以什么话安慰这个无能为力的少年呢?

除了安慰他逝者如斯，难道还能指望复活这些注定要在灾难里离去的人吗？

陆光的语气相较方才冷静了许多："已经发生的事，不是你我能够控制的，所以抬起头，向前看吧。"

程小时缓缓睁开不知是被汗水还是泪水浸湿的眼睛，细密的睫羽在灯光下如沾雨的蝶翅，他既冷静又绝望，最后向陆光微弱而坚定地请求："陆光，能不能救救妈妈？只要一个，只要让我救她一个人就好。"

陆光没有回答，他在程小时的抽噎声里低下了头。

客厅里的钟表缓缓走到了八点整的位置，还剩下半个小时。

半小时后，照片内的美好世界便会被自然的力量无情碾碎。良久，陆光微微抬头："……好吧，我告诉你该怎么做。"

他不想看到程小时再一次失去母亲，即使不是他真正的母亲。

程小时道："谢谢你，陆光。"

这几个字吐出来得很轻，意义却又很重。

但死亡的事实真的可以改变吗？

程小时回家后，离地震发生仅剩不到十分钟了，刚走到门口就迎上等候多时的陈潇母亲。他顾不上解释，直接急切开口道出地震的事实。

"地震？"女人闻言吓得后退一步。尽管她知道他们这里是山旮旯，经常有泥石流、塌陷等自然灾害，但在没有任何准备的情况下忽然宣布有地震，属实还是让她惊了一下。

程小时一脸严肃："我刚从陆鸿斌家回来，镇子上的人已经传得沸沸扬扬了，不管怎么样，准备一下总没错的！"

母亲选择相信她的儿子，立马转身就往房间走："等下等下，让我去把家里头的东西收拾好。"

程小时闻言伸手拽她却没拽到，只能急切地边走边劝道："大难临头就别拿了！"

陆光在照片外低头看表，仅剩五分钟，时间紧急，他开始对程小时述说原本的情形："这次地震还造成了山体塌方，大半个镇子都被埋了，往外跑危险性极大，陈潇当时碰巧在饭厅，躲过一劫。"

与此同时，陆鸿斌仍在院子里坐着仰头看天。方才和母亲的争吵已经陷入僵局，不过他早就不是第一次跟母亲冷战了，索性直接将不吃饭贯彻到底。

初夏的晚风拂过院子，安抚着他焦躁的内心。他还在想方才陈潇发疯般说的那些话语，大脑空空地盯着那些云，忽然觉得这样的天越看越奇怪。

陈潇在他们眼里一直随性温和，这是他第一次见陈潇这么失态，陆鸿斌的脊背渐渐渗出些许薄汗。

此时，刘萌端着已经凉了的饭从屋里走出来，而母亲显然还在生气，但总归是刀子嘴豆腐心，放不下面子，只好像以前无数次那样，冷战几天就没事了。

可惜她不知道，这将是她最后一次跟孩子冷战了。

刘萌走到陆鸿斌身后："哥，你还生妈的气呢？"

陆鸿斌思绪回转，闷闷道："才没有。"随后他忍不住话锋一转，"今晚的夜空真好看，我就多看了会儿。"

刘萌微笑着把饭递给他，道："喏，妈盛了碗饭，让我端给你。"

陆鸿斌死要面子："我又不饿。"但僵持几秒后，还是为了肚子不受罪接过了饭。

刘萌看着刚接到饭就跟饿死鬼一样扒拉的哥哥，笑着吐槽他："切，死要面子活挨饿！"

陆鸿斌倒是没有在意，一边拒绝一边问刘萌："陈潇听说你要去市里读书，他怎么说？"

刘萌听到"陈潇"两个字，脸色有些不自然地背过身去："我才不管他怎么想呢！"

陆鸿斌不依不饶地继续问："那你还告诉他？"

刘萌已经无法跟她哥哥对视了，只得强行转移话题道："快八点半了，你今天作业做不完，我可不帮你！"

陆鸿斌的余光看到妹妹恼羞成怒的红脸蛋，忍不住笑了几下，继续转头看天。

八点半。

快八点半了吗？

一下子想起了陈潇说的今天晚上八点半会发生地震。

陆鸿斌仰头望着诡谲多变的天空。这天太古怪了，难道真的会有地震？他突然动摇了："刘萌，你说今天晚上不会真有地震吧？"

刘萌进屋的脚步顿时停住。

另一边，程小时无奈又焦急地催促着母亲："别拿了！把命保住了，家里这些都可以再挣啊！"

而母亲还在背着他继续收拾包，往里面源源不断地塞东西："好了好了，晓得了，马上就好。"

程小时忍不住回头看了眼墙上的钟表，此时已经是八点二十五分，离地震时间仅剩五分钟，来不及了！

陆光也在另一个时空催促道："没时间了，别等了。"

程小时把心一横，直接抢走了母亲手里的包径直走出房间，引得母亲嗔怪："哎呀，你这个娃儿。"

程小时和母亲将重要物品转移后，便躲在了坚实的桌子底下。了解地震自救常识的人都知道，灾难来临时，躲在形似卫生间或桌底一类的小空间里更能增加存活率。

母亲怀里抱着一个小包，蜷缩在桌子下，等待着儿子口中所谓的地震。过了好几分钟也没有任何异常发生，她心里半信半疑，忍不住道："我也是信了你的邪，哪儿来的地震嘛，深更半夜陪你在这儿躲猫猫。"

程小时略微尴尬地看着母亲，手扶着桌子腿，怀着一丝侥幸在心里问陆光："陆光……地震会不会真的就没再发生？"

陆光依旧一脸凝重，没有答话，不过即使回答估计也会说："死亡是无法改变的重要节点。"

这时，母亲忽然惊叫一声准备出去："哎呀，少拿样东西。"

程小时顿时吓得心惊肉跳，连忙拉住母亲："你别动，要什么我去帮你拿！"

陆光还在低头看表，此时是八点二十九分，还有一分钟。

程小时还在找母亲刚刚丢下的东西，然而时间不等人，没等他找到，整个世界就突然开始震动起来。他脚底的地板往上顶，仿佛一个庞然大物正欲破土而出，整栋房子即使拥有再牢稳的骨架，在这头巨物面前也是不堪一击。

程小时完全站不稳，敏捷地躲过不少垂直下坠的碎石后，勉强走向角落。母亲眼看情形不对，正要出来找陈潇："潇潇——"

程小时连忙冲母亲喊："别出来！"

虽然情况危急，但程小时的脚步依然没有错乱。他深知走错一步就可能小命不保，但当头顶上的灯光一闪过后彻底熄灭，横梁重重砸下来的那一刻，他茫然地站在原地，最后任凭头顶巨大的黑影重重砸落。

万籁俱寂。

不知多久之后，程小时承受着身体的剧烈疼痛勉强撑开眼皮，意识逐渐恢复，透过月光看到自己受伤的手和碎裂的指甲。

身上的重物压得他喘不过气来，他稍微挪动身体，发现自己的上半身还能挣扎。他确信自己没有大碍，如今只需让双腿摆脱废墟，就能安全了。

他安全了，那母亲呢？

他使劲挣扎，上方却飘来一个奄奄一息的熟悉声音："潇潇，你还好吗？"

程小时僵住了，再也不敢动，急忙回应道："我还好！你呢？"

母亲似乎用了很大的力气才缓缓吐出这几个字："妈妈没事……就是有点累，想歇一会儿。"

程小时已经知道发生了什么，泪水从他酸涩的眼眶里不断涌出。

像是感受到了他的痛苦，另一个时空里的陆光忍不住开口道："程小时，太痛苦的话，就退出照片吧。"

程小时的指甲紧抠地面，想要极力压抑自己的情绪。母亲冰冷的手轻轻覆上他的手背，仿佛用尽了所有气力，温柔地安慰道："别怕，有妈妈在，只要有妈妈在，你就不会有事啊。"

程小时无声痛哭着，人生第一次，也是记忆里最刻骨铭心的一次，感受到了什么叫"母子连心"。

"潇潇……妈这一辈子啥都不会，记性不好，脾气也差，会烧的菜也只有几个是你和你爸爱吃的。"都说人在离世前，这辈子的记忆会走马灯似的在眼前重演。此时的母亲眼前已经不再是压抑的黑暗，而是那些琐碎的日常。

她会教训抽烟不小心呛到儿子的丈夫，会每天早上给儿子整理好书包行囊，会尽职尽责做好一个家庭主妇；常年戴着洗得褪色的围裙，在厨房里挥汗如雨，在房间里穿梭。

在阳光正好的早晨，她会目送丈夫和儿子各自走向不同的方向，渐行渐远，这时她便知道，她又要独自一人经受这漫长的白天了。

她虽然会寂寞，但从不抱怨。

她永远支持自己的丈夫和儿子，这两个她甘愿用生命和青春去守护的人——她最爱的人去追逐自己的理想，去做自己喜欢的事。

"妈读过的书少，学习上又教不了你什么，我唯一能够做的，就是支持我最爱的两个人，去做他们想做的事。

"所以潇潇爱打球就去打嘛，想去市里头就去市里头。"

母亲的声音渐渐弱下来，薄如蝉翼，风一吹似乎就没了。

"所以潇潇不要怪妈妈太自私了，我只是有时候一想到你要离开，就舍不得。"

程小时终于忍不住了，撕心裂肺地痛哭出声。

"你小时候的样子，我一闭上眼睛，脑海里就清清楚楚。妈妈爱你，潇潇。"

母亲的手逐渐松开了，她轻拍着程小时攥紧的拳头，如同拍着睡意清浅的孩子那般，在生命终结前的最后几分钟，温柔地哼唱当年的摇篮曲，一如多年前程小时不敢入眠的那些夜晚，妈妈在他耳边温和地呢喃：

"风儿你要轻轻地吹，鸟儿你要轻轻地唱。我家小宝贝快要睡觉了，宝宝的眼睛像妈妈，宝宝的鼻子像爸爸。"

只是这支曲子，会让幼年的程小时安心沉入睡眠，驱赶一切噩梦，却让现在的程小时痛苦绝望。

"……宝宝的嘴巴呢，又像爸来又像妈。"

如蚕茧般的废墟空间里，母亲那轻拍的手慢慢停了，她的摇篮曲还没来得及让孩子酣然睡去，自己便静静闭上了眼。

程小时颤抖道："妈？妈！"

他不知哭喊了多少遍，手指无助地抓着母亲已然冰凉的手，仿佛坠入恐惧的深海。

"我怕。

"我怕黑。

"我害怕一个人。"

无尽的绝望吞噬着程小时的意识，最终因为哭到缺氧又沉沉地晕了过去。

不知过了多久，废墟上方隐约传来交谈声："我刚听见有哭声，下面可能有人，快把器械调过来！"

程小时渐渐苏醒过来，轻声呼救："这儿！"

救援人员也听到了呼救，赶忙去找人："有人在这儿！"

程小时听到有人来救援了，连忙去呼唤母亲："妈，妈，救援来了！妈，你醒醒，你快醒一醒！"

废墟上方被凿出了一个洞，外部的空气和光线投射进来。陈潇注定是幸存者，如今身为陈潇的程小时也重复了当年的经历。

"凿开了！"

"下面有两个人！"

"把上面的石板顶住，别再塌了！"

陈潇的父亲站在废墟前，他多想代替他的妻子儿子遭受这种痛楚，眼泪打湿了斯文的镜框，他早已失去身为职业记者的一切客观冷静："这里是我的家，我要去找我的老婆和娃儿！"

实况直播里，记者滔滔不绝地播报着现下的状况："自地震发生后的短短四小时内，已有数名被埋民众被陆续从废墟中救出，但具体受灾受困人数目前还没有得到详细统计。"

程小时被放在担架上后，疯狂向救援人员求助："我妈还在里面，快救她出来！"

救援人员连忙安抚他:"同学……你先冷静,剩下的事交给我们处理。"

程小时透过凿开的洞,看到了依然保持着趴跪姿势的母亲,再次泪如泉涌:"她还活着……求求你们,求求你们救救她。"

然而搜救人员没有说话,只是默默低头擦泪,真的来不及了……

"快救救她……快救救她。"直到沉重的疲惫彻底笼罩程小时,他连睁眼的力气都没有了。

回到了现实世界的程小时自始至终都沉默不语,披着满身月光面向陆光站着。

陆光犹豫几秒,最终还是上前一步,将手搭在程小时微微颤抖的肩上,艰难地吐出那三个字:"对不起。"

程小时的头发遮住了双眼,愤恨和痛苦让他无法冷静,他攥紧拳头,以一种陆光从未听到过的极冷的语气问道:"为什么要骗我?为什么还是要让她死?"

陆光的脸被月光映得苍白,面对这样的程小时,他保持一贯的镇定:"为了让一切复旧如初。"

程小时的拳风极快,对准陆光的脸就是一记重拳。他很早以前就说过,如果有一天陆光骗了他,他一定会打花他的脸。

他信任陆光,对陆光毫无保留,但这次任务里,陆光从一开始就没打算对他说实话。

这是他们自相识以来,程小时第一次对陆光动拳头。

程小时的这一击很重,陆光在没有防备的情况下直接摔到了沙发上,可他依然沉默着接下这一击,没做过多的解释。

程小时之所以这么激动,大抵是自己陈年的伤疤被揭开,继而再血淋淋地被捅上几刀,浑身流失的不仅是血,更是精气神儿。他的父母很早便离开了他,他却要在照片里再经历一次至亲的离去。

这太残忍了。

陆光从沙发上缓缓起身,已经忘却了脸部和口腔火辣辣的疼痛,走到程小时面前。

眼前的人白天还是个吊儿郎当的青年，看起来什么都不在意，没心没肺的。然而现在，当所有的成长包装悉数被剥落，那一层层坚韧顽强的茧衣之下，却藏着这么一个心思敏感的少年。

没有父母庇佑的程小时长大了，但又没完全长大。他未成长的那部分，无论是性格上的天真，还是骨子里过强的正义感与执着，都是成人世界里最难能可贵的一些特性。

陆光蹲下身来，双臂温柔地搭在他颤抖的双肩上。此时他能做的，只有这样沉默地陪伴着舔舐伤口的程小时，以无言作理解，以掌心传递他的温度和安慰。

程小时仿佛回到了多年前的那个早晨，他把头埋在乔苓身上哭泣。

程小时缓解了一会儿情绪后，把一只手放在陆光肩上，强压着哽咽问道："既然不能救他们，那带到的那些话，又有什么意义呢？"

是啊，即使对这些必死之人传达了话语，也不能改变他们的命运，到头来，现实里的他们仍旧是一抔黄土、一处石碑，不能活着和自己的朋友亲人相聚。

陆光没有作答，程小时的啜泣声悄无声息地蔓延开来，乳白色的光晕点亮了他们两人脚下的地面，纯净的光辉洒在他们身上，此时无声胜有声。

良久，陆光哑声道："傻瓜，我都说了，无论过去，因为我们不能改变过去。"

另一边，现实里的陈潇已然不是那个十几年前的毛头小子了。

他的神色总是有些许忧郁，带着淡淡的疏离。他是那么爱那些早已离他而去的人，即使心知徒劳无功，他也想赌上万分之一的概率。

只要能再见到那些他牵挂的人，他不会再笨嘴拙舌，他要向他们表达他的心。

但现实总是冷血的，他和父亲此时站在母亲的墓前，一前一后，默立无言。

今天是五月十二日，是母亲的忌日，也是令无数家庭痛彻心扉的日子。

墓园里，一排排石碑寂寥地矗立在那里，无声地诉说着历史。

陈潇站在最前面，静静地看着母亲的墓碑，仿佛透过这块冰冷的石头能看到当年笑靥如花的女人，她永远留在了她最年轻的那一年。

陈潇的父亲已经年迈，缓缓走到墓碑前，低声道："这么多年了，如果那天我能早点赶上回镇里的车，结果可能就不一样了。"

陈潇每年都会听到父亲这样自责愧疚的言语，有些伤痛是一辈子都无法治愈的，这一生他们都无法释怀。

这会儿天刚蒙蒙亮，依稀还有些走得迟的星子在天幕上微弱闪烁。它们该走了，却好像格外留恋，在云层里时隐时现，像偷看的人。

父亲这时突然想到了什么，在旁边地上的包里一边掏着，一边道："昨天在家里整理东西的时候，竟然发现了这个老东西，我原本以为地震时也被一起埋了。"

说着，他把那个黑色土旧的小盒子递给儿子，陈潇接住后，一时愣住。

这是母亲临死前执意要去取的东西。

虽然程小时最终没能救下母亲，但他无意中救下了一些关于那些人的美好回忆。

几小时后，陈潇在阳光明媚的上午踏入时光照相馆。此时的程小时刚从巨大的精神创伤中走出来，尽可能维持着正常状态，在柜台处擦拭着一些光学镜片。

陈潇走上前，开口道："你好。"

程小时手下动作一顿，缓缓抬头。

陈潇道："请问这儿能冲印老相机里的照片吗？"

他轻松应道："可以呀，是什么胶卷？"

陈潇把装着相机的包放在桌上，说："哦，胶卷还没拿出来，在相机里呢。"

程小时的视线落入了敞口的牛皮袋里，在看清楚相机的那一刻呼吸一滞。

在整个世界坍塌下来的前几秒，他就在帮着急的母亲取走这个相机，这是保存着无数比金钱更珍贵的美好回忆的黑盒子。

陆光平静的声音再次回响在他的脑海。

"不问将来……"

"……因为将来一定会因为我们改变。"

程小时微微笑了,可酸涩的眼睛有些湿润了。

"相机有些损坏了,你看看……还能洗吗?"

程小时在光线昏红的房间里默默洗照片,他技术娴熟,这类相机里的照片不是很难洗,不过在清晰度上兴许有些瑕疵,但他已经在尽力还原了。

每一张照片的出炉,都会让程小时回想起那些照片里的时光。

第一张是他在篮球比赛上捕捉的陆鸿斌和敌方争夺球的画面。后来他曾奋力骑着自行车载这位人高马大的队长回家,路上将陈潇本人的话尽数传达。

那些话是多年后的陈潇独自一人,在繁华都市里一处僻静的篮球场上想说的话。

那时的他早已走上工作岗位,却时常来到人少的球场独自投篮。休息日的黄昏,他在球场中央一回头,似乎还能看到目光坚定的队长冲他挥手,喊他过去一起打球,而队长身后,都是他熟悉的彼此信任的球员。

这么多年了,他始终没有忘记他们的脸。

"陈潇,过来打球!"

队长仿佛沐浴着现实世界的夕晖,音色爽朗雄浑。

"别傻站着了,快过来!"

球员们也都对陈潇微笑着,招手示意他过去。但陈潇知道,已经过不去了。

他一眨眼,这些人便被风吹散了。

"谢谢你,队长……"

"是你的执着,增添了我对友情的记忆。"

新出炉的照片被一张张地贴在墙上,那些是最后一次球赛上大家的飒爽英姿和酣畅淋漓的笑颜。

还有一张照片是陈潇和刘萌的合照。

照片上的少男少女青涩得如同春桃,中间的距离能过火车,还被陆鸿斌调侃是"正负极"。

豆蔻年华的少女本就有着秀气的面庞，在照片上更是干净纯真，可惜陈潇没机会等到她长大，他暗恋的人就这样永远停留在了十四岁。

那日的照片里天穹彩云遍布之时，程小时以陈潇的身体单手扶车，在裹挟着浅淡花香和初夏清凉的晚风中，同少女纯净无瑕的眼睛对视。

他所做出的承诺绝非儿戏，而是重比千钧。能得到这些美好的回忆，对陈潇而言，便足矣。

最后洗出来的照片是陈潇母亲的，而母子之间的互动仿佛还在昨日。

陈潇去球赛前，还在请求母亲将父亲的相机借给他用，以校报记者的理由去打球："妈，我就是个替补，顺便给校报拍两张照片，你就让我去吧！"

母亲没有理会他，自顾自地擦拭着相机。

她把手里略微沉重的黑盒子递给陈潇，叮嘱道："来，这是你老汉的第一个相机，不要弄坏了。你老汉当年说自己喜欢拍照，我攒了半年的积蓄才给他买到的！"

陈潇听了，忍不住问："你不是最讨厌爸拍照了吗？"

母亲傲娇叉腰，嘴硬心不硬地道："哼，我是讨厌他天天端着个相机给别人拍。"

接着她催促道："来来来，给你妈来一张，看下这个相机还好不好用。"

陈潇笑着弯腰，按下快门。

许多张承载着美好回忆的照片被尽数贴在墙壁上，那些美好的人无不绽着花一般的笑颜，熟悉的场景仿佛就在眼前，可惜这些人永远只能存在于照片和回忆里了。

如今的陈潇早已成家立业，他也会对自己熟睡的儿子唱那首母亲在废墟里唱的摇篮曲，看着翻来覆去的孩子，仿佛看到了小时候的自己。那时候，母亲总是不厌其烦地给他哼着重复的曲调，轻轻拍着他的小手，守着他安然入睡。

床头灯晕着温暖昏暗的光线，似乎作为一种无言的守护。陈潇轻轻抱着儿子，宽大的手掌覆上颤抖的小手，哼着传唱数十年的曲调。

"风儿你要轻轻地吹，鸟儿你要轻轻地唱……"

夜风悄然掠过，那些碎钻般的繁星殷切地眨着眼睛，像漂泊到另一个世界的人。他们或许和自己爱的人所隔天地，但在晴朗的夜里，他们得以在天幕上向下遥望，目光追寻牵挂之人，在所爱之人看不到的地方默默守护，直到永远。

　　他们始终活在别人的心里，从未离去。

# 第六章 寻子

You have to be ready for luck.

您得去时刻准备碰运气。

—— Neil Leifer

——尼尔·勒夫尔

溽暑之际，正是奶茶生意最火爆的时候。

这家奶茶店似乎刚开业不久，占地面积不大，人手也只有夫妻两个，但生意还是相当红火。哪怕在暑气最重的下午，还是有不少人愿意顶着大太阳买一份清凉，购买的队伍几乎能排两条街了。

店内装潢简单，设施也很普通，大部分活儿还都需要人工来做。夫妻俩搭着干活，妻子负责招待结账，丈夫负责饮品制作，两人在这逼仄的小空间里忙得不可开交，却很充实。这小小的十几平方米，承载的是一个家庭的衣食住行。

尽管夫妻两个一下午都没有休息，但还是难以应付如此多的顾客。

生意火爆是好事，他们起先忙得很起劲，但渐渐地，随着人群聚集，嘈杂的声音和闷热的气流不断从四面八方涌来，把大脑蒸腾得逐渐麻木，精气神儿都给蒸没了。

他们除了给等候已久的顾客准备奶茶，其他的事情都顾不上了，尤其是妻子，她动作相当利索，及时在收款机上记录下顾客的需求，然后不厌其烦地重复着奶茶装杯、打包的动作。她的心里仿佛有个散乱的线团，随着时间越绕越乱，但面上还是微笑面对顾客，耐心地跟他们交流："您是要打包还是现在喝？"

客人应道："现在喝。"

后面的客人无缝接上：

"我要杯黑糖珍珠奶茶，少糖加红豆！"

"我要奶盖乌龙，两杯都打包。"

妻子连忙应道："欸，好好好……"

她的脑袋这会儿昏昏沉沉，满脑子都是奶茶、少糖、红豆、奶盖这般的字眼，接着口头再对顾客重复一遍："一杯黑糖珍珠奶茶，少糖加红豆……"

她转而看向另一位，继续道：

"两杯奶盖乌龙，打包。

"哎，请问两杯要什么杯型的？"

客人答道："都要大杯的。"

妻子还没来得及给客人说"稍等"，她的围裙就险些被一股力量扯掉。她低头一看，竟是自己活泼可爱的儿子。

小男孩留着可爱的头发，明亮的大眼睛里闪烁着期待，手里拿着一个玩具，不断拉着妈妈的围裙，天真地问道："妈妈，妈妈，你知道正义之星最厉害的技能是什么吗？"

《三星勇士》是最受小孩子喜欢的动画片，他手里的模型就是其中一个人物。

但此时的妻子没有心情跟小男孩说话，她已经疲惫到了极点，心里那团乱麻把心脏缠得越来越紧，还要顾着客人，于是心急地敷衍："啊，不知道啊。"

这时有客人提醒道："奶盖记得分开装啊。"

她连忙看向客人，点头："哦，哦，好的。"

小男孩丝毫没有在意母亲的冷落，继续拽着母亲的围裙，小兔子似的欢快地蹦跳："是每次都能把格瑞德打飞的那个！到底叫什么呀？"

妻子纵使心乱如麻，对儿子也依旧温柔，蹲下身来抚摸儿子的肩膀，对他说："豆豆乖，等妈妈忙完了再来陪豆豆，好不好？"

小男孩最不喜欢听的就是这样的敷衍，他知道爸爸妈妈永远都忙不完，索性开始撒泼："不要嘛，你陪我玩会儿嘛！"

他看向正在忙活的父亲，接着道："工作让爸爸一个人做不就好了吗？"

最前面的那个顾客听了他的话，忍不住笑着说："你爸爸一个人更忙不过来吧。"

话音刚落，后面的人就开始不耐烦地催促了："喂，前面的点个单磨磨叽叽啥呢，能不能快点啊！"

那位顾客直接回头撑回去："又不是我的问题，你冲我着什么急呀？"

天很热,人一聚集起来就很容易激发出更躁动的情绪。大部分人都顶着日头排队,心情自然十分焦躁。

妻子连忙站起身冲大家赔笑:"哎呀不好意思,马上就好,马上就好……"

叫作"豆豆"的小男孩依旧不肯松手,撒娇哀求道:"妈妈,你就陪我玩一会儿嘛!你跟爸爸都一天没理我了……"

后面排队的人逐渐失去耐心,结伴来的开始跟同伴吐槽:"跟你说了别来什么网红店凑热闹,单这么多,做都做不过来。"

"排都排了,再等一会儿吧。"

"唉,效率真低。"

……

妻子继续拾起手头的工作,不忘对一边生闷气的小男孩道:"豆豆乖,你自己再玩一会儿,晚上回家妈妈给你买麦当劳吃。"

下一秒,她便转头把饮品递过去:"给,您的两杯打包。"

豆豆显然不乐意,像大部分家里备受宠爱的孩子那样无理取闹起来:"哎呀,不嘛,我现在就要,我现在就要!"

后面排队的顾客听到孩子撒娇的声音,忍不住说道几句:"生意这么好,多招几个人嘛,两夫妻还带着个孩子,怎么忙得过来哟。"

"哎呀,估计想趁生意好多赚点,找了人调出来的味道就没有那么正了。"

"一杯中杯的多肉柚果!"

"给我一杯波霸仙草茶。"

妻子的手指片刻没有停歇地录入订单信息。各色各样的人声混杂着蝉鸣此时在她耳边越发聒噪,她感到眼前逐渐模糊,心跳声清晰而沉重,她已经劳累得产生幻觉了。

好在丈夫及时出现,用放映着《三星勇士》的手机支开还在不断打扰母亲的小男孩:"豆豆乖,给你手机看动画片好不好?"

豆豆的注意力即刻被吸引,接过手机惊喜道:"嘿,正义之星!"

丈夫宠溺地摸摸他的脑袋:"乖,坐到外面的小凳子上去看,啊。"

"好!"豆豆跑出店面,兴奋嚷道:"嘿嘿,玩去咯!"

他两手抓着玩具模型坐到小凳子上,一边看动画片,一边念念有词地让这些玩具打架,玩得不亦乐乎。

没有了孩子的打扰,夫妻两个便继续有条不紊地干活,偶尔能听到屋外放映的动画片的音效。

"勇气之星,扫除恐惧!"

"正义之星,唤起希望!"

"智慧之星,点亮光明!"

妻子看了一眼孩子后连忙安抚催促的客人:"马上就好……您再稍等一下。"接着马不停蹄地把刚打包好的奶茶递给顾客。等稍微不忙的时候,妻子扭头找寻孩子的身影,可此时只有大魔头的模型被放置在空荡荡的桌上,兀自狞笑。

妻子赶紧环顾四周,都没看到孩子的身影,她的心顿时沉入冰窖:"豆豆!豆豆!豆豆!"

她再也顾不上急催的客人,开始到处呼唤儿子。正常情况下,只要妈妈呼喊一声,豆豆就会出现,可如今已经呼喊多次,却没有任何回应。

丈夫听见妻子的喊声,关心地走过去询问:"怎么了,老婆?"

妻子惊恐地转过头,急切地拽住丈夫,声音颤抖:"豆豆……豆豆不见了!"

丈夫即刻出去寻找,妻子紧随其后。

"豆豆,豆豆!"

两人跑到豆豆十几分钟前还坐着的位置,只见这里空无一人,桌上只有手机和玩具模型。

动画片仍在放映。这个时候,屏幕里燃起了熊熊大火,勇士们接二连三地倒下,殒身火海。

"贪婪和私欲,将会把你们全部吞没!"画面里的魔头纵声狂笑。

程小时在接受陈潇委托的任务时损耗过重,近来睡眠一般,总在后半夜才入睡。同时陆光也满怀心事,经常彻夜未眠,靠咖啡提神。

程小时今天起得稍晚一些,他单手揣兜,拿着一沓照片从里屋走出,气质染上了一丝忧郁。

陆光刚好和他擦肩而过,余光看到了程小时那双失去神采的眼睛。

程小时走向沙发,不禁回想起那个深夜。

当时他刚回到现实世界,蹲在地上放声痛哭。他怀念那些球场上默契配合的好队友,酣畅交锋的对手,美好的初恋,他眼里看到的一个个平凡但温馨的家庭,以及……舍命相护的母亲,还有更多无辜葬身废墟的人。他们的离去无可改变,一旦篡改,就会造成无可想象的灾难。

尽管"不问将来,因为将来一定会因为我们改变",但是现实中银铛入狱、罪有应得的朱总在监狱里饱受折磨;重归于好的予夏、林贞幸福地在家乡开面馆,永不分离;思文夫妇最终相携白头,每一天都如初恋般甜蜜浪漫;陈潇父亲的相机最终也因为程小时的介入而得以保存,保留下了母亲最美的照片,这些都让程小时感受到些许慰藉。

程小时在沙发上一张一张地浏览刚洗出的照片,神思却完全不在这些不同的人像景物上。

回想着以往所经历的事情,他的心里五味杂陈:"最初是我把这些任务想得太过简单了……"

他盯着陆光经常坐的位置,仿佛看到自己最初请求陆光做搭档,信誓旦旦立下承诺的情态。当时的他说自己什么任务都能接,觉得按照陆光的指示来就能轻松完成。陆光说往左他就往左,陆光说往右他就往右,不带半分杂念。只要他俩配合默契,就能还清自己的债务。

明明一开始是自己觍着脸求人家来的,结果每一次任务中都有不听话的时候,甚至还不顾现实世界,入戏太深妄想改变过去。伤痕都是他自己制造的,甚至还因为太疼而迁怒陆光。

做错事的从来都是他自己呀,他有什么资格埋怨陆光?

程小时看着地面,他在陆光面前像个孩子一样哭泣,意识到自己的失态后随即站起,却不肯多给这个安慰自己的人一个眼神,下一秒就要遁逃,小声快速道:"这段时间,就先暂停营业吧。"

他甚至连一句感谢都没留下就匆忙离去,只留陆光一人在原地落寞,颓然坐地,一宿未眠。

程小时的愧疚来得太晚，他一直想找个机会向陆光道歉。

就在这时，乔苓出现了，叉着腰喊他们过来。这显然是早已察觉到两人之间尴尬的氛围，想利用这次机会缓和一下了。

程小时慢吞吞地走过去，一双暗淡无神的眼睛正对着乔苓正气凛然的眸子。

乔苓拿出几分老板的威严，严肃问道："你俩这是唱哪出哇，说不干就不干了？"

陆光一脸无谓地回应道："只是想休息一下，照相馆的常规业务还是会继续。"

说罢，他似乎有些底气不足，躲开了乔苓质问的眼神。

乔苓转向程小时，正色问道："程小时，这也是你的意思？"

面对两个强行罢工的员工，乔苓也不好逼迫。她虽然不知道具体发生了什么，但能猜到程小时在照片里出了事，心理上可能需要疏导，而陆光就是他最好的心理老师。

缓缓也好。

于是，乔苓一本正经地宣布道："唉，那好吧，什么时候调整好了再开始吧。"

然而话音刚落，店铺的门就被打开了。

乔苓条件反射："老板里面请——"

一个声音雄浑的男人缓步走来，问道："请问，这儿是不是有个神婆能进入照片里的时光啊？"

乔苓因为陆、程二人心情也很低落，没心情接活儿，转身就下逐客令："不好意思啊，本店没有这个服务，更没有什么神婆……"

说着，她还颇为虔诚地双手合十，接着道："请您另寻高人吧。"

男人闻言却丝毫没有要走的意思，直接开门见山："我叫肖力，是个警察。"

程小时和陆光不约而同地警惕地盯着眼前这个人。

刑警的眼睛都是放大镜，能轻易捕捉到这种细微的神态变化。肖力心直口快，一针见血道："你们俩好像对警察有些敏感。"

乔苓索性挡在他俩前面，情绪激动地反驳道："当然有！大白天的警察找上门，论谁，谁会舒服呀？！"

乔苓坚信自己光明磊落，从没有做过任何违法乱纪的事，最多接些进入照片的私活儿，但法律里没写进照片算犯法。她清者自清，急切说道："我们这儿做正当生意，没您说的那些玄乎玩意儿！"

话音刚落，她就急着想让警察离开，生怕他再待一会儿，她的店铺就得关门。

肖力被往后推了几步，但毕竟是个壮实的男人，很快就站稳，没有打算走的意思："你这小丫头的态度怎么这么差啊？"

"哎哟，您快走吧！"陆光也不想警察待太久，发现他们的秘密。

"警察同志，您慢走。"乔苓还在用力推，大声劝道，"您快走吧，让街里街坊的知道了，还指不定怎么传呢，哎呀走走走。"

肖力感受到满屋子都是抗拒的氛围，认为在这种氛围下无法问出他想要的东西，于是只得作罢："哎，行了行了，别推了，我自己走！"

就在乔苓快把警察推出去时，又一个不速之客到来。一个面容憔悴的男人在他们拉扯的间隙悄然推开门，一眼就看到了乔苓，精准而急切地拽住她的手腕，仿佛在拽着根救命稻草："大师，求您行行好，帮帮我吧！"

他们几个看着突然出现的男人，不约而同地僵住，还没等他们反应过来，男人便急不可耐地接着说道："我听人说，您能通过照片看到从前的往事，能不能帮我也看看？"

男人浑身都在发颤："帮我……帮我找找儿子！"

他看起来还不算老，本是血气方刚的年纪，眉眼间却弥散着忧伤的气息。乔苓并没有甩开他的手，怔怔地听他接下来的话语："豆豆走丢已经三年了，音信全无。"

他颤抖着递来一张寻人启事。都说男儿有泪不轻弹，更何况是他这种饱经生活磨难的中年人，但此时他的眼里蓄满眼泪："肖队帮我一起找了整整两年，各种办法我们都用了，但就是……"

陆光不知所措地看着情绪已然崩溃的男人，程小时也停下了手里的动作。不过他才在照片里经历了生离死别，如今再面对现实里的人间惨剧，便也觉得稀松平常了。

毕竟这才是生活的常态。

肖力似乎已经无数次听过男人这般哭诉了,略微不快地劝道:"算了亮哥,人家都说了,并不是网上传得那么邪乎……"

程小时微微侧了脑袋。这件事,或许他真的不愿参与。

另一边,肖力还在喋喋不休地劝解:"你最近一年多被骗被坑的还少吗,花去的钱,不都打水漂了吗?"

肖力的话还没说完,亮哥的手机屏幕便亮起来了,壁纸是他走丢的儿子,此时上面显示着陌生消息:"你好,我知道你儿子的下落,尽快准备20万现金,完事后联系我。"

这类低级的骗局正常人一眼便识破,但对于丢失孩子的父母而言,每一条短信都是救命稻草般的存在,即使一次次被骗、一次次落空。甚至到最后,他们会安慰自己,被骗得多了,骗到头了,总能遇到真的。

这些骗子往往辗转于网络贴吧,绝望的父母总会在上面寻求帮助,而这些无良的骗子利用他们的绝望,榨干他们的希望,以此来为自己谋利。

肖力知道自己是亮哥如今唯一可以依靠的人了,他知道如果他抽出了手,不再施与帮助,那么这个绝望的父亲将会坠入地狱,万劫不复。

作为一名合格的警察,他不能置之不顾。

纵然毫无头绪,肖力仍像一年前那样,语气坚定地说:"我答应你,只要我在警队,就不会不管这个案子,一旦有线索,我会第一时间通知你。"

乔苓明明是第一次听到这个凄惨的故事,却一副如同回忆起噩梦的模样,半天没有出声。

亮哥受到肖力的鼓舞,情绪逐渐平复,语气也随之坚定不少:"只要还有一丝希望,有能找回我儿子的办法,我就不会放弃。"

他曾虔诚地在寺庙前磕头祈求,也曾鬼迷心窍地去找算命郎中,更多时候是他一个人拿着一沓寻人启事满大街地跑,日复一日,不厌其烦。工作已经放弃了,他的家庭也因为儿子的失踪而濒临塌陷,如今唯一撑住家庭的那根横梁便是他找回儿子的信念。

贴着儿子照片的寻人启事悄然落地,亮哥似乎无法承受这张纸的重量，颓然跪地，承受太多的肩膀垮了下来。他不该只想着赚钱，把儿子一人留在外面。想到这里，他哽咽失声，歇斯底里地呼唤："豆豆……是爸爸的错，是爸爸对不起你，你快回来吧！爸爸不该让你一个人去看动画片，是爸爸的错……是爸爸的错。"

陆光走向崩溃的亮哥，缓缓蹲下安抚道："叔叔，您先起来。"

一向冷酷的肖力也软了下来，开口继续劝道："亮哥，你的心情我懂，但人家这地方就是个照相馆，你把地跪穿了他们也变不出什么戏法呀！"

"没错，如果有老照片需要洗印的，您拿来我们可以免费帮忙……"程小时早已不站在原地，此时正在整理前台物品。他的生活节奏不会因为陌生人的悲惨遭遇而被忽然打断。这些悲惨他经历过很多了，如今的他看上去麻木而无情，一副事不关己高高挂起的陌生姿态。

他手下动作没停，继续道："……但回到过去这种事，您就别白日做梦了。"

这就像将一幅美好的画作狠狠撕破那样，即使当事人意识到这或许是幻想，但直接戳破未免太过残酷。现实是把血淋淋的刀子，程小时承认了，也接受了，因为他麻木了。

此时几双眼睛都在盯着他，程小时不顾这些注视，动作熟练地整理着照片，接着一脸无谓地道："过去的事既然已经发生，神仙来了也改变不了。"

乔苓怀疑陆光和程小时俩人是不是调包了。

照片在程小时手里发出窸窸窣窣的声音，他接着说："我劝您还是顾好现在的生活，向前看吧。"

语罢，他把已经封装好的照片包递给乔苓，冷漠地交代道："等下快递来了帮我寄下，地址写在包裹上了。"

乔苓心事重重地接过。程小时说完，头都不回地往屋子里走，徒留一个淡漠的背影。

肖力还在安慰迟迟不肯动的亮哥："亮哥，这小兄弟话糙理不糙，还是先回去照顾照顾嫂子吧。"

亮哥的情绪平复得差不多了，在肖力的搀扶下颤巍巍地起身，微微抽泣着和他转身离去。

照相馆的大门被打开，阳光正好照到地上那张寻人启事。陆光把这张纸拾起，细细端详着上面的信息，逐渐陷入思考。

窗外的天空顷刻间乌云四起，电闪雷鸣。仲夏的天气阴晴不定，仅仅几分钟后，世界便被放在了巨大的闷热的蒸笼里，雷声轰隆，暴雨如注。

豆大的雨点砸在楼顶、墙壁上，某处阴暗的居民房里，回荡着动画片里夸张的叫嚣狂笑声，混杂着倾盆大雨的聒噪，竟有几分诡异。

"哈哈，就凭你是打不赢我的！"动画片里的魔头正在威胁着。昏暗的房间里，唯一的光源便是持续播放画面的小电视机。女人坐在沙发上津津有味地看着动画片，嘴角流露出痴痴的笑容。她的眼神懵懵懂懂，显现出一丝痴傻，看起来就像个五六岁的小孩子："不光是我，还有他们！"

勇士铿锵有力地反驳道：

"勇气之星，扫除恐惧！"

"智慧之星，点亮光明！"

"正义之星，唤起希望！"

魔头开始肆无忌惮地大笑，大放厥词："哈哈哈，既然三个一起到场了，那就把你们统统摧毁！"

豆豆走丢时，动画片里播放的就是这句台词，亮哥永远不会忘记。

此时的他刚好回到家，换了鞋便把饭菜放在桌上，温柔而忧伤地看了眼沙发上雀跃如孩童的妻子。

妻子似乎感应到了丈夫的目光，迅速回头，迫切而兴奋地说："老公老公，我知道正义之星最厉害的技能是什么了！你猜猜看？"

她看向丈夫的眼神难掩喜悦，就像一个忽然弄懂了什么急切想给父母分享的孩子那样，就像她曾经失去的可爱儿子那样，朝丈夫挥挥手，示意他过来听自己。

丈夫无奈一笑，朝她走去："猜不出来。"

他走近妻子，支着沙发蹲下来，难掩喜悦，开始自顾自地说："但今天我和肖队又找到一条很有用的线索，没准儿啊，马上就有豆豆的消息了。"

然而已经失去神智的妻子从来都对他说的"线索""消息"不感兴趣，

她现在心智上只是一个五六岁的孩子,只想让眼前的大人理会自己,陪自己说话玩耍。

妻子不依不饶:"欸,你猜嘛!你就猜猜看嘛!"

亮哥的笑容在脸上渐渐僵化,嘴角的弧度由自然变为苦涩,他就这样看着手舞足蹈的妻子,在外已经哭肿的眼眶越发酸涩。

"就是每次都能把格瑞德打飞的那个!"妻子的喜悦是难以掩藏的孩子式的愉悦,她不知道丈夫在外遭受了什么,她只想眼前这个人一直陪她玩,陪她说话。

亮哥不忍看到妻子暗淡的眼神和笑容,就像很久以前,他们因为忙碌而忽视豆豆时看到的那抹失望和落寞。他只好狠狠地整理好满腹悲伤,强颜欢笑:"嗯……我猜猜啊……"

接着,他在自己头上比画了两只角,问妻子:"牛气冲天?"

妻子摇摇头,答道:"不对。"

亮哥凭记忆思考几秒,在胸前摆出一个叉形,道:"必杀光波?"

妻子急了,拨浪鼓似的摇头:"也不对!"

亮哥放下手,小心翼翼地问道:"那是什么呀?"

妻子看到丈夫疑惑的小表情,笑出了声,就像一个得意扬扬的小孩子那样:"嘿嘿,猜不出来了吧?是希望之心!"

说着,她将双臂举到头顶上方,双手交叠,看着天花板大声叫嚷:"希望之心,赋予我正义的力量!"

她手里攥着儿子曾经爱不释手的玩具模型,大喊道:"格瑞德,我一定会将你打败!"

亮哥看到妻子天真烂漫却憔悴的面庞,勉强挤出一丝微笑。自从儿子走丢后,妻子精神恍惚了一段时间,之后便开始不正常,变得痴傻,只有几岁儿童的心智。

窗外此时暴雨未歇,树上夏日的新叶被无情打落,最终沉入雨水形成的小水洼里。附着在窗子上的雨点在一片寂静里兀自滑落,亮哥正在昏暗逼仄的屋子里给妻子喂饭。

他并不知道暴雨是何时停的,也不关心这个。此时他眼里只有受了打击的可怜妻子,心里满是丢失的儿子,一双历经了风吹雨打、世事变迁的眼睛未曾浑浊半分,清澈沧桑的眸子温柔地盯着孩子般摆弄玩具的妻子,像很久以前给儿子喂饭那样,缓缓把勺子送入妻子口中。

"好,最后一口吃完。"他展开笑颜,脸上愁苦的皱纹顿时如风中的雏菊般舒展开来,"老婆真棒!"

随后他拿出一张餐巾纸,垫在手上,温柔地把手伸向妻子:"来,擦擦嘴。"

摆弄模型的妻子像任何正在玩耍的孩子那样,勉为其难地抽出几秒空隙,让大人为自己擦脸。只是这位"大人",不过是自己几乎快要遗忘的丈夫罢了。

风敲打着窗户,即使是这样昏暗的天,屋内也久久不肯开灯,只是为了省下那点电费来补贴家用。

自从豆豆失踪后,妻子精神失常,亮哥就关了店,这个家基本丧失了一切钱财来源。再加上他关心则乱,轻易信人,又贴进去那么多冤枉钱,早年的积蓄花得差不多一干二净了。如今生活每况愈下,寻子之路始终毫无进展,这样的日子不知什么时候才能结束。

这个时候,已经将一切都收拾打理好的亮哥也在看窗户,不禁道:"哎呀,雨停了。"

他迅速站起身,从身后的抽屉里拿出一摞寻人启事,将它们整理妥帖便抱在怀里,步履坚定,像个怀揣希望整装待发的人。

"我去把寻人启事贴一遍啊。"他不嫌妻子痴傻,跟以前一样,每次出门办事前必然要向她汇报,只是这次没人再叮嘱他路上注意安全了,这次换他叮嘱妻子了,"老婆乖乖在家看电视,不要乱跑哦。"

他的语气显然是哄孩子的,但心智不成熟的妻子正如孩子般"哦"的一声应了,然后抱着玩具坐到沙发上老实看电视了。

他目光温柔,恋恋不舍地多看了妻子几眼,便转而出门了。

雨后的空气明显清爽了许多,原本躁动不安的心也逐渐平稳下来,一些燥热之下产生的矛盾如今回想起来,倒也觉得没有那么尖锐了。

程小时端坐在桌前,凝神望着电脑屏幕,正在思索的间隙,一杯奶茶毫无征兆地闯入他的视线。

程小时显然是被吓了一跳,倒吸一口冷气,继而愣怔地看着眼前欲言又止的乔苓,一时间没回过神儿来。

而乔苓一脸尴尬地迎上程小时怪异的目光,不知该说什么。递出去的奶茶在半空晾了半天也没人接,她深吸一口气,终于断断续续地开口道:"请你喝奶茶……怎么也不说谢谢呀?"

说着,她晃了晃奶茶,示意程小时拿走。

程小时回过神儿来,有些不知所措地接过奶茶,小声道:"哦,谢谢。"

乔苓想随便找些话题,加上难得看到程小时这么认真的模样,便自然而然地俯身看向他的电脑屏幕,随口问道:"看什么呢?"

这句话正是程小时害怕她会问的。然而他还没来得及遮挡,乔苓已经先一步念出了屏幕上显示的内容:"走失儿童的新闻"。

屏幕上赫然显示着一张儿童大头照,而照片的主角正是之前来照相馆寻求帮助的那个亮哥的儿子。程小时连忙把笔记本电脑合上,口上故作随意道:"没什么,随便看看。"

为了增强可信度,他看着乔苓若有所思的眼睛,又补了一句:"这不正好碰上,就好奇,想去网上了解了解。"

纵使他百般掩饰,他的真实想法还是被乔苓洞悉。她就这样轻轻坐在床边,手掌放在柔软的被褥上,如释重负般呼出一口气,然后微微笑道:"还好,你仍是从前的那个程小时。"

程小时手里攥着尚温热的奶茶,看着乔苓的侧脸,无言以对。

从小到大,眼前这个女孩都很懂他。如今他缄默、冷淡,她兴许不知其中缘由,也不能与心里受伤的程小时很好地共情,但她自始至终都坚信,程小时只是表面冷漠,他内心的那份纯真善良是永不变质的。

纵使确认了程小时的本心,乔苓还是有所不解,直接抛出疑问:"为什么会对刚才那个父亲讲出那么冷酷无情的话呀?"

程小时转过头去,看着手里良久未动的奶茶,陷入了长久的沉默。

"其实……这个叫亮哥的人,我三年前就见过。"乔苓低声道。

程小时渐渐抬起了头,显然不知道还有这么一回事,而乔苓接着自顾自道:"当时我们学校附近新开了一家网红奶茶店,但好景不长……店没开多久,孩子就丢了。"

仅仅几个简单的字眼便概括了多少悲剧,囊括了多少痛苦,让人听了都会感到满腹遗憾和揪心。

那时亮哥一家初来乍到,用夫妻二人早年打工赚下来的血汗钱租下一块商铺,打算不再受人差遣自己当老板,这也是他们这个家庭的一个崭新的开始。

他和抱着孩子的妻子还未整顿行李,便直接来到店门口,只是为了看一眼自己千挑万选的铺子,然后对妻子不无得意地说道:"我找大师算过了,下周二上午八点,宜开张,大吉大利。"

妻子听到丈夫这般神神道道的话,略微不满道:"什么大师呀,准不准哪,怕不是又被骗了钱。"

她抱着儿子的手臂有些酸痛,说话的间隙一时没抱稳,亮哥见状赶忙伸手去揽,劝道:"哎,我来抱我来抱,你歇一歇啊。"

儿子在被父亲大手拖走的时候咯咯笑了,伸臂环住了爸爸粗壮的脖颈,冲他甜甜地笑着;而妻子也将手掌覆在孩子后背,唯恐摔了。一家人其乐融融,浑身洋溢着希望和幸福。

亮哥满脸柔情地看着怀里天真烂漫的孩子,笑着回答妻子:"咱豆豆的小名也是大师起的,你看咱儿子长得多好哇,哈哈。"

一家三口不约而同地绽放笑颜。

"之后我经常能在学校附近的街道上遇见他。"乔苓叙述着自己的回忆。

几年前乔苓还是在校学生的时候,她就在社区告示栏处经常偶遇这对可怜的正在贴告示的夫妻。

"他带着他老婆,把寻人启事贴了一遍又一遍,找人问了一个又一个。"

告示栏里的信息各式各样,更新速率极快,很多前一天才贴上的单子,或许第二天就被其他新的传单覆盖遮蔽。如果想要保证信息传递的持久性，就需要每天在这里面重新张贴，反反复复，才会为成功增添更多的希望。

亮哥曾拿着那张贴满了大街小巷的寻人启事，询问过刚好路过的乔苓："欸，姑娘，你看一下，这个孩子你有没有在附近见到过？"

乔苓第一次被询问时显然受到了惊吓。亮哥看着过于憔悴，甚至有点儿像个坏人："姑娘，你看看哪，帮忙回想回想好不好？"

亮哥的声音近乎哀求，乔苓回过神后对亮哥摆摆手，口中断续道："不好意思呀，我，我……我没见过。"

接着，她在这位父亲失落的注视下，像是在躲避什么般奋力跑走，头发在风中凌乱着，一如她那颗因为愧疚而慌乱的心。

程小时就这样久久盯着乔苓，忽然觉得有那么一瞬，眼前的女孩像刚破茧的蝶。她之前把自己困在茧里太久，如今鼓足了勇气，在一个暴雨初歇的下午，把这个密不透风的茧撕出了一个口子，把内心真实的自己展露出来。

她轻轻说："虽然那个时候我很想告诉他，但是……"

乔苓的奶茶也是一口未动，她攥着奶茶的手微微颤抖，不自觉地捏紧，最终还是把困扰自己多年的心事倾吐出来："我撒谎了。"

当年豆豆消失的那日，乔苓和她的好友曾去亮哥的店铺买奶茶。

"我记忆里有那么一个瞬间，"乔苓努力压抑住情绪，嗓音颤抖道，"看到过那个孩子被人牵着，从我眼前走过。"

乔苓的指尖攥得发白，微微低下了头。

程小时的神色忽然一凛，显然是被这件事惊讶到了。

乔苓几乎要把手里的奶茶捏爆了，泪水凝在微微发红的眼眶里："我懊悔自己当时没有停下来多问一嘴牵孩子的人是谁，所以我从此就很害怕再见到亮哥。"

自从这件不幸的事情发生后，乔苓就再也没有去过那家奶茶店，也极力避免走那附近的一些街道。因为她知道亮哥每天都在那里徘徊，用他那双饱含忧伤的眼睛四处找寻着，不断问路人孩子的下落，无论风吹雨打都会将寻人启事贴完。

奶茶店因孩子的丢失而倒闭。最初亮哥是跟妻子一同面对的，后来他的妻子精神欠佳，于是这么多年只剩他一人在坚持寻找着。

他的内心始终坚信总有一日能和孩子团聚，还会回归到从前那个幸福美满的家庭。

街道的电线杆上常年贴着寻人启事，乔苓每每等红绿灯时总不自觉地往那些纸张上瞟，看到上面欢笑的孩子，心就像忽然被针扎了一下似的，只得迅速挪开视线，头也不回地过了马路；仿佛这就能摆脱这件事带给她的阴影，摆脱内心积压成疾的愧疚。

"如何面对那个……流落天涯的孩子。"乔苓深吸一口气，"大学毕业后，我就离开了那里。我以为自己可以逃避过去，但没想到他还是没有放弃。"

一滴汗珠从乔苓的下巴滑落，此时的她已经坦然，神色略微失落道："我想弥补自己的过错……"

接着，她转而看向程小时，以一种近乎恳求的语气简洁地说道："程小时，帮帮他吧。"

程小时早已料到乔苓会说这句话，他保持着方才的姿势静静地坐着，片刻后像是已经想通，抬头对乔苓道："好，我答应你，就算是报答你冒雨给我买奶茶的心意。"

乔苓是个实诚人，从不冒领自己没干过的好事，于是怔怔地看着程小时道："但买奶茶的人不是我，是……"

她的视线看向门外，虽然那里没有人影，但隔着一堵没温度的墙，贴墙站立的陆光冷不丁地打了个喷嚏，额前的碎发上还坠着些许雨珠。

程小时从门内探出脑袋，左右张望，果然看到了近在咫尺的落汤鸡。

陆光丝毫没有注意到自己正在被人盯，直到听到那个久违的声音，他才如梦初醒般地侧头望去。

"谢谢了啊。"程小时略带歉意道。

陆光仿佛一只受惊的小猫，立刻把头转了过去，啜着奶茶，不去看程小时。

乔苓在屋内忽然想到了什么，大叫："糟了，忘了留下亮哥的联系方式了！"

141

站在屋外的陆光早有准备，目不斜视地掏出一张微皱的寻人启事，递给程小时，仍不作声。

程小时的内心：死傲娇！

他接过这张纸，嘴角却不禁展露弧度。

刚被雨水冲刷过的街道上暑气消散了不少，但穹顶仍然乌云密布，正在酝酿着下一场雨势。贴完今天的寻人启事，亮哥背着陈旧的书包，迅速吃完了一个饭团作为今天的午餐，便开始往家的方向走。

街道上行人稀少，他一个人踽踽独行，内心并没有因为天气的阴沉而过于压抑。他坚信自己的处境就如这天气般，虽然惨淡，但总会有雨过天晴的日子。看似滚滚不绝的乌云终究会被阳光拨开，光明的希望会再度普照大地。

熟悉的手机铃声响起，他条件反射地接起来，尽管没有抱太多希望，但他从不会错过任何一个陌生来电，因为每一个电话都有可能带来他儿子的下落。

宁可信其有，不可信其无。

"喂，哪位？"听了电话内对方的描述，亮哥原本忧郁的眼神忽地明亮起来，"是吗？太好了，谢谢啊，谢谢！"

亮哥挂了电话，胡乱把手机塞进口袋，就快马加鞭地赶往时光照相馆。希望总是有的，只要肯多等一会儿。

肖力的办公室即使在白天也黑漆漆的，窗帘拉起来，长久在昏暗环境下思考似乎是这位警官的一个特殊习惯，他不断地掐着自己的眉心闭目凝神。他的眼前是一台光线微弱的小台灯，以及一沓他已经看了一遍又一遍的卷宗。不知这样的姿势保持多久了，脖颈开始酸痛，双腿发麻。他把手挪到一边，晃了晃脑袋，将卷宗翻页，一双鹰眼聚精会神地审查上面出现的文字和照片。

卷宗上出现的人无一幸免，都是被谋杀的，但至今蒙冤未雪，死得不明不白。

这是肖力负责很久的连环杀人案，其中一个受害者正是雀德公司的Emma。

他持续翻页，掠过了 Emma，仔细审查着某一个受害者的生平资料，眉毛不由得拧到一起："这么聪明的头脑干些什么不好？"

渐渐地，肖力察觉到了些许异常，喊道："陈彬！"

见自己的部下迟迟没有回应，肖力直接拿起手机准备打电话："臭小子跑哪儿去了？"

电话很快通了。

"喂，人呢？卷宗你怎么没查仔细就给我了？资料少了一份，赶紧给我拿过来！"

此时的陈彬正在警局的总监控室，忙说："队长，亮哥来找我了！"

肖力一脸疑惑："什么，亮哥又来找你了？"

陈彬补充道："是啊，他硬说要一段过去的影像，从里面找豆豆的线索。"

身边负责查询监控录像的同事依然坚持着自己重申无数次的原则："都三年前的案子了，我不能随随便便把资料拷给你带走的。"

陈彬一边顾着电话那头，一边应付着这边，有些应接不暇："我知道，这不是肖队你说的吗，帮忙帮到底，有求必应。"

肖力懒得听他掰扯那么多，直接终止话题，不耐烦地催促道："哎，好了好了，弄完赶紧回来。"

挂了电话，他怀疑亮哥又被骗了，上午刚陪他排过雷，现在是从哪儿冒出的新花样？

另一头的陈彬听到电话里面没声了，赶忙继续觍着脸求助："哎哟，王师傅，通融一下吧，就调个监控录像发给我不就完事儿了吗？"

说着，他自来熟地往监控控制台走，吓得对方连忙拦他："这可不行啊，上头有规定。"

他拽住陈彬不老实的手，义正词严道："而且监控那么长，我怎么知道你要看哪段呢？不行不行。"

陈彬眼见王师傅迟迟不肯松手，唯恐他有什么动作。他想起自己曾和肖队一同答应过那个不幸的父亲，只要合情合理，他们就愿意倾尽所能。如今人家难得拜托他们一次，直接因为死板的规定给人否决了，这未免太失信了。

陈彬一直都很同情亮哥,也持续关注着这起几年前的旧案,这个忙他帮定了。

于是他没有松口,咬牙坚持请求:"……就发15秒到我手机上,成不成?"

办公室内,肖力没有过多在意部下去要监控的事情,他盯着黑屏的手机,满脑子都是"过去的影像"几个字,不自觉地呢喃出声:"过去的影像。"

不知为何,他又联想到那家奇怪的照相馆。

难道在这个世界上,真的有人能进入照片,穿梭进过去的时光吗?

王师傅最终还是被这个年轻人的执着打动了,答应给他调15秒的录像,但前提是不允许外传。他通过社交软件发给了他,并郑重其事地叮嘱:"小陈,此证物为机密文件,只供内需,切勿转发,谢谢。"

下一秒,陈彬就把视频转发给了亮哥,并叮嘱:"这是内部文件,千万不要传给别人哦。"

亮哥收到后,第一时间把视频传给了乔苓,同样嘱咐:"视频是托警队的朋友帮忙拿的,千万不要外传!"

乔苓看到消息,想都没想就把视频发给了全馆最靠谱的陆光,只浅浅留了一句:"视频重要,不要传给程小时。"

不幸的是这段话被程小时完完整整地听到了,登时面上就挂不住了,感觉自己被所有人孤立了,愤愤不平道:"乔苓这是什么意思呀,不相信我?我这么守口如瓶的一个人……"

说着,他就要去夺陆光的电话:"给我。"

陆光眼疾手快地收手,没让他得逞。

程小时也没说什么,看到陆光点开了视频,不再大闹,凑过去跟他一起看短暂的仅有15秒的视频,逐渐陷入沉思。

视频里正是当年生意红火的奶茶店附近的景象。只见队伍势如长龙,其间混杂着形形色色的人,每一个人都是潜在的拐骗犯。若仅分析这点碎片,找出真凶是远远不够的。

陆光想起肖队曾和自己提到过豆豆所在的位置，正好是监控录像的死角，所以没法看到具体情况，只大概记得失踪的时间是下午两点五十分左右。

可以想见，犯罪嫌疑人的反侦查意识很强，善于利用监控死角进行作案。因此从出现在监控录像里的人入手，基本寻找不出蛛丝马迹。

陆光看了眼表，已是下午两点半。他神色微凛，拿起手机重新点开这个视频，开始发动能力。

他灰黑色的眼球渐变为深邃的海洋色。旁边的程小时明显感受到了异样，侧眼看到陆光的眸子闪着幽光，就知道他开始使用自己的能力了，十分好奇地问："话说，用你的预知能力在监控影像里看到的，是怎样的情景？"

陆光的眼球如琉璃般闪烁异彩，此时的他正在全神贯注地从这短短的录像里最大限度地获取信息："十二小时内，方圆一公里内所有的监控画面，我都能尽收眼底。"

这听起来很不可思议，但如果是陆光就不一样了，他的眼睛早就不能定义为"肉体凡胎"了。程小时心想，这直接吊打现今99%的高科技。

不过陆光也不是什么都能掌握：监控的死角，也会成为他的视线盲区。

即使是再完美的科学仪器，也无法拥有神一般的功效，更何况人的肉眼。嫌疑人善于利用监控死角，即人的视线盲区。

但哪怕智者千虑，也必有一失。

程小时神色警觉，问道："那你有没有看到豆豆被谁牵走了？"

陆光收起了手机，思索了几秒，看向程小时，回答道："那个牵走豆豆的人，应该早就排查过这一带了，完美利用监控死角，没有留下一点可调查的影像。"

最坏的情况出现了。嫌疑人显然是犯罪老手，没有给警察留下一点蛛丝马迹。

不过想想也应该是这样的，不然这桩案子警局也不能拖这么多年，不然哪里轮得到他们发动特殊能力找豆豆。

陆光盯着程小时的眼睛继续道："所以……"

他朝程小时久违地伸出了手："还是需要你走一趟。"

程小时保持着原来的坐姿没有动,定定地看着陆光白里泛红的手掌心,若有所思道:"之前进入照片,我都会成为拍照的那个人,那这次,难道我会变成……"

程小时的想象力天马行空,脑海里开始浮现自己变成墙上的一个个监控摄像头的模样,疑惑地大叫:"一台监控器?!"

陆光懒得回答他的蠢问题,像之前无数次那样冷漠评价:"弱智,瞎想什么呢?跟着我的指示行动就行了。"

陆光目光如水,带着种靠谱安心的气质,就这样静静地看着程小时,而程小时好似还在犹豫。

距离上次委托已经很久了,虽然他们已经冰释前嫌,但不代表隔阂已逝,程小时承认他心里还是有不少顾虑的。自从上次任务结束后,他对"无能为力"这四个字的理解越发深刻,同时对"无法完成任务"的恐惧越来越深。

这种他从前进入照片前从不考虑的问题,如今却成了他前进的绊脚石。

他害怕又一次无功而返。

他害怕不能救出那个生死未卜的孩子。

他害怕他的一腔热血会再次冻结成冰,最终化为锋利的刀狠狠割磨他的心。

但陆光始终目光坚定地看着他,相信程小时会找到豆豆。程小时的嘴角微微勾起了一个弧度,像夏夜里捉摸不定的晚风,眼底浮动的光点仿若那夜碎银般的星光。

他想起了他哭得声嘶力竭的那个夜晚。他眼前的这个目光真挚的人,他的好伙伴,会随时给他安慰与鼓励,在他看不到的地方给予他指引与守候。

最后程小时还是像从前那样,轻快地同陆光击掌,传递彼此的信任。

程小时的视线逐渐清晰,耳朵如同在水里泡久了刚出来,外界的声音如电流般微弱涌入,而后逐渐放大清晰。

"一杯奶盖红茶!"

"加冰,要半糖。"

"先点单啊！"

"打包是吧，稍等啊。"

"快点儿啊！能不能稍微快点儿，我这还有急事呢！"

……

程小时视线清晰后，思绪迅速回转，意识到自己正站在一个生意火爆的奶茶店门前，身旁都是排队等候的顾客，一时吵得他有些头疼。

他还不清楚自己是以什么形态出现在这里的，不禁看看自己的手脚，都是进照片前的样子，甚至连着装都未曾改变。他不禁有些震惊地打量着四周，看着自己十根货真价实的手指自言自语道："我怎么……自己进入了照片？"

他接着打量了一圈周遭的环境，继续呢喃道："这里是三年前？"

陆光坐在沙发上，没有回答他，只是一如既往地提醒道："你仍然只有十二小时的时间，在此期间，你一定要低调做人。"

因为这次程小时没有变成别人，所以陆光改换了措辞，让他"低调做人"。

陆光的言外之意就是程小时很有可能引起他人的注意，而这个"他人"，也极可能是熟人。

周围环境嘈杂，程小时不再乱动，努力凝神听陆光的话语——"就像从没出现过。"

程小时听进去了，目光冷静地扫视眼前的环境，殊不知自己木头桩子般戳在此地，加上身高的缘故，实在很惹人注目。

一个路过的眼镜男不由自主地多看了他几眼，见眼前这人有些呆傻痴愣，以为是中暑了，停步似是想上前问些什么，程小时见状立马烟一样溜了。

一上来就这么明显吗？

程小时光速躲到围墙后，确定附近没人后终于松了口气，不满地对陆光说道："既然早就知道，你就不能提前告诉我吗？"

陆光没几分诚意道："不好意思，我以为你并没有什么存在感。"

程小时的白眼儿快翻上天了，探出脑袋查看外面的情况，嘴上诟病："你这抱歉怎么听着这么别扭呢？"

他的目光越过一干闲杂人等，最终锁定在店门口坐在板凳上看动画片的小孩儿身上。

目标出现！

程小时像个侦探一样，装模作样地审视着四周，口中念念有词："周围暂时还没有看到什么可疑人员。"

他的眼神丝毫没有转移，死死黏在了孩子身上，看着孩子放下玩具，举起手机不断调整进度条，周围没有什么异状，也就放下了几分警戒心，不禁对陆光说："陆光，如果……"

他还没来得及说完，就被陆光突如其来的话语打断："你知道我为什么答应让你给已故之人带话吗？"

程小时愣住。

上次任务中发生的种种都是由带话引起的，可以说，那件任务本身就是他们两人共同的心结。

他淡淡开口："这些话并不能改变他们死亡的命运，但它们能抚慰生者记忆里的伤痛。"

程小时默然不语，一时间有许多话想对陆光说，但又不知道从何说起。他像吃了很多个青涩的柠檬，喉咙泛酸，很多话没来得及说就被咽了回去，难得挤出来那么一句两句，就要开口时，忽然注意到前方的凸面镜里，一个人影正在朝豆豆靠近。

"出现了！"程小时顿时放下陆光这边，满心都是要抓到这个拐走豆豆的人。行动先于头脑，横冲直上，一时吓到了偶然路过的人。

程小时被几个人挡了几眼，就在这短短几秒内，豆豆和那个人已经在他的视线里消失了。

该死！

程小时努力地张望，大脑高速运转分析，最终确定了某一条小巷子，直接追了进去。

他顶着毒辣的太阳竭力奔跑，进入巷道后却发现周围空无一人，于是茫然站定急切张望，大声问陆光："他们去哪儿了？"

陆光捏紧拳头，迅速答道："右边第二个巷子！"

程小时胡乱抹掉脸上的汗珠，跑往陆光指引的位置。

在程小时所在位置的不远处，牵着豆豆的胖女人小心翼翼地走着。孩子异样地乖顺，没有哭闹，而这个点街道上并没有多少行人，顶多是一些喝着奶茶闲逛的学生。

乔苓就是其中一位。

三年前的这个时候，如三年后的她所言，自己的的确确是路过了曾经被拐骗的孩子，并且没有细想，直接与他们擦肩而过。

陆光忽然喊住奔跑的程小时，大声喝止："等等，别过去！"

程小时前方的不远处，就是当年的乔苓！

但一切都来不及了。

乔苓缓缓转过头，正好对上不知从哪里冒出来的程小时。

和她结伴而行的朋友不禁大叫道："欸，程小时？"

程小时看到她身旁还没来得及回神的乔苓，不禁冷汗直流，倒吸凉气。

此时的乔苓刚转身就看到手足无措的程小时，困惑地眨着双眸："是你？你怎么会在这儿？"

# 第七章　桂姨

The photographer must be part of the picture.
—— Arnold Newman

——阿诺德·纽曼

在和乔苓四目相对的那一瞬间，程小时就知道一切都来不及了。

细密的冷汗悄无声息地浸湿他的衣料，他好像置身于冰火两重天，刚经历了油锅煎炸，又忽地如坠冰窟，理智在极寒中逐渐复苏，陆光的告诫在他耳边回荡着。

"在此期间，你一定要低调做人，就像从没出现过……"

"……不能改变过去的任何事情，不能引起任何人的注意……"

首先反应过来的是乔苓，她一脸不可置信地问道："你，你怎么在这儿？"

乔苓身旁的徐姗姗也是一脸错愕："你不是和陆光出国了吗？"

程小时不知如何作答，此时他的大脑一片空白，可情况紧急之下别无他计，只有跑！

他二话不说，在乔苓二人怪异的注视下转身就跑，引得徐姗姗就要去追。

"哎，你跑什么？"只有乔苓狐疑地看着程小时仓皇逃窜的背影，兀自道，"他们不是说好暑假结束前才回来吗？"

她转身看向僻静的巷口，刚才擦肩而过的小孩早已经消失不见，巷口的尽头除了茂密的绿树和满地碎金般的光斑，哪里还有人影。

徐姗姗没追上程小时，郁闷地嘀咕着："人呢？"

接着，她转头看向心不在焉的乔苓，疑惑道："乔妹，刚才我们没看错，那人是程小时吧？怎么一转眼就不见了……"

乔苓也怀疑方才和程小时的邂逅只是一场幻梦。

"会不会是天气太热，看迷糊了？"徐姗姗看着乔苓的眼睛，本来十分确凿的事也有点迷糊了，纳闷道，"嘿，我就不信了。"

秉持凡事都要刨根问底的原则，她掏出手机开始拨号："给他打个电话试试。"

另一边，程小时还在没命地狂奔，眼角也被咸湿的热汗蜇得酸涩，因为奔跑而飙升的肾上腺素令他大脑飞速运转："怎么会突然撞上乔苓，太大意了！"

现在的他并不属于这个时空，如果令熟人生疑，尤其是不知他们能力的乔苓，这得闹出多大的乱子！

另一个时空里的陆光见程小时已经跑出了危险范围，十分担心："这个老巷子里很多监控年久失修，加上拍摄死角，我能覆盖的视野也很有限。"

程小时停下脚步，环顾四周："糟糕，把豆豆跟丢了！"

陆光也沉声道："我这里也找不到他们。"

情况紧急，程小时不敢多停，只能在巷子里焦急地寻找着豆豆的身影。

然而跑遍了整片巷子也捕捉不到丝毫线索，他猛地吸气，不甘心地跑进巷子深处继续寻找。

时空外的陆光也面色凝重地极力搜寻豆豆的下落。

程小时一路狂奔，因为他知道，只要自己稍微晚一步，很可能带来不好的消息。

陆光逐渐紧锁眉头，一滴冷汗从他的脸颊滑落："已经走出了我能监控的范围。"

程小时着实撑不住了，在一处绿荫下停步，碎发早已被热汗濡湿在前额。

他不甘心地再次张望四周，然而巷子里一片静谧，树荫下有两个人在对弈，不远处一位老人正躺在竹藤椅上摇着蒲扇小憩。

除了他没人知道，在看起来岁月静好的小巷里，正在发生着一起绑架案！

过往的轨迹无法改变，奶茶店的亮哥在埋头忙完一通订单后，忽然想起了还在店外看动画片的儿子。

平时活泼跳脱的小子突然没了动静，亮哥搁置了堆积的订单，跑出店门喊了一声："豆豆！"

但是小桌子前空无一人，亮哥穿过队伍，颤声喊道："豆豆！"

153

回应他的只有桌上正在播放视频的手机——暴虐的格瑞德压垮了正义，正在阳光下狞笑。

在这嘲讽般的狂笑中，陆光垂下眼帘，无奈道："任务失败了。"

虽然拼尽全力，但还是没有找到任何新的线索，他们一起来到了亮哥家。

面对亮哥，乔苓把头低得很深："抱歉亮哥，还是没能在监控视频里找到线索。"

亮哥失落地轻叹了一声，温声道："没事，你们愿意帮我，我就很感激了。"

乔苓多年的愧疚在此刻爆发，她喉中苦涩，缓缓开口道："其实我大学那会儿，经常去您的店里买奶茶。"

她的指甲嵌入手心，声线微微颤抖："豆豆被拐走的那天，我正巧经过，但我看着他被人牵走却无动于衷……"

她开始不自觉地哽咽，亮哥微微惊讶地看着她。

"如果我能停下来多看一眼，多问一句，可能他就不会被人贩子带走了！"乔苓在心里给自己判刑，她攥紧了拳头，再也承受不住内心的谴责，弯腰啜泣道，"对不起，我逃避过去，不敢面对您，甚至连站出来提供线索的勇气都没有！"

程小时从没有见过这样的乔苓，印象中她一直都是心理素质很强大的大姐姐形象，从不会轻易在任何人面前落泪。

亮哥不想乔苓内疚，安慰道："这三年来，我坚信只要不断找下去，就会有新的线索。而你的出现验证了我的坚持，让我看到了希望，也令我更加坚信，只要一直找，一直找，不管十年、二十年，甚至更久，总有一天，我会找到他。"

乔苓蓦然抬头，噙满泪花的双眸在夕阳的照耀下倒映出亮哥坚定的微笑。

坐在电视机前的豆豆妈此刻也喊出了激昂的鼓舞声："《三星勇士》加油！快站起来打败格瑞德！"

电视机里，被打倒的勇士们艰难地从黑暗的泥沼中挣扎起身，如一群坚不可摧的守护者,坚定不移道:"只要心怀希望,就不会被轻易打败!"

这句台词应景出现,点燃了所有人的希望。亮哥擦掉了眼泪,坚定道:"豆豆也一定在某个地方等着我。"

透过夕阳,他仿佛看到了置身黑暗的儿子手里攥着勇士模型,等待着和爸爸妈妈的重逢。

"好了,有时间缅怀过去,还不如继续寻找新的线索。"亮哥是个务实的人,他很快调整回来,温声劝慰乔苓,也是在劝慰自己。

程小时也不由自主地朝众人举起了手,语气坚定:"同意!"

在场的所有人都不约而同地看向程小时。此时的他精神焕发,灿若星辰的双眸充满希望,和几天前的他判若两人,当时的他甚至还冷言打击这位艰辛寻子的父亲。

其实满怀愧疚的不止乔苓一个,也有身为局外人的程小时。他太容易共情,这就导致他不可避免地遭受伤害,最近他也在思考自己真的适合做穿梭时空的信使吗?

答案是未知。

他想不通,就只能先强迫自己关掉情感的大门,拒绝委托任务,尝试冷眼旁观一切,扮作所有人的过客,无动于衷。

后来他看到神志不清的豆豆妈妈,看到亮哥眼底的坚毅,看到乔苓的自责……那他还有什么理由退缩,找到豆豆需要自己的超能力。

程小时笑着朝亮哥伸出了手:"不介意的话,我还想继续出份力。"

亮哥不好意思地笑着挠了挠脑袋:"好啊,当然欢迎啦,竟然差点把你给忽略了。"

这时始终不发话的陆光及时补了把刀:"看吧,我就说你的存在感很低。"

程小时反击:"闭嘴,你个老阴阳师!"

陆光懒得理他,转向亮哥:"对了亮哥,你那儿还有没有案发当时其他的照片资料?"

亮哥想了几秒,掏出手机,边说边翻相册:"之前给警方提供线索的时候也找过,但案发当时的还真没有了,我再翻翻。"

程小时看到了亮哥灰旧的手机壳和碎裂的屏幕，凑近问："亮哥，你这手机还是三年前的那部吗？"

亮哥的手指抚过裂痕，叹了口气道："不敢换，生怕里面有些资料被弄丢，没准哪天就用上了。"

亮哥翻阅着手机里的一张张旧照，程小时凑上前去，看着屏幕上眼神清澈、笑容灿烂的小男孩，心下一动，若有所思地问道："这几张豆豆的生活照，是什么时候拍的？"

亮哥抬头想了想："这些啊，都是案发前几天的周末，抽了个空，把店关了歇了半天，陪他去了趟水族馆时拍的。一旦开始营业，就很少拍生活照了，实在太忙。"

往日的美好在他眼前掠过，划到一张格瑞德和正义之星对战的合影，又马上被划走，最后定格在一张寻人启事上，然而程小时似乎发现了什么："等等，往前翻！让我看下上一张！"

亮哥显然被他突然的请求弄蒙了，手指停顿在半空不知如何是好："嗯？你说的是哪一张？"

乔苓和陆光也默契地凑到了亮哥的身后。

亮哥往右一划，是一张勇士模型照片。

"对对对，就是这张。"程小时的眼睛一亮，追问道："这张是谁拍的？"

"这张啊……"亮哥印象里自己并没有拍过这张照片，只有儿子对这些玩具感兴趣，那么这一定就是豆豆拍的了，"是豆豆拍的，他以前经常拿着我的手机瞎拍些东西，我都给存起来了……没舍得删。"

看着这张格瑞德和正义之星对战的照片，程小时若有所思。

亮哥继续回忆："说起来，这张倒是在案发当天……"

程小时也想起第一次任务的现场，那时他正在观察周围的动向，的确在不经意间瞟到豆豆拿着手机在给桌子上的格瑞德和正义之星拍照。

程小时恍然大悟，和亮哥几乎是同时惊呼："案发当天拍的！"

既然照片是豆豆拍摄的，那么如果进入照片，程小时的身份就将是豆豆！

这个想法大胆至极，但可行度很高！

程小时兴奋道:"亮哥,麻烦借下手机。陆光你瞅瞅,能不能找到新的线索?"

陆光接过手机,避开众人后站在暗处,拿着照片快速搜寻有用的信息。良久,他缓缓抬起头,直截了当道:"有戏。"

时间回到三年前那个炎热的下午。

手机里正播放着《三星勇士》的动画片,豆豆坐在一旁摆弄着他的勇士模型,亮哥夫妇还在店里忙得热火朝天,买奶茶的长队依旧一眼看不到头。

豆豆乖巧地坐在小板凳上,把格瑞德和正义之星的玩具模型摆成不同的造型,然后拿起爸爸的手机,对准自己刚摆出来的作品拍照。

豆豆缓缓放下手机,眸色瞬间变成金色,显然程小时此时变成了豆豆。

程小时将手机放在桌上,站起身左右张望,低声道:"很好,这个时间点恰好是案发前几分钟。"

陆光此时正端坐在照相馆的沙发上,继续向程小时补充自己知道的信息:"但我自始至终都没看清人贩子的模样和她是如何带走豆豆的。"

程小时看向排队的顾客,他现下视野有限,只能看到大人们的衣裤鞋袜。孩子的体型令程小时失去了身高和力量优势,也就是说,如果遇到人贩子,硬来绝对不可取。

他开始好奇人贩子会以什么方式把豆豆拐走。

哄骗?不像,因为这么大的孩子不会轻易跟陌生人走。

熟人作案?这个有可能。

程小时在心里把这些可能性揣摩了个遍。如果是熟人作案,那他是见招拆招还是将计就计?如果直接拆穿,就基本改变了原本的轨迹,大概率是不可取的。

程小时向陆光抛出了自己的疑问:"这个我也挺纳闷儿的,周围有不少顾客,这人贩子怎么就能光明正大地把豆豆拐走了呢?"

陆光暂时无法看透,对程小时告诫道:"你还是小心谨慎些,可能机会就这一次了。"

程小时现在顶着一张稚气未脱的小脸,满怀信心道:"我一定要把这该死的人贩子绳之以法！"

就在此刻，一个花色弹力球在地上弹了两下，滚到了程小时的脚边。

陆光提醒："来了！"

程小时低头将这个来历不明的小东西捡起，捏在手里细细端详。就在此时，一个魁梧的人影遮住了他的视线。

程小时感受到了莫名的压迫感，缓缓抬头，看到的是一个五十多岁的胖女人。

这个女人很高大，如果以豆豆这般的体型和她硬碰硬，基本毫无胜算。程小时捏紧了球，他暂时只能被动防备着。

在胖女人眼里，带走眼前的小孩儿易如反掌，想到这里，她的嘴角开始上扬。

陆光看清了人贩子的面孔，也紧张了起来。

胖女人缓缓下蹲，朝程小时伸出手道："来，把球还给婶婶吧。"

婶婶？眼前的这个人大概率不是熟人，因为程小时感受不到这具身体对胖女人的亲近。

那么，她的手段是什么呢？

这小球怎么这么好闻……程小时的思绪正在一点一点地被瓦解。

陆光一下子反应过来，惊呼："别闻！"

然而此时身为豆豆的程小时两眼放空，他感觉浑身轻飘飘的，仿佛走在云端上，脚底软得走不动路。

致幻剂！程小时此时不受控制地起身，如同任人摆布的牵线傀儡，将小球递给等候多时的胖女人。

"程小时！"神经紧绷的陆光没能再接收到程小时的任何反馈。

胖女人牵着程小时，朝背离奶茶店的方向走去，为了不引起周围人的怀疑，还故意说："乖侄子，走，别打扰你爸妈做生意了，回去婶婶陪你玩……"

有几名顾客察觉出异样但没有制止，窃窃私语道："那小孩怎么跟人走了？"

他们注视着这一大一小的背影拐进巷子，面露疑惑，其中一名女顾客不耐烦道:"你没听人说是婶婶吗,估计是他爸妈嫌他烦,打电话叫家里人把他接回去了。"

没有人再怀疑什么,排队的顾客们继续刷着手机等待奶茶,转头就把这件事抛到了九霄云外。

被拉入巷子的程小时像洋娃娃般被胖女人拖拽着,炽热的光线激发了他残存的意识,他感受到自己正在麻木地行走,身体感觉不受自己控制,头也昏昏沉沉的。

他表情呆滞,眼珠费力往上看,视线所及却是渐趋模糊的天空。

"程小时!程小时!"一向镇定的陆光此刻也有点慌乱。

"陆光……"程小时应该是听到了陆光的呼唤,但即使他用尽全身气力也无法继续开口,意识渐渐消失中。

程小时不知道的是他会以这个身份,和乔苓在照片里相遇。

"去看看,也不知道现在排队的人多不多。"乔苓和徐姗姗正在往奶茶店的方向走。也就是和人贩子擦肩而过的那一瞬,乔苓同她多年后描述的那般,回头看了一眼。

程小时虽然无法挣脱控制,但还是尽力回头看了乔苓一眼。

"程小时!"徐姗姗惊呼,"你怎么会在这儿?"

这正是程小时上次进入照片改变的——只要处于这个时空,徐姗姗和乔苓就一定会在这个时间,遇到第一次进入照片的自己。

这里存在一个时空闭环!

乔苓顺着徐姗姗的目光看到了程小时。

过去已然改变,陆光震惊地看着眼前失控的一切,从未感到如此意外。

程小时茫然地看着前方,直到彻底迷失。


"豆豆!"

程小时不知道豆豆身在何处,豆豆听到了熟悉的呼唤声,不由自主地喃喃:"爸爸……妈妈……"

夫妻二人跑到他的面前,缓缓蹲下:"对不起啊豆豆,爸爸来晚了。"

豆豆终于忍不住哭闹起来,委屈巴巴地掉眼泪:"刚才晶晶被她妈妈接走的时候说,你们不要我了!"

亮哥急忙安慰:"别听那熊孩子瞎说……"

说着,他从背后掏出了一套崭新的玩具模型,宠溺地哄道:"你看爸爸给你买了啥?"

豆豆的眼睛从爸爸掏出玩具的那一刻就亮了,他瞬间转悲为喜,兴奋地抱着玩具,愉快大喊:"哇哦,是正义之星!"

正义之星是他最喜欢的动漫人物。

豆豆抬头问:"我现在能拆吗?"

亮哥说道:"爸爸是为了帮你找三星勇士才迟到的,那么,可不可以请你原谅爸爸?"

豆豆将勇士模型抱在怀里,连声应道:"嗯,嗯!"

一旁的亮嫂看不下去了,向丈夫嗔怪道:"还好意思说呢,都怪你,地摊上买个玩具还砍价,让你快点走,你还跟人家老板磨嘴皮子!"

丈夫不好意思地挠挠脑袋,小声祈求妻子:"哎哟,你别说出来嘛,豆豆听着呢……"

豆豆看着正在拌嘴的父母,脸上挂着天真幸福的微笑……

程小时缓缓睁开眼,周围黑黑的,脑袋还有些微微晕眩,原来刚刚是豆豆的回忆啊!

试着动了动四肢,看来药效已过。程小时缓缓坐起,揉了揉惺忪的眼睛,耳畔传来了陆光的声音。

"你总算醒了。"

陆光已经等了将近十个小时了,虽然他一脸淡定,但紧绷的身体已经出卖了他。陆光看了看表,现在已经是凌晨两点多,赶忙说:"那个人贩子对你施了迷药,导致你睡了很久,所以留给我们的时间不多了。"

听到这里,程小时猛吸一口寒气,左右环顾:"这是在哪?"

陆光回答:"不得而知。你昏迷的时候,我就什么都察觉不到了。"

程小时是陆光的眼睛,两个人的心灵感应是他和程小时在照片里进行联系的重要媒介,如果程小时失去感受周围的能力,那么这种联系就会立刻被切断。

屋里没开灯，程小时借着月光观察着这里的环境。这显然是一家郊外旅馆，他耳边传来一阵均匀粗重的呼吸声。程小时将头缓缓转向右边，看到了那个胖女人，怒上心头："这丧尽天良的人渣，竟然还能睡得这么踏实！"

陆光提醒道："别愣着了，赶紧找线索。"

程小时会意，拖着微微发麻的身体在旅馆里艰难前行，生怕弄出一点儿声响。

现在的他个头很小，也没有能力单独对抗胖女人，逃跑的意图一旦被发现，那么豆豆的命运轨迹有可能受到影响。虽然结局都是被拐卖，但在人贩子手里，"不乖"的孩子一定没有好下场。

其实最初决定要以豆豆的身份进入照片时，他就对陆光说过："喀，这还不简单，如果我是豆豆，大概率不会被拐，就算被拐，大不了我就跑！"

话是这么说，但程小时心里明白自己不能胡来。直接避免豆豆被拐或者逃跑，固然治标治本，但风险极大——这本质上，也是改变了历史进程，哪怕它是善意的。

结果永恒不变，时间轴才能稳定向前。破坏规则秩序，只会不得善终。

现在积极寻找线索，就是提供最大限度的帮助了，起码豆豆能少吃点苦，起码亮哥夫妇能重新拥抱生活。

在人贩子越发粗重的鼾声中，程小时踮脚走到了储物柜前，轻轻打开柜门。他小心扒拉开一堆不相关的杂物，看到了一沓落灰的纸张，"红太阳招待所欢迎您"几个字分外明显。

"红太阳招待所？我搜下看看。"陆光开始搜索这家旅馆，一边划着手机屏幕一边说，"我们市里没有这家招待所，但全国叫红太阳的招待所大大小小三十多家。"

陆光接着做出合理推断："看来人贩子已经把你转移出市区，找个地方先藏起来了。"

仅仅一个下午，这个体型肥胖的女人就能把一个孩子带出市区，光靠步行肯定不可能。

陆光继续分析："她带这个孩子出市区，不管怎么样都免不了使用公共交通，所以她随身一定带着实名证件。"

不过这就意味着程小时不得不以身犯险，主动接近人贩子寻找证据。

"你去找找，她有没有什么随身的小包或者皮夹。"陆光轻轻嘱咐道，"小心。"

程小时踮起脚尖，绕着床慢慢挪动，这种时候一旦出现什么意外，后果不堪设想。

等挪到床头，程小时看到枕头边放着一个红色随身腰包。

程小时慢慢靠近腰包，慢慢把手伸过去，缓缓将其拉近。

该死！有拉链！开链的声响很可能会吵醒人贩子，这让程小时变得更加谨慎。他紧张到屏住了呼吸，突然人贩子翻了个身，吓得程小时僵在原地，大气都不敢喘一声。

幸好胖女人只是挪了一下胳膊，便没有再动。程小时听到均匀的呼吸声后，才敢继续拉拉链。虽然紧张，但手下动作毫无含糊，一边摸索，一边抬头留意着人贩子的状态。

经过短暂的寻找，程小时很快就摸到了一张身份证，正要果断掏出，却无奈被一根细绳缠住，还发出了清脆而致命的声响。

该死！被一个护身符挂件缠住了！

就差这一步了！

程小时有些焦急，可身份证还是卡在包里拔不出来。

陆光看了眼手表，快到2:30了，他语速飞快地催促程小时："快！时间不多了！"

程小时只好将包掀至最大，没想到被护身符细绳缠绕多圈的身份证和一串钥匙一起被带出来掉落在地，"哗啦"一声，在安静的夜里显得格外明显。

程小时瞳孔骤缩，吓得不敢动弹。他紧张地看向人贩子，只见她保持着方才的姿势闭目安睡，这才把心放了下来。

与此同时，现实世界里的陆光也长长地松了口气。

程小时弯腰捡起那张身份证，拿在手里细细端详，人贩子的所有信息尽数传达给了照片外的陆光。

原来她叫桂琵艳，身份证号是594810……

程小时专心地看着身份证，丝毫没有注意到身后床铺嘎吱的响声，以及人贩子戛然而止的呼噜声。直至光线被熟悉的巨大黑影挡住，程小时下意识地看向床铺，然而床铺已经空了，他扭头直接对上了桂琵艳的大脸。

"该死的。"桂琵艳蹲在程小时面前，一脸狰狞地看着他。

桂琵艳的睡眠其实不算很好，由于多年作案形成了极强的反侦查意识，睡梦中还是很容易被一些细微声响惊醒的，只是今天太累了，难得睡得沉了些。

没想到这只小肥羊背着她搞小把戏："怎么药效这么快就过了……"

程小时再也忍不住了，二话不说，直接大叫着给这张恶魔般的脸一记上勾拳。

这正是上次在一个叫思文的武学宗师那里学来的拳法。程小时显然学得很到位，尽管现在的身体是一个年幼的孩子，但他还是将体型硕大的桂琵艳打掉了颗牙，鼻血横流，狼狈地跌落在地。

人在绝境中迸发的力量，绝对是不可估量的。

听到桂琵艳的吃痛声，程小时才敢睁开眼睛，不可思议地看着自己收回的拳头。

看样子，跟思文师傅学的一招半式还挺厉害的，这招"送你上西天"果然杀伤力极强。

桂琵艳气急败坏地从地上爬起来，站到他跟前，眼神凶恶得几乎要把他扒皮抽筋。

"你这小兔崽子，其他孩子又哭又闹，都是我打他们，你倒好，敢动手打我！"说着，她捏捏拳头，用恶毒的语言恐吓程小时，"我要砍了你的腿，拔了你的舌头，把你丢到大街上去要饭！"

然而在将恶人击倒的那一刻，程小时就不再怕了，事实上，这样反而比之前那般畏缩不前要好太多。既然已经被发现了，那就不妨更大胆些，反正他们需要的信息已经到手，如今的目标就是尽可能让豆豆周全。

陆光没有阻拦他，因为程小时无论如何行动，都无法改变豆豆被拐卖多年的结局，但他可以通过一些手段，让豆豆这几年好过些，陆光默许了他的自由发挥。

程小时扯起一抹嘲讽的笑，冲人贩子大声挑衅道："你个桂琵艳，坏事做尽,还敢在这里口出狂言!"

"上天都看不下去了,特地让我来好好教训教训你!"程小时朝坏人瞪大了眼睛,眉间的锐气和眸中的坚毅绝非一个稚童所有。

程小时觉得桂琵艳作恶多端,包里却放着护身符,说明这个人不但惜命,还迷信,如果用上天压一压她,或许有用。

桂琵艳被程小时撑得明显气势低了很多,但她不甘示弱,立刻朝程小时扑过去:"你个疯孩子,说什么屁话呢?"

程小时轻松躲开,桂琵艳直接趴倒在地,不过她很快调整,转身就是又一个猛扑,然而还没抓到程小时,脸上就是一记耳光,接着是火辣辣的痛。

程小时扇了她一巴掌,接着毫不留情地指着她,直接给出判决:"你命中注定三年后会被抓捕归案!所以我劝你好好照顾这孩子,多积功德多行善事,未来还能争取个宽大处理!"

桂琵艳拐卖儿童多年,做的是丧尽天良的事,随着恶事的积累,她的惧怕只增不减,所以开始用信仰减轻自己的罪孽。

程小时正是摸到了这个弱点,希望这些故弄玄虚的说辞能打击到她。

桂琵艳微张着口,浑身颤抖,程小时乘胜追击:"要不然,你死后坟头盖舞厅,蹦迪永不停!"

陆光的嘴角不自觉地轻轻扬起。

桂琵艳彻底崩溃,大气都喘不上来:"你……你到底是谁呀?"

程小时双手猛地合十:"我是……你祖宗!"

话音刚落,程小时就脱离了豆豆的身体,回到现实。

恢复意识的豆豆茫然地看着周遭的环境,像个孩子一样哭喊着:"爸爸妈妈,我要爸爸妈妈!"和之前判若两人。但这在胖女人的眼中,就是一场神明夺舍显灵的现场啊!

桂琵艳眼里顿时噙满泪水,双手合十下跪,跟着哭喊道:"爸,妈!祖宗显灵了!祖宗显灵了……"

从照片里回来后,程小时和陆光迅速将人贩子的个人信息提供给了警方,在大家的不懈努力下,桂琵艳很快被抓捕归案,至此轰动全国的"桂姨案"终于告破。

抓捕当天也是亮哥一家团聚的日子,这对苦尽甘来的夫妇在肖力的陪护下,老早便在指定地点等候警车的到来。想到即将和失散多年的孩子见面,亮哥不免有些紧张,但更多的还是兴奋与迫不及待。

"亮哥,别这么紧张嘛,你放松些,孩子才能更好地适应。"见亮哥如此局促,一旁的年轻警察劝道。

亮哥习惯性地摸摸后脑勺:"我我我不紧张,我,我是太激动了……"

小警察朝这位善良的父亲笑笑,顺嘴问了句:"哎,我还是好奇,你从哪弄来的人贩子的信息啊?就别卖关子啦。"

亮哥干笑两声,应乔苓的要求,没有扯出照相馆一分一毫,笼统答道:"我这几年找孩子,积累了不少人脉,天底下总有好心人不是吗?"

语罢,他转身帮发呆的妻子整理了下外套,双手搭在她的肩上:"老婆,豆豆今天终于要回来了!"

警察陈彬提醒:"孩子三年没见,可能会有些心理上的抗拒,这可急不来。亮哥,你得担待点儿啊。"

亮哥转头对陈彬笑着点头:"我知道,所以我也有了心理准备。"

一辆面包车进入了大院,车门缓缓打开,一个面貌清秀的少年走了出来,他用手遮挡着刺眼的阳光,看向正前方熟悉又陌生的两个人。

亮哥目不转睛地盯着眼前的孩子,不知不觉间视线已经模糊了。

"豆豆,是爸爸!"亮哥的声音小而颤抖,他含泪试探性地伸手,却被豆豆下意识地躲了过去。他甚至后退了两步,尽管他并不想这样,可他一下子还是无法与失联三年的父母亲近。

亮哥其实早就预想到了这个场景。看着原本活泼的孩子在离家三年后变得自闭而敏感,他的内心更加痛苦。

就在这时,一旁的妻子忽然雀跃地喊道:"哇,快看!是三星勇士!"

众人的视线即刻被吸引过去,包括茫然无措的豆豆。

戴着面具的陆光摆出和动画片里的英雄几乎一模一样的动作,喊出:"勇气之星,扫除恐惧!"

接着是乔苓:"智慧之星,点亮光明!"

程小时压轴出场，无论是姿态还是语气都比前两个夸张："正义之星，唤起希望！"

最后三人一起高呼："我们是三星勇士！"

亮哥从悲伤中挤出一丝微笑，对着还在发愣的豆豆柔声道："对不起，豆豆，爸爸是为了帮你找三星勇士才迟到的，那么能不能求你原谅爸爸呀？"

这句话豆豆梦里听到过，眼泪一下子涌了出来，扑上去抱住亮哥轻声叫道："爸爸。"

父子相拥而泣，令周围的人为之动容。

程小时将面具摘下，欣慰地露出微笑："太好了，家人团聚，顺利完成任务。"

乔苓和陆光随即也摘下面具，温柔地看着眼前家人团聚的景象。

亮哥的妻子也回过神儿来，连忙跑向丈夫和孩子，一边流泪一边呼唤着："豆豆，豆豆，豆豆回来了！"

另一边，肖力押解着罪犯桂琵艳往看守所走去。她这三年没什么大的变化，体态一如既往地臃肿，甚至还给自己镶了个金牙，快要进局子了，还在苍蝇般喋喋不休地狡辩道："警察同志，我这三年里真的没再贩过一个孩子，而且我把这个小祖宗当亲骨肉养着，好吃好穿地伺候着。我每天都在忏悔自己以前的过错，求求你们，给我一次洗心革面的机会吧！"

程小时恶狠狠地瞪了一眼这个面容丑恶的女人："桂琵艳，以后好好做人，祖宗正看着你呢！"

桂琵艳连忙双手合十："祖宗，祖宗显灵了！"

"怎么，还想装疯卖傻，混个精神失常从轻发落呀？"肖力毫不留情地嘲讽，"陈彬，带她走，给我仔仔细细地审。"

肖力将罪犯交给队友后，走到程小时面前直接三连问："你是程小时吧？那个叫陆光的白毛小子，是你的搭档吧？而这个叫乔苓的女孩，也就是网上吹嘘的神婆，其实只是个幌子。真正有能力进入照片的人，是你吧？"

程小时强装镇定，故作轻松地反驳："我不知道你在说什么。"

肖力继续逼问："那你倒是给我解释一下，你为什么会出现在三年前奶茶店门口的监控录像里。"

三年前奶茶店的监控录像里有程小时的原因，只能是他在照片里偶遇了乔苓！

肖力插兜后撤一步，和程小时保持安全的距离："别紧张，我只是好奇你们的能力到底有多灵验。"

说着，他顺手从兜里拿出一个信封："这个信封里，装着几张我手头一个重大案件的照片资料……"

听到此处，程小时总觉得事情有些不大对劲。

肖力大方地把信封递给程小时，说出了最终目的："如果可以，不妨帮个忙。"

程小时在肖力的压迫下不自觉地正要去接，却被陆光拽住了手腕。

"等等。"陆光的出现让气氛紧张起来。

肖力在刑警大队工作多年，见过太多穷凶极恶的歹徒，此时他的脸冷了下来，鹰一样锐利的双眼紧盯陆光。

陆光丝毫不畏惧肖力的眼神，淡定开口："接任务前，得先问过我。"

肖力递信封的手停在半空，他预感到这个白发少年绝不简单。之前没有注意到他，是因为性格外向的程小时过于吸引眼球，那时他印象里的陆光不过是一个缄默话少的帮手，起码在外人的印象里，他是团队里最不起眼的那个，现在看来他还需要再深入调查一下。

肖力妥协，把信封递给了陆光，后者迅速接过，娴熟打开。

照片有很多，陆光暂时先摸出一张，定睛一看，差点儿没控制住自己的表情。

这是一张没有打码的受害者照片。死者的尸体已然惨不忍睹，左上角的小像则是核实后的身份。陆光已经不是第一次见到这张脸了，受害者正是女秘书 Emma。

像是一种无法摆脱的宿命，抑或是打破规则的惩戒，这张照片在警示陆光，过去一定是无法改变的。

## 第八章　错失的信号

A good photograph is like a good hound dog, dumb, but eloquent.

—— Eugène Atget

一张好的照片就像一只好猎犬，不出声，但是有说服力。

——尤金·阿杰特

一旁的程小时见陆光半天没吭声，正准备凑上前看一眼，陆光这时快速把照片塞回了信封，抽出另一张照片。

程小时问："这些都是什么照片哪？"

没等陆光开口，肖力直接向他解释："这个嫌疑人狡猾老练，作案手法滴水不漏，这是唯一一张捕捉到他影像的照片。"

程小时定睛一看，那是一张从监控里截取的画面。模糊的现场中央，头戴棒球帽的男人格外醒目，对方反侦查能力很强，只给这场事故留下一个侧影。

程小时抬头问道："他犯了什么案子？"

肖力蹙眉道："最近命案频发，这些凶案没有明显的作案动机，被害人之间也没有什么关联，所以我们推断，这很可能是起连环凶杀案，但就目前掌握的线索来看，追查出这名真凶还没那么简单。"

"什么？竟然还真有这么没人性的变态？"程小时显然也被震惊到了，径直走到肖力旁边，"必须尽快逮到他，避免出现下一个受害者！"

乔苓直接朝程小时的后脑勺来了一记提神醒脑的巴掌，然后一把捂住这张喋喋不休的嘴："程小时，谁给你代表我们的权利了？"

接着她转身朝肖力摆摆手："肖队，你别理他，帮得上帮不上，还得问陆光。"

"当家人"陆光状若无意地将照片收了起来："大致情况我已经看过了，抱歉，这次我们无能为力。"

程小时拉开乔苓的手："欸欸欸，陆光，就这么算了？你看没看明白？！"

陆光暂时无法向程小时解释原因，默默低下头。

乔苓则直接拽住程小时的衣袖："哎呀，走了走了！"

陆光微微松了口气，跟着两个活宝走出派出所。

肖力看着渐行渐远的三个人，心里五味杂陈，但也能理解，没几个正常人愿意掺和这些无关的事，更何况这是连环杀人案。

程小时想再争取："欸，陆光，你是不是都没认真看哪？"

乔苓低声道："闭嘴吧你！这么大的案子，可不是闹着玩的！反正我相信陆光的判断。"

肖力掏出方才被陆光掩盖的现场照，陷入沉思。

回到照相馆的程小时闷闷不乐，开门见山地问道："陆光，你确定看清楚了？我可是很少见你有说不行的时候！"

陆光正在柜台前擦拭杯具，他默不作声地听着，沉吟半晌，很是明智地转移话题："之前是谁说要休息一段时间的？"

果然，程小时吃了瘪，脸色红一阵白一阵："啊，我……那个时候……喀……不是，但，但后来……嗯，这个……就……"

吭哧了半天，程小时自己都受不了了，爹毛似的揉搓着黑藻般的头发，嗷嗷叫起来。

太丢脸了，程小时恨不得钻进地心深处。

还好，老板的突然出现解了程小时的燃眉之急。

"出来接客啦！"还不了解状况的乔苓一如既往地大大咧咧地推开了门。

程小时松了口气，拖着长腔道："恭迎包租婆驾——"

还没把固定的台词念完，声音就戛然而止。

乔苓没有像以前那样立马冲进门，只见她轻轻拉起一个女孩的手腕，把她带进屋内。

看到客人，程小时和陆光不由得一愣。

程小时惊讶道："徐姗姗？你不去考博，怎么跑到这儿来遛弯儿了？"

来人正是三人的大学同学兼好友徐姗姗。

只见这位马尾高束、身材火辣的美女大大方方地走进屋内，揶揄道："我特地来关心关心社会盲流的再就业情况啊。"

面对好友的调笑，程小时应对自如："哎哟，原来是体察民情来了。也难怪，书读多了是很容易和社会脱节的，理解理解。"

徐姗姗吃了这一击,眼皮抬都不抬,回礼道:"没办法呀,我可不像某些人,出了校园还得靠别人过日子。"

痛,实在是太痛了,徐姗姗这话一下子戳到了程小时的软肋:"你说清楚,谁靠谁过日子了?"

徐姗姗可不会轻易放过程小时,要知道,上学的时候两人斗嘴简直是家常便饭,早就见怪不怪了。

徐姗姗抱着胳膊继续出击:"怎么,房子是乔妹供给你的,生意是陆光打理的,你不就是个吃干饭的嘛!"

程小时几乎是吼的:"我们是合作!没看明白本质之前别给人扣帽子!你看问题只停留在表面,你这情商也太低了吧……呜!"

"闭嘴!"程小时冷不丁被乔苓从天而降的巴掌糊了脸,被迫停止输出。

乔苓没好气地数落道:"平时怎么跟你说的,我们对甲方要无微不至,细心关怀。"

程小时收了气,扒开乔苓那只总爱阻挡自己的手,不满地说道:"哎呀,这哪儿来的什么甲方啊,难道……"

对方一个冷哼回应了他的猜测,愤愤不平道:"不是乔妹拉我来试试,姐姐我还不乐意呢。"

无论周遭如何鸡飞狗跳,陆光都默立在原地,直到所有瓷杯都擦拭得反光,他才停下手里的活儿,给自己沏了杯茶,细细品尝。

他抿了一口,嗓子润得差不多了,便抬头看向徐姗姗,单刀直入地询问正事:"姗姗姐,你想委托什么事?"

乔苓闻言,抢在犹豫不决的徐姗姗之前说道:"哎,这件事儿还得我来介绍。"

她充分展现了扎实的八卦功底,卓越的叙述技巧和饱含情感的肢体语言,开始娓娓道来:"说起来,这还得追溯到我们朝气蓬勃的大学时代。你们是否还记得,我们徐仙姑身边除了咱们仨,还有一个好哥们儿,董易。"

几个人开始回忆曾经的校园时光。

徐姗姗和董易相约漫步校园,不过两人聊着聊着氛围突然变了,徐姗姗赌气地迈着步子,娇嗔道:"不去算了!"

她还把怀里抱着的书塞给不明就里的董易:"那罚你帮我搬砖!"

董易有些没反应过来,徐姗姗已经背着双肩包快他两步离开了,还叮嘱他:"晚上回来,去宿舍楼下问你要!"

徐姗姗的话刚撂下,就像偷吃了糖果心虚的孩子一样跑了。

董易站在树荫下,趁她没走远,喊道:"几点呀?宿舍大门锁了的话,我只能从窗台给你丢下来了!"

徐姗姗转头朝他做了个"OK"的手势,等候已久的乔苓静静地看着他们。

乔苓背手站在树荫下,方才这两人的所有互动她都尽收眼底。身为局外人,旁观四年,乔苓自然早就知晓了他俩的心意,但没想到的是,临到毕业,这两人竟然还没把那层薄薄的窗户纸捅破。

这俩人,一个是死傲娇,一个是冷木头,凑在一块儿你来我往肯定是有情意的。然而木头在感情方面缺根筋,老实且嘴笨;傲娇自然是死也不肯开口。

看着风风火火跑来的徐仙姑,乔苓忍不住戏谑道:"你俩整天出双入对的,怎么还不把关系挑明啊?"

徐姗姗傲娇到底:"切,这种事儿,不是应该男生主动的吗?"

这天早上来自习的学生并不多,董易用身体将门轻轻撞开,他的两只手里各塞着一个热气腾腾的煎饼馃子。

徐姗姗坐在离门近的后排,扭头便看到了她最喜欢的煎饼馃子。

她小声呼喊,示意董易坐到自己旁边。

董易动作很快,坐下便把温热鲜香的煎饼递给她:"喏,你的,俩煎蛋,微辣,一根火腿肠,没加香菜。"

徐姗姗闻到煎饼馃子油而不腻的香气,不由得食欲大增。

"谢啦,多少钱?"她没有立刻接过,而是拿起手机准备转账,"我微信转给你。"

董易立刻收回了手:"你这人,谈钱伤感情,我们谈点别的条件吧。"

徐姗姗:"嗯……"

作为"好哥们儿",抵消早餐的条件当然是来一局紧张刺激的挑战赛啦。

在"徐将军"的带领下,敌方水晶被轻易攻破,"游戏笨蛋"董易志得意满地攥拳道:"太棒了!终于打上白金了!"

徐姗姗很开心:"姐姐我可是专业水平,带你这个小弟弟,还是绰绰有余的。"

打完了这盘,两人才悄悄把脑袋从桌下移出来,董易微微仰头:"我是不是脑子里长什么东西了,怎么没打几盘就头痛?"

看到董易一本正经却痴痴傻傻的脸,以及额头上一条清晰的红痕,徐姗姗忍不住扑哧一笑。

董易没反应过来:"你笑啥?"

徐姗姗笑得更欢了。

"喂,你还有没有良心哪!"在她银铃般清脆悦耳的笑声中,董易继续一脸忧虑地道,"万一脑子里长个不好的东西……现在这种毛病的趋势也越来越年轻化了,你有没有听说过呀……"

回应他的只有徐姗姗越发肆无忌惮的笑。

乔苓的故事还没讲完,程小时便十分讶异:"什么?你和董易竟然是……一对!"

陆光也有些被惊到,连忙饮一口咖啡压压惊。

不过惊到他的并不是徐姗姗的隐性恋爱,而是程小时的榆木脑袋。

"唉,都这么多年了,窗户纸还没捅破,急得我哟!"乔苓继续讲述两人的爱情故事。

当年徐姗姗说自己要考研的时候,乔苓十分吃惊。

"干吗这么吃惊,我只是想再深造深造,出来挑份好工作的概率也更高些呀。"徐姗姗有理有据地回应道。

乔苓把徐姗姗盯得头皮微微发麻,才饱含情感地提前发表分别演讲:"徐仙姑,后面两年,我不在你的身边陪伴,你要照顾好自己呀!"

说着,她假模假样地啜泣两声,流下了看不见的鳄鱼眼泪。

如同乔苓习惯了徐姗姗豪爽傲娇的性格,徐姗姗自然也对乔苓的古灵精怪习以为常,她无奈一笑,朝好友摆摆手:"欸欸,少来这套,平时谁照顾谁啊?你走了,我还能轻松不少。"

乔苓登时委屈巴巴："好哇，你早就嫌弃人家了。"

其实乔苓明白，徐姗姗是为了董易才选择留下读研的。

徐姗姗确实是这样想的。

四年大学如果不足以撬开董易的嘴巴，那就再来两年研究生，再不行的话，大不了就一条路走到黑，跟着董易读博。她觉得等这件事彻彻底底有结果时，都可以写一本爱情向的小说了。

董易啊董易，你的不开窍，究竟是有心还是无意？

研究生毕业时，徐姗姗参加了同学聚会，有同学吐槽："唉，我们那导师太坑了，就顾着自己外面开的公司，平时连面都见不上！"

身旁的董易温声道："别抱怨啦，还得靠我们自己。"

虽然只是简单的安慰，不过大家都挺受用的，纷纷举起杯畅饮。

欢声笑语间，徐姗姗瞄了几眼专心喝酒聊天的董易，笑容不由自主地暗淡下来。

她还没等到那句话。

两年的研究生时光不知不觉就成了手指缝里漏下的沙砾，等反应过来时，什么也抓不住。

"干杯！"

聚会上，所有人都徜徉于举杯欢呼的热烈浪潮中，他们一次又一次放声呐喊，像是要将两年的时光以这种方式深深地记在脑海里，大家开始讨论毕业后的打算：

"我们又毕业了！"

"对啊。"

"读完本科读硕士，读完硕士读博士，接着读啊！"

"哎呀，不读了不读了，还得找工作呢。"

"各自安好，我先干了！"

"天下没有不散的筵席！"

徐姗姗和董易并肩坐在吧台上有一搭没一搭地聊着，同周遭喧闹的狂欢格格不入。一位老同学见到此景，有意想给他俩添把柴火，便走过去笑着提议："姗姗，跟董易合个影呗。"

董易不知道是大脑卡壳还是心里犹豫，徐姗姗二话不说就一把搂过他的肩，使他靠近自己："你个大老爷们儿害什么羞呀！"

她其实也是强装大方，手不知何时已经指节蜷缩，心虚地从董易的肩头滑下，堪堪停留在他的背上，进也不是，退也不是，只好这样晾着，然后另一只手对着镜头摆出了胜利的手势。

就这样，她和董易的最后一张毕业合照定格了。

徐姗姗把照片发到了他们几个的微信群里："前天晚上就这么两张照片，另一张是开饭前自拍拍着玩的。"

如今，距离毕业晚会已经过去了两日，在她还未说明委托前，陆光便内心了然，任务基本是围绕两天前的散伙饭，突破口便是徐姗姗发来的照片。

乔苓看到程小时在群里发了一个呕吐的表情，登时训道："程小时，你烦不烦！"

陆光则看向忧心忡忡的徐姗姗，温声道："先说说具体的委托内容吧，我再看看选哪张照片比较合适。"

徐姗姗托着已经凉了的咖啡，指头不断摩挲着杯沿儿，她睫毛半垂，平淡开口道："那天吃完饭后又去唱歌，搞到很晚，我不知道怎么就喝多了。"

听到"很晚""喝多了"这类词语，想象力丰富的程小时一下子就脑补了很多，意味不明地"哦"了一声，接过话茬道："然后就……"

徐姗姗的脸肉眼可见地红了一个度，迅速反应过来，义正词严地回撑："滚啊！没你想得那么龌龊！"

乔苓和陆光无语凝噎。说程小时懂吧，他脑袋像榆木疙瘩做的，相处四年愣是没发现徐姗姗不算秘密的秘密；说程小时不懂吧，他又总能在不相关的领域里浮想联翩。

如果眼神能凝聚成刀，程小时这会儿估计已经被乔苓千刀万剐了。

对于那天晚上喝醉后所发生的事，徐姗姗已经什么都想不起来了。聚餐当晚，酒足饭饱的众人又去邻近的一家KTV继续狂欢，不过徐姗姗已经全然记不得自己在包厢里说过的话、唱过的歌了，只记得纵横迷眼的灯色、一箱箱啤酒、此起彼伏的歌声，以及董易那愈显深邃的眼眸。

散场后，酒有些醒过来了，徐姗姗耳畔尽是道别、勉励的话语。狂欢彻底结束,大家正式告别了校园生活,走入各自的轨道。

"拜拜!"

"下回再聚啊!"

"以后都发大财啊!"

"欸,有空常联系!"

"必须地!"

"再见啦,同学们!"

……

"欸,董易,常联系啊!"

徐姗姗是被董易和另一个交情不错的女孩子搀扶出来的。董易小心翼翼地挎着她的胳膊,听到有人喊他便连忙应声道:"欸,好!"

感受到徐姗姗站不稳,董易低声提醒:"徐姗姗,你慢点。"

不知道谁说了一句"走了走了",徐姗姗猛地抓住董易的胳膊,一边摇晃一边说:"别走!一个都不许走!"

董易压低嗓音:"都已经散了……"

徐姗姗不依不饶:"那你陪我下一场。"

气氛瞬间暧昧起来。

女同学笑着移到一边去了:"这儿信号不好,打车信息发不出去,我去旁边试试。"

徐姗姗看着离开的好友,愣了一下,对董易道:"他们都可以走,但你哪儿也不许去。"

董易深情地看着她:"徐姗姗,我有件事想跟你说……"

然而醉酒的徐姗姗没能听到董易接下来的话语,她的意识便陷入了黑暗。

徐姗姗讲到这里,面对乔苓众人,很是懊恼:"当时我失忆了,竟然一个字都没听清楚!关键是酒醒了之后才知道自己还干了一大堆糗事,惹了一身麻烦,我肠子都悔青了……"

程小时还是头一回见徐姗姗低下自己高傲的头颅,悄悄捂嘴偷笑。

陆光一如既往地镇定:"你这么在意他说了什么,干吗不事后直接去问他?"

徐姗姗闻言苦着脸回答:"正因为我太在意,所以才问不出口,害怕听到的答案和我想的不一样。"

程小时不合时宜地评价道:"切,矫情。"

徐姗姗已经没有心思跟他斗嘴了,乔苓则狠狠白了他一眼。

陆光轻轻合上眼睛,思考片刻道:"这个忙,我们可以帮。"

程小时立马坐不住了,不满道:"什么?这就答应了?等等,你刚说的是帮忙?"

陆光以缄默回应了他。

得到答案的程小时接着抗议:"这摆明了是桩买卖,怎么可以说白干就白干?至少也要意思一下嘛!"

听到这里,乔苓的双手直接砸在程小时欠揍的脑袋上:"程小时,好你个二五仔!"

程小时自作自受,边挨打边还嘴:"我这不是为了还你的债嘛!你愿意抵扣,当然也可以呀!"

乔苓不理会程小时的任何辩解,继续挥舞教育的拳头。

"啊啊啊,别打脸!"

程小时用行动诠释了"不作就不会死"的硬道理。

不多时,乔苓气呼呼地推开玻璃门,和徐姗姗一同走出照相馆,嘴上也没停下来:"哼,一天不挨揍,脑瓜就秀逗!"

徐姗姗没把心思放在程小时身上,笑着对乔苓说:"欸,乔妹,他俩是怎么从照片中获取过往信息的?"

乔苓似乎没有料到徐姗姗会问这个,但还是实话实说:"具体的我也不太清楚,每次都是他俩单独操作,神神道道的。"

徐姗姗一脸担忧:"总担心这个程小时不靠谱,不知道会不会做出什么不三不四的事情。"

照相馆内刚挨了打的程小时正捂着脑袋委屈巴巴地朝陆光诉苦,期待好搭档能为自己说句公道话。

不过他知道陆光肯定不会向着他,这"冰块脸"就差贴上"你活该"的字样了。

"你说还有没有天理了，求人办事还合伙把人打一顿，我……"程小时停下挥舞的手臂，灵光一现，"我想起来了！"

另一边，乔苓看着徐姗姗忧心忡忡的样子，忙安慰道："放心吧，估计主要都是靠陆光，程小时……"

她稍稍停顿了一下，似乎正在脑中搜寻适合的名词。

"程小时……就是个工具人！陆光靠谱就行了。"

时光照相馆里，陆光被程小时拽到了照片前："程小时……你这是几个意思？"

程小时"报仇"心切，二话不说就抓起陆光的手狠狠拍了一巴掌，把自己拍进了照片。

复仇的第一步——附身宿敌，已经顺利完成。

程小时进入的是徐姗姗的自拍照。此时是晚会的预热阶段，饭菜酒水尚未呈上，程小时附身在徐姗姗身上，坐在富丽堂皇的大厅里，正满脸坏笑地抠着鼻子。

程小时"报仇"讲究对症下药，既然徐仙姑死要面子，那他就把她的形象破坏掉。进了照片，还不都是程小时说了算！

想怎么折腾，就怎么折腾！

专心报仇的程小时没注意到一个身影正慢慢靠近自己，对方低声说："徐姗姗，我妈医院有两个实习机会，如果我俩能处对象的话，她说她可以给你也安排个岗位。"

程小时猜这人应该是徐姗姗的同学，外貌一言难尽，胡子拉碴搭配时而躲闪的眼神，给人一种油腻的感觉。

程小时正要拒绝，对方持续输出："但她不太喜欢头发太长的女生。"

言外之意就是叫徐姗姗做他的女朋友，还要求人剪短发。这个人成功把他恶心到了！

于是他以其人之道还治其人之身，先是装傻"啊"了一声，再抠着鼻子转身面朝对方，假装自己听不懂："你说啥？"

那人被吓退了几步，黑框眼镜直接从塌鼻梁上滑落。

程小时继续咧嘴傻笑着："嘿嘿嘿……"

对方勉强扶好了眼镜,恼羞成怒:"徐姗姗,你太过分了!你要拒绝我,也不能这样糟蹋自己呀!"

说着,他头也不回地哭着跑了,大概是无法承受多年的女神突然形象崩塌的事实。

程小时也被对方这波操作震惊了:"欸,开个玩笑怎么就整崩溃了?"

陆光无奈,只能提醒:"程小时,注意一下你现在的身份,别给徐姗姗惹麻烦,是不是要我重申约定好的三项法则了?"

程小时连忙坐正了身子:"别,别念你那紧箍咒了。"

就在这时,身旁有人轻声唤了一声:"徐姗姗。"

程小时一眼就认出对方是董易。

只见董易朝他笑了一下,问道:"这儿没人坐吧?"

程小时慢慢睁大了眼睛,内心升起无数柔软的云朵,他就这样漫步云端,浑身羽毛似的轻飘飘的。

这种感觉……又来了,可见徐姗姗是真的很喜欢董易呀。

程小时心跳得越来越快,他不由自主地捂上了胸口,陆光赶紧提醒:"注意点儿,你手放哪儿呢?"

程小时赶紧收回来,迅速收拾好心绪,对董易说:"没人,跟我还客气啥。"

董易笑着打趣:"就你这脾气呀,我不问过你,还真怕你把我打跑了。"

看着董易的侧颜,程小时还没喝酒,就感觉潜意识已经醉了。

"徐姗姗跟董易合个影呗,来。"一个同学见他俩正好坐在一块儿,忍不住来助一份力。

笑容灿烂的徐姗姗搂着略显羞怯的董易,就这样被定格在了小小的照片中。

整个聚餐过程中,程小时一直心不在焉,他能感觉到徐姗姗潜意识里的不安。

"你输了,再来!"

"再来,再来,再来!"

周围都是劝酒声,大家喝得十分尽兴,程小时一个人一罐一罐地喝着闷酒。董易劝了他好几次，但都被他无视了。

程小时也不想喝这么多，奈何这是徐姗姗的身体，他必须沿着原本的故事发展，不过这徐仙姑也太能喝了吧。

"徐姗姗，这么多年同学都没听你唱过歌，今儿你带头唱一个呗。"

果然，徐姗姗太过低调的表现引起了老同学的注意，大家纷纷起哄让她上台高歌一曲。

程小时颇为自信地答应下来："随便点，点什么我都能唱。"

董易看到徐姗姗终于活跃起来，笑着说："欸，平时还挺节制的，今天你可有点反常啊！"

此时陆光正对着台式笔记本工作，看到程小时喝得烂醉，他捏着鼻梁下达命令："程小时，等会儿喝多了，回来记得去楼下睡沙发。"

"哎，行了，难怪徐姗姗会喝多……"程小时正说着，手里的酒就被董易夺了。

"哎，差不多得了。"酒被董易按在桌上，"我看你平时也没什么可发愁的心事，用不着借酒消愁吧？"

程小时忍不住发问："你这书呆子，为什么总是这么理性？有时候难得感性一回不行吗？"

董易略过了她的问题，突然来了一句："你知道我当年为什么考研吗？"

程小时微微睁大了眼睛，越发觉得董易的视线太过灼热："不知道哇。"

董易轻声诉说："因为大学四年我已经习惯了，习惯了有人一起吃饭，习惯了有人一起上课、打游戏，习惯了有人陪着一起漫无目的地在校园里散步，说着没心没肺却又心照不宣的话。"

程小时心想，这不就是在变相告白吗？

董易没有留意徐姗姗的微表情，继续说："所以考研成了我逃避的手段，但现在，终究还是要选择离开。"

离开？

程小时大概理解为什么徐姗姗不愿意亲口问了。

"欸，徐姗姗，帮你点的歌来了啊！"

"喏，给你麦。"

程小时呆呆地接过麦，努力聚焦在前面的大屏幕上，他点的是《入海》。

前奏响起的那一瞬间，众人不约而同地安静下来。董易没怎么喝酒，此时坐在徐姗姗旁边，被 MV 的画面吸引着，回忆着他和徐姗姗的过去。

程小时用徐姗姗的声音唱着这支略带伤感的歌。包厢的环绕式回音为他的演唱增色良多，加上徐姗姗本就卓越的唱功，程小时才开口唱了两句，便引发了听众剧烈的反响。

"好！"

"绝了！"

陆光也慢慢放松，合上双眸，整个身心都沉浸在歌曲中。

唱至高潮，在场所有人的情绪被感染到了极点，离别的悲伤蔓延开来。男生们拥抱着道别，女生们也都潸然泪下。

哭什么？哭人生别离？哭前路茫然？

程小时也渐渐想起了自己的大学时光。他、乔苓、陆光、徐姗姗还有董易一起组队玩游戏，自己总是脾气最烈的那个，每次他一人当先，队友却总畏缩不前。

"哇，该上你们不上，这不坑我吗！"

那时候乔苓就见不得他这般脾气，一把拽住程小时的前襟："喂，你能不能有点脑子呀，每次开团不等于人齐就冲！"

程小时不甘示弱："我是看准了抓单的好时机呀，是你们跟得慢了！"

程小时也回忆起了和伙伴们穿上学士服，在毕业那天合影留念的情景。

董易负责拍照，徐姗姗则负责表情动作指导，看到乔苓、陆光和他拘谨的样子，她叉腰叫喊："喂，你们三个能不能活跃一点儿，跟三炷香一样插那儿，有啥劲嘛！"

勉勉强强总归是拍成了照，程小时溜到董易身边，显然是迫不及待了："让我看看，有没有把我英俊的小脸拍糊了？"

然而他的脑袋还没探过去，就被乔苓无情地推开："去去去。"

毕业后，他们五人拖着行李箱站在了大学门口。

"记得常回家看看哪！"董易朝乔苓三人挥手。

程小时一边摆手，一边笑着："答辩好不容易过，你就别咒我了！"

乔苓看着站在一处的徐姗姗和董易很是般配，叮嘱道："董易，我们家徐仙姑就靠你照顾了啊！"

这一照顾就是两年。如今的"徐姗姗"正在包厢里一首接一首地唱歌，以近乎失控的热情来对抗离别。

大学毕业的散伙饭程小时都没掉一滴眼泪，而在这个与他无关的研究生晚会上，他难得倾注了不少情感，或许是因为这具身体的主人比较伤感吧。

程小时一边演唱，一边在心里开小差儿，全然没注意到董易正灼热地盯着自己的脸庞。

大多数歌曲的魅力其实并不只是悦耳的旋律或者优美的歌词，最主要的是它能唤起我们特定的某一段记忆，能打开听众的心扉——同听众建立情感联系。

董易也陷入了回忆，徐姗姗曾经问过自己："咱俩都不约而同地选择了读研，是不是特别巧？"

他当时充分发挥直男思维，老实回答："巧吗？我觉得还好吧，留下读研的不是还挺多的嘛。"

徐姗姗当时就对自己翻了个白眼儿，显然他的回答并不能使她满意。

"没劲。"她冷不丁地捶了一下董易的胸口，撇下丈二和尚的他，背着书包跑开了去，"明早的课还是在逸夫楼201，别忘了老规矩啊！"

徐姗姗活力满满地朝他挥手告别，灿烂的笑容镌刻在他懵懂的内心，只需一眼，便能一扫溽暑的倦怠。

董易微笑着挥手回应她："知道，俩煎蛋，微辣，一根火腿肠，不加香菜。"

相处多年，他自然是将徐姗姗的喜好和忌口烂熟于心。他目送着徐姗姗雀跃的背影，心里突然一紧，好害怕眼前越来越小的背影有一天会离开他的世界。

他知道自己对徐姗姗的感情。

如果可以……我永远不想说再见。

"真好听！"

"女明星啊这是……"

热切的掌声雷鸣般爆响，董易不知何时热泪盈眶，他抹去泪花，不忘打趣两句："徐姗姗，咱们这六年哥们儿算是白做了，没想到藏得挺深啊。"

就连陆光都忍不住夸奖道："哎呀，唱得不错呀，气息还挺稳。"

"他一讲话，这具身体的心脏就狂跳个不停……看来只能……"程小时决定继续采取回避型战略，二话不说站起身冲话筒嗷嗷叫，"……接着喝！兄弟姐妹，唱起来！"

聚会结束，程小时站在KTV门口和同学告别，脑子已经晕成糨糊了。

陆光乏了，早早就爬上床歇息，此时的他虽然肢体倦怠，精神却没有丝毫放松。注意到程小时已经进入了关键的时间节点，他温声勉励道："到目前为止表现得不错，再坚持下委托就完成了。"

程小时此刻醉得晕头转向，董易低头喊住了他，同他四目相对："徐姗姗，我有件事想跟你说。"

整场任务最关键的话语来了！

程小时努力集中自己的意志。他一开始确实在认真听，但很快就控制不住自己的身体，他使了浑身解数去压怦怦乱跳的心，为了让自己冷静下来，开始环顾四周转移视线。就在这时，他看到了一个染着黄色头发，戴着棒球帽的男人……

这人鬼鬼祟祟的，怎么好像在哪里见过？哦，对了，就是在肖队那天给的照片里看到过，是那个嫌疑人！

程小时甩开董易的手立马去追凶，陆光始料未及："程小时！"

程小时所有的注意力都在嫌疑人身上，没工夫理会他。

情况紧急，那个戴棒球帽的人正在接近一位等出租车的女同学，正准备做什么，听到了异样的脚步声，连忙拉低帽檐儿，横穿马路逃之夭夭了。

程小时及时赶到女同学身边，成功逼退了对方，但这并未结束，他要亲自逮到这个穷凶极恶的坏蛋。

绝对不能让他跑了！

"徐姗姗，你酒醒了呀……欸？"

程小时直接忽视女同学的问候，一咬牙穿过了没有路灯的街道，盯准了嫌疑人逃跑的方向，追到一条黑黢黢的小巷子前。

他此刻忘记了自己还占着徐姗姗的身体，在巷口喘了几口气后，竟然毫无畏惧地走了进去。

陆光连忙想要制止："程小时，你发什么酒疯？"

程小时坚决地朝前迈着步子："我刚刚看到了那个监控照片里的嫌疑犯。"

他脚踩黑暗，潮湿的粉尘和腐败的草木气息混杂在他吸入的空气里，越发危险的环境没有逼退他半步，反倒令他愈显沉着。

陆光警告："别傻了，就凭你一个人是抓不住他的，更何况，这次的对手可比人贩子麻烦。"

程小时不想放弃："但我能把他的长相拍下来，至少能多条线索，帮助警方早日破案。"

破巷子里摆放了太多陈旧物件，空间十分狭窄。

程小时掏兜没摸到手机："手机放哪儿了！"

就在这时，那个嫌疑人竟悄无声息地出现在了他的身后！

"小心身后！"陆光赶紧提醒。

程小时正准备转头，又被陆光制止："等等，你突然转身，很有可能会刺激到嫌疑人，反而加快他袭击的行动……"

嫌疑人掏出一块手帕，朝程小时步步逼近。

程小时有些不知所措："那我现在应该怎么办？"

陆光也紧张到冒冷汗："尽量制造一个他无法下手的情景，然后再伺机而动。"

程小时神色一动："无法下手……那只能……"

他立马装模作样地拉开裤链："哎哟，喝多了尿急！"

程小时自认为自己想到的这个法子天衣无缝。人有三急，就算天皇老子来了，他也得方便完再论其他事。于是，这个人开始卖力表演："飞流直下三千尺，疑是银河——"

铿锵有力的唱词戛然而止，在摸到裤链的一瞬间，程小时才想起来自己还是个女的！但没办法，自己选的戏哭着也得演完。他裤子都没脱，就这样硬着头皮站在原地，并且听到身后的脚步声明显停顿了一下。

至少……还是有些作用的,他这样自我安慰着。

但这样僵持地站着绝对不是长久之计。

"糟了,忘了我现在还是个女生!"他朝陆光诉苦道。

形势危急,陆光不予评价,直接催促道:"那还不赶紧换个方式。"

程小时很快想到了新的方案,于是开始扶着墙假装呕吐,虽是光打雷不下雨,但起码有可能迷惑一下对方。

那个人似乎被程小时骗到了,没有继续靠近,不过见程小时只是干呕了几下,吐不出东西,就耐心耗尽,打算放手一搏。

"都这样了还不打算放过我吗,的确有够变态的!"程小时心想。

关键时刻,胃里一阵排山倒海的翻搅。

来真的了!

程小时一个猛扎,直接把晚上所有吃的、喝的全倒了出来,这才是"飞流直下三千尺"吧。

有严重洁癖的陆光忽然也有些想吐。

程小时吐了个酣畅淋漓,整条巷子霎时间充斥着一股奇异的味道,杀伤力堪比生化武器。

离生化武器相当近的犯人终于遭不住,直接被熏昏在地。

程小时扶着墙咳了两声,虽然味儿的确大,但他还不至于闻了会昏厥。

陆光赶紧安慰:"危险解除。"

程小时问道:"他去哪儿了?"

然而还没收到回答,肩上就搭了一只手!

还没等陆光解释是谁,程小时就直接给人来了一个过肩摔,把不速之客结结实实地揍了一顿:"走你!"

倒在地上的男子虚弱地发声:"是我!"

竟然是董易。

"你什么时候学的防身术哇?"董易被程小时按在地上,一边讲话一边吃痛地呼吸。

程小时立刻松了手:"欸,董易?那个戴棒球帽的呢?"

他环视四周,原来棒球帽男子已然被他的生化武器击倒,此时正趴在地上。他这才看清此人的真面目，竟是刚刚聚餐时被他整崩溃的男人！接着眼前一黑，意识就此中断。

当程小时再次醒来，已经是第二天的清晨了。他坐在沙发上百无聊赖地刷手机，碰巧刷到当天的同城新闻头条：女大学生徐某某凭一己之力破获都市奇案。

程小时嘀咕："明明是同校男生求爱不得，动了歪脑筋，怎么就被蹭热点，说成了破获都市奇案哪？这帮无良小媒体，还有没有点底线？起些云山雾罩、耸人听闻的标题也就算了，竟然还把人家照片曝了出来！"

刚关掉手机屏幕，乔苓便推门而入。

"委托任务完成得怎么样啊？"乔苓轻快地问道。

程小时疲累地摆了摆手，语气有些许无奈："唉，为了抓个小毛贼，被分了神……"

他话还未说完，收拾桌台的陆光补充道："我都已经记下了。"

乔苓顿时笑意盎然："果然还是陆光靠谱！"

"对哦，差点忘了你是全知视角。"程小时放下跷得很高的二郎腿，立马站起身八卦，"哎，董易当时到底说了什么？"

陆光放下手中的活："我第一时间就把那些话都传给了姗姗姐。"

随后，他开始转述董易的心意：

"徐姗姗，我有件事想跟你说。

"刚准备毕业那会儿，家里就催我回去。我爸给我安排好了一切，所以我很早就知道，自己毕业后不可能留在这个城市。

"我从前不敢表白，是因为我害怕伤害那个相伴六年的你……

"直到如今，不得不毕业时我才想明白，不管未来多难，我都要留下来。

"因为离开你，比任何事情都痛苦。

"早上十点，我在联合大厦有个重要的面试，希望你能陪我一起去。"

正值毕业季，在"何去何从"人生难题的压迫下，焦虑逐渐成为毕业生群体的主基调。他知道自己早就应该对徐姗姗表明心意，可他不愿看到这段感情有始无终。

徐姗姗其实当时就看出了他的忧虑,他却只说毕业答辩不好弄。

事实证明,这六年,徐姗姗没有白等,更没有看错人。

明白董易的心意后,乔苓笑得合不拢嘴:"这摆明了是让姗姗也表个态嘛!"

说着,她就掏出手机准备家访:"我问问她,今天早上去没去。"

另一边,一身正装的董易提着煎饼馃子站在联合大厦前,还在等候心上人的到来。他抬手看了眼表,距离十点还差不到十分钟,按理说,徐姗姗早就该来了。

难道……她拒绝了自己?董易开始不安地踱起步来,一个同样也来面试的老同学看到了他,跟他打招呼:"欸,董易!"

董易以为是徐姗姗叫他,惊喜地转过头去,表情很快冷下来,原来不是他要等的人。

老同学见他有些不对劲:"你也来这家面试呀?都快十点了,你在这儿发什么呆呢?"

董易心不在焉地"哦"了一声,说道:"我等会儿就上去。"

老同学朝他摆摆手道:"那我先上去啦!"

董易勉强笑笑,低头再看表,刚好十点。

难道那天的话,还是让她生气了?

照相馆里的乔苓刚发送了信息,手机就发出了"叮咚"的消息提示音:"哎,这么快就回啦?看样子,水到渠成!"

但是等她看到消息时,脸色却沉了下来。徐姗姗一反常态,或者说,这个人根本不是徐姗姗,他给出的回复是:"线索收到,我的老朋友。"

陆光此刻眉头紧锁,程小时连忙说:"乔苓,打给徐姗姗问问!"

但对方在她打过去前,主动打来了一个电话,十分奇怪。

乔苓深吸一口气,点了免提:"徐姗姗,群里的消息……是你发的吗?"

回应她的是一串经过变声的狞笑。陆光和程小时心下一惊,直接钉在原地。这还没完,冰冷的声音回荡在时光照相馆里,令人毛骨悚然:

"我会……

"如约而至。"

# 第九章 善意的恶果

While photographs may not lie, liars may photograph.
—— Lewis Wickes Hine

照片可能不会说谎,但说谎者可能会拍照片。
——路易斯·韦克斯·海因

电话挂断的那一刻，乔苓的手心都是汗。

"刚刚那人是谁？"程小时感觉呼吸都快停滞了，说罢，又不甘心地拿起手机，"我再给徐姗姗打个电话。"

一旁的陆光神色凝重，程小时也是第一次看到陆光这样心里没底的样子。

"您拨打的电话已关机……"手机里传出了客服机械的提示音。

"关机了。"程小时看着手机屏幕，此时一个可怕的猜测涌上心头，"该不会是……"

这通离奇的电话让他不由自主地想到躲在暗巷的徐姗姗，她很有可能已经遇害了。

乔苓的电话一直拨不出去："她家里电话也没人接，我们要不报警吧！"

其实陆光早已联系了警局："好，我这就过去。"

他利索地挂断电话，冷静地看向乔苓，叮嘱道："你们别乱来，前因后果跟普通民警解释不清。"

他的余光瞥了一眼正在发愣的程小时："我现在去找赵肖队，我的直觉判断，可能是网上那篇报道惹的麻烦。"

程小时瞬间慌了："那岂不是我当时……"

那篇报道里徐姗姗正对着镜头，因此被犯罪分子关注到，引来了杀身之祸。

强烈的自责和懊悔将程小时压得几乎喘不过气。如果他没有节外生枝以徐姗姗的身体去追那个嫌疑犯，就不会发生这种事。

陆光最担心的事还是发生了，程小时开始意识到，原来自己进入照片执行任务的过程中，那些小小的改变，可能会带给现实世界巨大的改变——这个代价或许是程小时和时光照相馆都承受不起的，没人知道这条路的尽头究竟是什么。

陆光了解程小时的性格，此时解释没有任何意义，他只能先暂时安抚住程小时："现在不是胡思乱想的时候，当务之急是确认徐姗姗的处境。"

语罢，他走近几步，看着程小时的眼睛："你和乔苓把照相馆的门锁上，不要随意走动，我去去就来。"

时间紧迫，晚一秒可能都会置徐姗姗于死地。

乔苓听了这话，心中更是不安，连忙跑到陆光跟前问道："要不要我们跟你一起？"

陆光看着还有些恍惚的程小时，犹豫了一下，嘱咐道："程小时现在的状态，最好先让他缓一缓，别慌慌张张地跑去警局，万一一激动说漏了什么……对了，最好把他的手机没收保管。"

乔苓坚定地点了点头："嗯。"


警局大楼。

"目前可推测，嫌疑人有较强的反社会人格和侵略性，并且是随机杀人，没有固定目标，作案过程计划得十分缜密，甚至很多起被误判成自杀，除了一起例外。"

房间没开灯，唯一的光线是从昏暗的投影仪里泻出的——Emma 的证件照被放大数倍呈现在警员们眼前，肖力正在旁边陈述这几起离奇的杀人案。

投影仪在这时放了一张熟悉的监控截图，戴棒球帽的嫌疑人的后脑勺被放大。

"有目击者看到被害者吴丽华在案发前跟照片中的男子上了车。经过多方商议，上级部门今天上午决定，将这唯一拍摄到的监控影像公开发布，征集线索。"

众人表情凝重起来，肖力强调："短短几小时内，就已经收到多条检举信息，并且绝大多数都指向了同一个人。"

投影画面切换，肖力指着上面一个面容阴鸷的黄发男子说："刘旻，男，27 岁，海外留学背景，现任某公司执行董事。"

一看到此人，底下的警员就开始窃窃私语：

"什么执行董事，不就是子承父业嘛！"

"所以遭人恨呗。"

肖力清了清嗓，示意安静，接着说道："在没有证据的前提下，一切的猜测都只能是假设，我们需要进一步……"

虚掩的门忽然被推开，实习警员陈彬探出头来对肖力道："欸，肖队，有个人说想见你。"

冷不丁被手下的毛头小子打断，肖力直接转头训斥道："陈彬你搞什么呢，开会时溜号，现在又突然蹦出来打断我，几个意思啊？"

陈彬跨一步进来，揉揉脑袋不好意思地拉开了门："刚刚开会前不是来了个电话，所以接人去了嘛。"

厚实的门被彻底推开，走进一个高挑的身影，来人正是陆光。他面色沉静，一双如水般沉静的眼眸正对上肖力犀利的眼神。

时光照相馆里，乔苓正一脸担忧地看着仍在揣手踱步的程小时，安抚道："程小时你冷静些，陆光已经去报案了，肖队这人看着挺靠谱的，一定可以找到姗姗的。"

程小时正沉浸在自己的思绪中，自言自语道："对了，网上应该有相关消息，可能会有些线索。"

刚摸出手机准备查信息，结果就被乔苓猝不及防地收走了。

程小时愣了一下，愠怒地喊道："乔苓你——"

乔苓叉着腰，理直气壮地解释道："我受陆光之托，不能让你被流言蜚语弄得更焦虑。手机，我就先代为保管了。"

程小时意外地没有多说什么，乔苓心里犯嘀咕，这要是平时，程小时早暴跳如雷跟她抢手机了。她看着眼前神色难辨的男孩只是站了会儿，便双手揣兜往楼上走去："我去楼上躺会儿，陆光回来了叫我。"

乔苓从没听到过程小时如此虚弱的声音，疲惫且沮丧。

她忧心忡忡地目送程小时上楼，不知为何，这个样子的程小时反而令她更不安。

既然已经拿走了手机，那应该没什么事了吧？乔苓自我安慰地想着，再次坐下，才发现自己也早已难以抑制怦怦乱跳的心，十分担心徐姗姗的安危。

警局内，肖力特地为不速之客陆光腾出一间供他们交流的房间，他翻找着柜里的档案，疑惑道："你之前不是说帮不上忙吗，怎么突然又跑回来了？"

陆光没有理会他的嘲讽："能不能把那张监控视频的图片再让我看一下？"

肖力眉毛明显压低。

"这次事关我一个朋友的安危。"陆光的语气有些急促。

肖力听了这话怔了一下，转身诧异道："什么？你朋友她……"

陆光直接坦白实情："早上有个陌生男人用她的手机给我们打了个奇怪的电话，之后就关机了。"

肖力沉吟片刻，看向他："你怀疑跟这个连环杀手有关？"

陆光的语气依然平淡，尽管事态紧急，也没有乱了逻辑与分寸："不好说，但如果能尽早捉到嫌疑人，就能尽早得到答案。"

肖力听罢，从桌上的文件夹里拿出陆光需要的照片递了过去。陆光接过，便拿着走到旁边仔细观察。

肖力跟陈彬对视了一眼，不约而同地走近几步，但仍跟陆光保持一定距离。时光照相馆里肯定藏着很多他们不知道的秘密，尤其在经历了"桂姨案"后。

不管真相如何，对肖力来说，能破案，他就必须给予肯定。

陆光背对着他们二人，眸色一瞬被冰蓝覆盖。他通过眼睛进入照片世界，视线化为劈开迷雾的刀，在阴暗的停车场内，检索到了最关键的信息——车牌号！

"嫌疑人的车牌号是……"陆光刚一开口，陈彬就动作极快地取来纸笔赶忙记录，"BS30X7948。"

陈彬抄好车牌号，朝肖力打了声招呼便夺门而出，他要通过这一串无法解释来由的车牌号，揭开这个连环杀人犯的面纱。

肖力若有所思地盯着陆光单薄的脊背，纵使他有鹰一般锐利的眼神，也无法洞穿眼前这个青年。

陆光的注意力仍在照片中。当他的视线拓展到整个车身时，一个鬼鬼祟祟的黑影出现在了两车之间。当他拉近看清楚时，瞳孔骤然紧缩——那是程小时！

他最担心的事还是发生了。他看到的程小时正在以身犯险，偷偷藏在了嫌疑人的后备厢里。

陆光攥着照片，咬紧了后槽牙，手臂不自觉地微微颤抖。

肖力没有觉察出陆光的情绪变化，缓步走到他跟前，打趣道："大师，运功结束了？"

陆光猛地转身大声质问道："这张照片还给谁看过？"

肖力被陆光这突然的一下子整得有点蒙，眼前冰块般的脸失去了平日的斯文，沾上了怒火和微不可察的紧张。

肖力如实回应："今天早上刚全网公布，谁都能看哪。"

陆光用力把照片塞给肖力，头也不回地往门外跑。

肖力被他这一通操作弄得有些找不着北，忙喊道："哎……着急去哪儿？你朋友失踪的事还没讲完呢！"

陈彬刚好查完，正连忙往屋内赶，恰好和横冲直撞的陆光打了个照面，结结实实被撞了个趔趄。

陈彬不明所以地问道："肖队，他怎么了？"

然而肖力此时也比较蒙："不知道啊，现在这帮孩子都神神道道的，要不是上回亮哥那案子，我还真不信这邪了。"

纵然陆光此人疑点多多，但也不是警局研究的对象，陈彬接上话茬儿："嘿，你还别说，就这么邪门！"

陈彬在这种事上颇有灵性，此时神秘兮兮，难掩喜悦道："你猜他刚报的车牌，车主是谁？"

说完，他拿起新鲜出炉的调查结果，迟迟不递出去，还真在等上司猜出来。

肖力不耐烦地摆摆手："你别卖关子了，赶紧地。"

陈彬揭晓答案："就是刘旻！"

肖力猛地抬眼，被这个消息震撼得哑口无言。

照相馆里的乔苓接到了陆光的电话，赶忙上了楼梯，一边走一边说："我把他的手机没收了，然后他说去二楼睡一会儿，到底怎么了？"

乔苓推开程小时的房门，房间空空如也："啊，程小时？"

她走进屋里再次环视一圈，不可置信道："他，他人不见了！"

陆光在人行道上朝家飞奔，十分后悔没有把屋里的电脑也收走，程小时应该是自己一个人进入照片了。

陆光很早在向程小时讲解彼此能力时，就对程小时叮嘱过——未经击掌擅自进入照片，会和外部失去所有联系。如果程小时自己合掌进入照片，陆光就会跟程小时失联，这样照片中发生什么，他将一无所知。

几个小时前，程小时自己合掌进入了电脑屏幕上呈现的那张照片，他一定要查出谁是连环杀人犯。

和上回的"桂姨案"一样，他会以真身出现在照片里，然而二者却有本质区别——这一次，程小时失去了陆光的辅助，无疑是在以身犯险。

他记得陆光给他的叮嘱："你仍然只能存在十二个小时，在此期间，你一定要低调做人，就像从没出现过。"

"只是观察杀人犯的行踪，寻找线索，不引起别人的注意，不做出格的举动。"在心里默念完这些，他双手合十进入了照片世界。

这一次，没有人会在耳边反复提醒他，也没有人做他的眼睛了。

程小时背靠地下停车场的柱子，位置相当隐蔽，仔细听着偌大空间内若即若离的脚步声。

戴着棒球帽的嫌疑人背对着他走在前方。程小时见他走远，抱着一丝侥幸心理在心里喊道："陆，陆光？"

没有回应。

他的眼神暗了下来，还真就联系不上了，那就只能靠自己了。

程小时探出脑袋，惨白的灯光打过来，一时刺得他有些睁不开眼。适应光线后,他却把脚步声跟丢了,四下环视,除了形形色色的车辆再无人影。

可恶,去哪儿了?

程小时探头往侧上方看,正好见到了不远处的摄像头,他所处的位置显然属于摄像范围外。

看来这片,都是监控死角。

程小时心里稍微有了点底,他开始摸兜,然而双手并用把衣兜掏空也摸不到手机,他这才想到,当时乔苓以防止他焦虑为由,把手机没收了!

程小时扶额叹息,偏偏在这个关键时候掉链子!原本的计划是在此等候嫌疑人回来,然后拍下他的正脸。

拍摄工具不到位,使他不得不否决这个最安全且可行的计划,但他并不打算坐以待毙,程小时开始思索其他方案。

现实世界里掌握了证据的肖力带上陈彬,便装抵达刘家的宅邸。

门铃清脆地响了一声,开门的是一个中年女管家,看到门口两个高大魁梧的男人,她的神色顿时紧张起来:"谁呀?"

"警察。"肖力言简意赅,而后亮出个人证件,"有几个问题,想找刘旻了解一下。"

管家转身就喊道:"刘总,是警察,来找旻旻的。"

随后屋内便传来了一个不耐烦的男人声:"警察来干吗?一早上到现在都没消停过!"

男人气冲冲地走过去,哪怕面对的是警察,他也丝毫没有半分胆怯,怒气冲冲:"我说你们网上发布的那个监控截图,可把我儿子害惨了!"

肖警官见惯不怪,收起了证件。这种人他也不愿多纠缠,于是公事公办道:"刘先生,我们也是得到许多关于您儿子的相关消息,所以特地来探访,摸清情况的。"

男人十分不屑:"什么?网上那些人的言论你们还当真了?他们那是仇富!是网络暴力!"

他说的是网上的人,却指着无动于衷的肖警官控诉着自己遭受的"不公":"我儿子怎么可能跟连环杀人案扯上关系,无稽之谈!"

警局公布的那张监控截图的确一石激起千层浪，眼尖的网友立马就认出，此嫌犯极像富可敌城的刘家小公子。

　　这张截图只是导火线，只需借点风，就噌的一下引燃了民众沉积已久的不满和愤懑。

　　"这是那些人对我们公司的仇视，这是典型的报复心理！"男人歇斯底里地呐喊着。然而在肖力眼里，他就像只过街挨了打还继续嚣张的老鼠，实在激不起半点同情心，甚至有多补一脚的冲动。

　　肖力直言不讳："刘先生，话也不能这样说，大家之所以有意见，也是因为……"

　　陈彬处事圆滑，拉住了自家上司，没让他说出接下来的话。

　　陈彬对男人展露出他招牌式的和事佬微笑，礼貌请求道："您看要不先把刘旻叫出来，我们聊聊？"

　　男人丝毫不给面子："还聊什么聊？他这些日子遭受的打击已经够大了，你们就别给他添堵了！"

　　说完，男人拖动着他庞大的身躯，驱赶瘟神似的，一个劲儿地把肖力二人往外推："走走走走走……"

　　这显然是拒绝审查。

　　"周姐，出来送客！"

　　肖力被推搡得很不耐烦，一把甩开男人的胳膊："你说归说，别动手哇！"

　　男人几乎咆哮起来："怎么还不走？"

　　"爸，是谁来了？"此时，一个虚弱的声音从屋里传来，随之而来的是滚轮压过地板的声音。

　　正在争执的众人忽地安静下来。

　　男人关切地问道："旻旻，你，你怎么出来了？"

　　只见一个瘦削的人影坐着轮椅缓缓移动过来，待轮椅停下，他们才发现寻找的嫌犯刘旻，竟是个病秧子。

　　男人稍微收敛起自己的脾气，尽可能理智地说道："我儿子经历了一场意外，人都已经瘫了，怎么可能去做伤天害理的事情呢！"

肖力一时也有些疑惑。如果刘旻是这种病秧子，那么凶手就另有其人，先前的线索几近作废，原本清晰的案件变得扑朔迷离。

更可怕的是，在他们找刘旻的时候，凶手很可能正在寻找下一个目标，徐姗姗的处境愈加危险。

另一边，身处照片世界的程小时还藏在车库，他等了很久，终于听到了一男一女的谈话声。

"真不好意思呀，还要麻烦您来送我。"

"欸，这不是顺路嘛。"

程小时透过车的后视镜隐约看到了熟悉的棒球帽，男生就是那个嫌疑人。既然如此，那女方岂不是有危险？

程小时不会允许自己见死不救，他深吸了口气，继续观察局势。如今的目标不再只是拿到线索，还需要营救出这位可怜的女性。

"今天不知道怎么了，打车都打不到。"女方显然有些沮丧。

"走吧，别让二老等着急了。"嫌疑人温声安慰道。

程小时听到汽车启动的声音，心一横就钻进了车的后备厢。他横卧在狭窄黑暗的空间里，脑袋不断与车身进行"亲密接触"，好几次险些把他撞晕。

程小时叹了口气，毕竟是自己选的路，头破血流也要给它走完，不然以后怎么面对陆光啊，起码得有点收获吧。

他想试试，只靠自己。

当车走出地库后，程小时明显发觉行驶慢慢平稳了，但车的速度依旧很快，甚至能听到呼啸的风声。

程小时很快适应了这里的环境，这一路跟下来，势必能找到些线索。

这时，前面又传来了女生的声音："哎呀，不好意思啊小刘总，怎么就睡着了……"

女孩似乎总在表达歉意。光听语气，程小时就能猜到她的职业，大概是公司的小职员，而且这种说话的语气十分熟悉，他总觉得自己在哪里听到过，但就是一时想不起来。

"没事儿。"嫌疑人顿了一下接着说,"老朱那事儿我听说了,你也受委屈了,累了就再歇歇吧。"

"哦,那个事,我……"她停了下来,似乎在压抑着什么。

嫌疑人轻笑一声:"别有压力,我就随口一说。你之后有什么打算?"

女孩沉默了一会儿,慢慢开口:"我想回老家,陪陪爸妈,再找份工作。"

她的声音很疲惫,像是已经厌倦了现在的生活,叹了口气苦笑道:"原本对大城市有太多憧憬,拼搏也好,奋斗也罢,但现在想想,找到适合自己的生活,才是最难能可贵的。"

她这番话更像是说给自己听的。嫌疑人并未继续搭话,而是继续驰骋在偏僻无人的高速公路上。然而前进的方向显然偏离了女孩的目的地,她往窗外一瞥,一下子察觉出了路线的诡异:"欸,是不是开错路了?"

嫌疑人懒洋洋地解释:"导航显示主路拥堵,自动给选了条小路。"

女孩警惕地攥紧衣裙,声音颤抖地问:"那,还有多久能到哇?"

主驾驶的位置传来一声轻笑:"可能,今天是到不了了吧。"

女孩急了:"什么意思呀?"

程小时为她捏了把汗,他没有再听到其他谈话声,取而代之的是刹车的摩擦声。

附近的环境阴森漆黑,女孩下意识去拉车门,但门都被锁了,她显然是被骗了:"小刘总……您这是干什么呀?开开门!我要下车!"

女孩为了早些见到父母,随便搭上了陌生人的车,想到这里,她眼里噙上了泪花,身体哆嗦着。

"下车?"嫌疑人恶意满满地转头,凶相毕露,"你是想卷着钱赶紧跑路吗?我记得你的本名,是叫那个什么吴丽华对不对?为了混得像个高职白领,还学人家起英文名,Emma?真的特别恶心。"

程小时听到这个熟悉的名字,瞬间惊呆了,Emma?

怎么会是她……他不敢相信自己的耳朵。但结合之前他对女孩声音莫名的熟悉感以及"朱总",他可以确定,此时处在危险境地的正是他曾魂穿过的Emma!

"你们这些外地人,就算把自己包装得再光亮,也改变不了什么!"

199

嫌疑人发泄着积压已久的不满,将满腔恶意对准了眼前这个手无缚鸡之力的女孩。

Emma 背对着恶人,抱着头蜷缩在后座不停颤抖。

"我本来不想和你们这种人发生任何关系,但是,快说,钱在哪儿?!"嫌疑人的音调骤然升高。

如果 Emma 没能安全度过今晚,那就说明现实世界里的她已经被杀害了,如果程小时强行解救,必会改变历史轨迹。

"呜呜,求求你,求求你放过我!"Emma 濒临破音,低头哀求着,"我……我不知道你说的钱是什么!"

嫌疑人逼近她:"行,那我来帮你回忆回忆。"

程小时听着嫌疑人和 Emma 缠斗的声音,事情的发展显然早已出乎了他的预料,但是他不能多管闲事,这是死规矩,一旦触犯,就会对现实世界产生无法逆转的伤害。

程小时还是想不通怎么会这样,为什么是她?

陆光,难道陆光他……

程小时回忆起桂姨被抓那日,陆光诸多反常的行为:他看照片时的故意遮掩,以及直接拒绝肖力的请求……

程小时这才意识到,原来陆光已经知道 Emma 是受害者之一,所以不愿意让自己接触这个案件。他曾魂穿过的 Emma 在任务结束后不久遇害,加上陆光对此回避的态度,种种迹象都指向了一种可能——自己在无意中害了 Emma。

程小时努力回想魂穿 Emma 那次,自己究竟做了什么出格的事。

曾经的画面一帧帧在他脑海里倒带,最终停留在那个夜晚。意识蒙眬之际,他按捺不住对父母的思念,违背了陆光"不要管"的叮嘱,代替 Emma 发送了不该发的消息……

原来是……是因为……一句简单的话:"爸,妈,我想你们了。"

仅此而已。

在这之前,程小时万万不会想到,自己一个无心的举动,却将 Emma 带上了一条绝路。

嫌疑人掐着Emma的脖子，嘴里还在不停地羞辱她。

在Emma凄惨的叫声里，有那么一瞬间，程小时好想冲出去救下她。可是他不能，他还要出去，他必须回到现实世界抓住真凶。

Emma的声音越来越小，渐渐趋于平静。

"你们这些人，为什么总是和我过不去？！"嫌疑人还在发泄着自己的怒火，"现实活得那么卑微，就在网络上喷我、骂我，到头来还要贪图我的钱！"

即使Emma已经无法动弹，嫌疑人依然紧紧掐着她的脖子不松手："去死，去死！统统去死啊！"

Emma的手机屏幕忽然亮起，赫然显示出熟悉的来电人：妈。

火车站外，人影稀少，一对老人正在灯火通明的大厅外等候即将归家的女儿，然而无论如何拨打电话，对面始终无人回应。

Emma的母亲一遍遍拨打着电话，然而每次都是无一例外的"您所拨打的电话暂时无人接听，请稍后再拨"。

"没人接。"母亲失落地看着手机，"都快等两个小时了，人呢？别出什么事了。"

父亲连忙打断母亲的话："呸呸呸，快呸三声，把这晦气话呸走！"

母亲眼角的鱼尾纹加深了几分，侧头："呸呸呸。"

而Emma在弥留之际看到母亲来电，费尽最后力气捞起了手机，手机屏幕却已经熄灭，她不可能再有机会听到妈妈的声音了。

在这生死攸关之际，程小时脑海里一直回响着陆光的叮嘱："要完全听从我的指挥，不能做出任何改变。"

陆光说："傻瓜，我都说了，无论过去，因为我们不能改变过去。"

他却很早就违背了这条死律，擅自发送的消息间接导致了Emma的遇难。

陆光说："不问将来，因为将来一定会因为我们而改变。"

他以徐姗姗的身份不计后果地去追嫌疑人，因为他的贸然行动，徐姗姗最终阴差阳错地被媒体曝光，这也直接使她被嫌疑人盯上。

事到如今，程小时才算真正读懂陆光重复无数次的那句话"无论过去，不问将来"。

终于，自责和悔恨折磨着程小时，他想让陆光告诉自己接下来该怎么做，回应他的却是自己的啜泣和Emma越发低弱的喘息。

嫌疑人的笑容霎时凝固，他猛地抬头，朝后备厢看去。

另一边，陆光以最快的速度赶回了时光照相馆，直接上了二楼，撞开程小时的房门。

只见室内依然空无一人，陆光很快发现了书桌上打开的笔记本电脑。

乔苓跟在陆光身后也跑进了房间，她想不通："门一直是锁着的，他怎么就突然不见了？"

陆光没有回答，他凝视着黑屏的电脑。事已至此，除了等程小时回来，再无别的办法。

接着，在乔苓的注视下，他找了个地儿坐下来，方才的狂奔已然令他筋疲力尽，他是强撑着一口气赶来的。

程小时，不要有事。

照片世界里，嫌疑人立刻放开了Emma，循着声音准备打开后备厢。他忐忑地伸手摸到后车盖，而程小时也觉察到车盖的动静，立马敛起了眼泪。他以拳撑地，如同一只愤怒的狮子，打算在车盖掀起的那一刻，给嫌疑人致命一击。

然而在后备厢被彻底掀开的那一刻，嫌疑人松了一口气，后备厢里什么都没有。

现实世界里，第一次与照片里的程小时丧失联系，陆光心绪紊乱——程小时，你千万别干什么傻事呀。

乔苓看着突然站起身的陆光开始像上午的程小时一般来回踱步，颤着声问道："陆光，程小时到底去哪儿了？"

陆光稍微斟酌了一下，转身看向乔苓："他去了……"

话还没说完，突然出现了一声重响。

乔苓瞪大眼睛看着陆光身后，惊惧地"啊"了一声。陆光即刻转身，便看到程小时半蹲在地，缓缓站起，神色难辨。

"他……他怎么凭空冒出来了？"乔苓觉得一定是自己没睡好，揉了揉眼睛，这一切太过匪夷所思。

看到一脸无措的乔苓，程小时朝陆光问道："陆光，你怎么让乔苓……"

话还未说完，陆光一个箭步上前，揪住了程小时的衣领："我还要问你呢！"

程小时没有反抗，他知道自己这次有点过分了。

能把一向温润如玉的陆光气成这样，也只有他程小时做得到了。

"为什么一个人行动？你知道后果会有多严重吗？"陆光瞪着程小时，继续怒斥道，"你干过什么，你会改变什么，是你自己都没办法掌控和驾驭的！"

程小时在他的怒视下侧了头，不再看他，只是沉默地承受着。他知道自己做了什么，也知道自己可能无法挽回了。

乔苓从没见过这种场面，几次想要上前阻拦，却被陆光的气场吓得不敢动弹。

看着程小时一反常态的沉默，陆光的气也渐渐消了，他注意到程小时那双往日神采飞扬的眼睛像是刚哭过，眼尾甚至微微泛红。

程小时无力地摇着头："我知道，我全都知道了，所以我什么都没做。"

"什么？"陆光猛地抓紧程小时的衣领，急切地问道，"那你在照片里……"

还未等他说完，程小时紧咬下唇，哀伤地看着他，道："是 Emma。和嫌疑人一起上车后被害的，是 Emma。"

听到这个名字，乔苓惊呼道："啊，是雀德游戏那桩委托里的那个……财务总监助理？"

程小时有气无力道："是的。除此之外，我还有件事想告诉你。"

程小时抓着陆光的手腕轻轻挪开，而后走到乔苓面前，却不敢拿正眼看她："你一直因为当年没有及时发现豆豆被拐而责怪自己，但其实那件事我也有责任，正是因为我的突然出现，才转移了你的注意力。"

乔苓这才明白原来当年程小时的凭空出现并不是她产生的幻觉，这一切都是真真实实存在的。

乔苓理好了思路,晃晃脑袋,意识到了一个更大的问题,她指着程小时问道:"你是说,你能进入照片?"

程小时实话实说:"是的,我负责进入照片,作为执行者……"

说着,他指向陆光。

"陆光则是观察者,告诉我每一步该怎么做。"他说完,耷拉着脑袋看乔苓,显得很没底气。

乔苓叉着腰,恍然大悟道:"原来你们一直躲着我是这个原因哪,我还以为你们是对照片做什么法事呢!"

就在这时,陆光的手机响了,是警局的来电。

"喂,陈警官,"他神色忽地一凛,"犯人抓到了吗?他有没有交代徐姗姗的情况?"

电话那头的陈彬坐在副驾驶上,一边用肩膀和下巴夹着电话,一边在档案包里翻找着什么;肖力正在开车,留神着他们的对话。

"嗯,车牌的确是他的,但现在看来,作案人肯定不是他。"

陆光急切追问:"为什么?当时是不是有一个叫Emma的受害者上了他的车,并且她在雀德游戏任职?两人摆明了就是有关联的,一定能找到线索!"

陈彬不可思议道:"你还真挺神的,这些细节都能被你查到……"他接着翻阅,面色有些许遗憾。

"但可惜……"

程小时迫不及待地想从陆光这里听到案件的进展:"怎么样?抓到那混蛋了吗?"

陆光侧过眼看他:"没,证据不足。"

听到这儿,程小时立马急了:"怎么可能!我明明……"

陆光示意他噤声,要继续听电话。

"我们最新调查的资料显示,Emma死的时候,刘旻并不在场。"回答陆光的正是肖力本人。

陆光的双眼骤然睁大:"什么?"

陈彬挠着头，又补了一句："事实就是如此，那天凌晨一点，刘旻正在医院抢救呢。"

照片里，陆光和程小时都清晰看到，嫌疑人正是刘旻本人，但此时警察却说不是……

陆光缓缓放下手机，一时不知道该怎么办，整件事情都太奇怪了。

电话那头则继续传来陈彬给出的消息："而在一座废弃的大桥上，拍到了 Emma 一个人经过的身影。"

他们本以为可以立马缉拿到凶手，但没想到离真相还很远。

真正的敌手正蛰伏在他们看不到的角落，蓄势发起进攻。

## 第十章 圈套

The negative is the equivalent of the composer's score, and the print the performance.—— Ansel Easton Adams

底片相当于作曲家的乐谱，光印相相当于演奏。

——安塞尔·亚当斯

"而在一座废弃的大桥上,拍到了 Emma 一个人经过的身影。"

陈彬轻描淡写的案件描述于程小时而言,蕴含着一个更加可怕的信息:Emma 的轨迹在他不知情的情况下,再次被改变了。

结合陆光那边的信息,将时间线捋一下:凌晨一点,Emma 已经遇害了,而害死她的显然不会是正在接受抢救的刘旻。

这就是说,自始至终,都有一只无形的手在暗中操控着局势。

这股力量显然和他们不是一伙的。

陈彬继续说着他那边掌握的信息:"哎,把你那个朋友徐姗姗的信息发我一下,人口失踪 48 小时才能立案,在此之前,我跟肖队看看,能提前做点什么。"

陈彬不再说什么了,陆光赶紧感谢:"好,谢谢陈警官。"

乔苓紧张地看着挂掉电话的陆光,试探道:"有没有提姗姗的下落?"

陆光回答:"现在还立不了案,没法调用警力查找。"

乔苓有点难以接受,如果等 48 小时后才会有警察帮忙去找,或许一切都来不及了。大家都不再开口,整个房间的气氛沉重压抑。

程小时沮丧地坐在一旁的椅子上,耳边仿佛还能听到 Emma 无助的惨叫声。

这一切陆光都看在眼里。

乔苓再次犹豫地问道:"那,还有没有其他办法?"

陆光侧头看向她,还未组织好语言,乔苓的手机就响了,她慌忙地接通电话:"董易?"

董易还在等徐姗姗,手中提着凉透了的煎饼馃子,在电话那头轻声说:"你知道徐姗姗去哪儿了吗?我刚打她电话关机了。"

乔苓在犹豫要不要将徐姗姗已经失踪的消息告诉董易，余光看到陆光坚决地摇着头。

乔苓咽回卡在喉咙里的话："不知道哇，可能手机没电了吧。哎呀，她老是稀里糊涂的。"

电话那头的董易无奈低下头，难掩落寞："哦，好，那我晚点儿再打给她吧。"

说完，他挂掉了电话，心里却像堵了个大石块一样闷，低头看了一眼手里的煎饼馃子，叹一声气，接着继续拨打徐姗姗的电话。

然而收到的依然是人工语音回复："对不起，您所拨打的电话已关机。"

"还是打不通。"乔苓很慌张，"陆光，该怎么办哪？总不能在这干等着吧？"

陆光没有直接回答她，站在背光处，大半张脸覆盖在灰色的荫翳下，继续打听徐姗姗的情况："昨天你们走后去了哪里？几点回的家？"

乔苓回忆着昨天的事情："我们出去后喝了奶茶，然后就各自回家了，具体几点，我有些记不清了。"

她的声音越来越小，似乎在为自己没能提供有用信息而暗自愧疚。

听了乔苓的话，程小时突然想到了突破点，急切问道："那你们昨天喝奶茶的时候，或者其他什么时候，有没有拍照，或者自拍？"

乔苓摸着下巴思忖道："好像没有哇。"

陆光听了程小时的话，知道他在想什么，但是此事凶险，敌人的力量不可估计，他不想让程小时再次陷入险境。

程小时继续追问："那其他时间呢？徐姗姗有没有传些自拍什么的给你？"

"一定要昨天的吗？我翻翻。"说着，乔苓开始划拉手机屏幕，在朋友圈里找寻线索。

程小时接着补充："最好在十二小时之内。"

"我们昨天晚上没聊什么呀……都是前几天的照片了。"乔苓边翻边说。

"你再找找，"程小时催促着，"没准儿哪里就漏了那么一张。"

"我在找哇,但是真的没有……"

这时,陆光朝他们两人亮出手机,屏幕上有一张徐姗姗的自拍照:"这张照片,是徐姗姗昨天拍的吗?"

乔苓认出这是徐姗姗的自拍,连忙说:"哦,对对对,昨天姗姗来之前,在门口举着手机,的确是拍照来着。原来她还发朋友圈了,我都没注意!"

昨天!

"陆光,快看看,是不是能找到徐姗姗的下落。"直觉告诉程小时这就是他们需要的照片。徐姗姗是昨天下午来到照相馆的,从那时开始推算,十二小时后可能就到深夜了,而徐姗姗正是在夜里失踪的。

陆光立刻紧盯照片,瞳色逐渐漫上蓝色,他发动了能力,迅速掠过白天,在这条长度为十二小时的轴线上,准确找到了他需要的时间段——夜晚。

徐姗姗的房间一片昏暗,仅存的亮色便是她的手机屏幕。她躺在被窝里,双手捧着手机,不时发出兴奋的笑声。

这个时间点应该是在看到董易诚挚的表白和坚定的回答后,徐姗姗开心地将自己整个人裹到被子里,想要私藏这份喜悦。

就在这个时候,房门外似乎有一声叩门的响动。她一向耳尖,留意到了,在房间里找了一圈,没能再次捕捉到异响,心里不由得犯嘀咕。

是门外的动静吗?

徐姗姗一人独居,不过胆子挺大的,她缓缓走向了紧锁的公寓门,清脆地开了锁。大门打开,走廊的金黄色光线十分刺眼,她微微眯着眼,四下环视,看不到任何陌生人。

她看到并无异样,就轻轻关门拧锁,准备穿过客厅往回走,借着幽蓝色的月光,她惊奇地发现了窗帘背后一个似有若无的黑影。

徐姗姗准备打开客厅的灯一看究竟。就在她按下开关的一瞬间,一张极其恐怖的面孔出现在她的眼前,手里拿着一把刀,快速朝她砍来。

"啊——"

在这千钧一发之际,陆光的意识被一股强劲的力量猛地推了出去,进而惊醒。

程小时和乔苓连忙上前问:"怎么样,有线索了吗?"

"昨天凌晨一点半左右,有个戴面具的人闯入徐姗姗家,并且袭击了她。"

程小时立刻大步迈到陆光面前,举起了手催促陆光:"赶紧进照片,我倒要看看……"

"等等。"没等他拍到陆光的手,手腕就被陆光轻攥住,"你准备好面对最坏的结果了吗?"

程小时在陆光逼问式的目光下,微微低下了骄傲的脑袋,半天没有作声。

最坏的结果,无疑是徐姗姗的死亡。

陆光能说出"最坏的结果"这几个字,就说明徐姗姗已然凶多吉少。

如果……徐姗姗真的被害了……

程小时几乎不敢想象,仅仅是看到Emma遇害,他就已经无法承受了。

而这次,他成为徐姗姗,不敢想象那种身在其中绝望的无力感会如何将他摧毁。

陆光缓缓松开了手,不再看程小时忧伤的眼睛。他想让程小时自己想清楚,无论他选择逃避还是直面,自己都无条件支持他。

程小时悄然抬头看了他一眼,便挪开视线,径直上了楼。

陆光把忧心忡忡的乔苓带到照相馆外,这是他第一次以这样严肃的表情面对乔苓:"就算我们能重新经历照片里的那段时光,但过去的事,已成定局。"

乔苓的眼泪逐渐漫上眼眶,快速低下头,不再言语。

"在徐姗姗遇袭的瞬间,连接就断了,"陆光忽地深吸一口气,接着说了下去,"所以她很可能已经遭遇不测。"

乔苓的身体明显颤抖了一下,指尖将手心抠得发白:"如果真是这样,程小时就必须再次亲身经历遇害的过程,并且不得不接受。"

乔苓的情感从对徐姗姗遇害的揪心,逐渐过渡到了对程小时赴险的不忍。抉择权在程小时手上,无论如何,她都会尊重他的选择。

她抬头看向照相馆二楼最左边的窗子,那是程小时的房间,他在自己的房间里默念："命运的安排。"

"给他点时间静一静吧。"陆光对乔苓说,然后他回到了客厅,静静坐在沙发上,不时看一下手表。

程小时执行过这么多次任务,其实最后收获的不只是报酬,还有诸多承载着美好瞬间的记忆碎片。这些记忆并没有让他反感,相反,他欣然将它们放置在自己的记忆库中,撑起自己的精神世界。

伟大至真的亲情,纯真美好的爱情,坚实可靠的友情……这些都让程小时的精神世界变得丰满,成为他生命中一道道希望的曙光。

另一边董易仍伫立在公司楼下,以一种近乎悲壮的姿态,一遍又一遍地打着早已烂熟于心的号码。

已经面试完的同学走出了公司,看到董易后十分诧异:"欸,董易,你怎么还在这儿呢?之前面试官喊了你好几次。"

女同学走近了些,董易才反应过来,"啊"了一声。

"哦,哦。"他勉强解释道,"我还没准备好,所以就先不上去了。"

女同学摇了摇头,转而离开:"别准备了,面试都结束了。"

董易置若罔闻,机械地重复拨打徐姗姗的手机。

"对不起,您所拨打的电话已关机……"

展览室里,一张张照片被程小时悉心贴在光洁的墙壁上,照片上的人笑得都很开心,但现实是大多已经离开这个世界了。他轻抚相片,如今已然想明白,他一定要将这个连环杀人犯绳之以法。

他会让罪魁祸首亲自来这里忏悔,他发誓。

另一边,警局会议室里,大家同样忙着寻找线索。

"肖队,刚查证了,刘旻的医疗报告没问题,他的确是瘫了。"小警员把相关资料递给台上神色严肃的肖力。

肖力接过报告,看了几眼,却一言不发。这是他第一次感觉自己离深渊如此地近,无论是时光照相馆,还是警局,都被迫卷了进去。

陈彬站在会议室门口打着电话，对面正是陆光："欸，陆光，徐姗姗家我刚查过了，没人，你提供的其他线索我也小范围先摸排一下。"

陆光"嗯"了一声，注视着手表上的时间，道谢："谢谢陈警官，麻烦你了。"

陆光将手机放下，背靠沙发，暂时放松了一下肩颈。

展览室内，程小时终于将最后一张照片粘贴在墙上，这是Emma到大城市闯荡前和父母的最后一张合影。照片里，Emma站在中间，亲切地挽着父母。

是时候该清算了。

客厅里，陆光缓缓直起身子，打量着从展览室里出来的程小时，问道："怎么样？决定好了吗？"

程小时眼神坚定："嗯，准备出发。"

程小时魂穿徐姗姗后，收回摆好的动作，若有所思地端详着手中的照片。

身旁的乔苓见状，不由得纳闷："徐仙姑，你干吗呢？"说着，她拽住程小时的胳膊催促道，"赶紧进去呗。"

乔苓突然的靠近令程小时有点慌张，连忙缩了一下："你别这样，怪不好意思的。"

陆光低声提醒道："你自己注意点，别让乔苓知道。"

乔苓没注意到好姐妹的反常，一个劲儿地拉她进门，怂恿着："哎呀，走啦走啦，试试嘛，没啥不好意思的。"

绿色的大门被悄然推开，乔苓自然地招呼陆光和程小时："出来接客啦——"

这恰好是徐姗姗到照相馆求助的那天，照片时空里的程小时一如既往地拖着长腔应道："恭迎包租婆驾……"

"到"还未说出口，被程小时附身的徐姗姗便被乔苓推进了门，一脸尴尬地面对着眼前的"自己"。

照片里的程小时开始逗徐姗姗:"欸,徐姗姗,你不去考博,怎么跑这儿来遛弯儿了?"

身为徐姗姗的程小时听到当时的自己已经开始引战,面色窘迫,心虚地问道:"这是要逼我自己骂自己吗……"

陆光催促道:"赶紧接受安排,完成任务。"

迫于压力,程小时硬着头皮走近几步,根据陆光的指示,不是很完美地复刻出徐姗姗当时的话语。

之所以不是很完美,是因为缺了太多泼辣和气势,多了不少躲闪和尿劲:"哼,我特地来关心关心社会盲……流的再就业情况。"

他大概可以想见陆光那张憋笑的冰块脸了,要他复刻原句,陆光多少有点夹带私情。

他看到自己那张帅脸上浮现出不屑的表情,嘴角带着坏坏的笑:"哎哟,原来是体察民情来了。也难怪,书读多了容易和社会脱节,理解理解。"

"徐姗姗"移开视线让自己不去跟自己对视:"没办法呀,我可不像某些人,出了校园还得靠别人过日子……"

陆光虽然暗中笑了,嘴上却很严肃:"能不能专心点啊,吵架哪有你这样心不在焉的?"

程小时心想:他的好搭档是真的不知道得饶人处且饶人!

于是"自己"照旧因为被骂软饭男而愤怒,朝他喷溅着怒火:"喂,你说清楚啊,谁靠谁过日子了?"

程小时在内心纠结了七七四十九次,最终无奈地叹了一口气。

没办法,谁叫自己敬业呢,开始跟"自己"进行了一段惨烈的口水战:"怎么,房子是乔妹供给你的,生意是陆光打理的,你不就是个吃干饭的吗?"

"我们是合作!没看明白本质之前别给人扣帽子!"

……

这回进照片,程小时的第一个任务就是扇自己耳刮子,每扇一个,他就夸自己一声真男人。

另一边的刘家宅邸。

濒近黄昏,粉蓝色的天空缀上了细碎流光,在大团云叶间若隐若现。城市繁华地带有着数不清的高楼大厦,阳光铺在钢筋筑就的楼宇上,像奶油裹上了蛋糕,一扇扇玻璃窗上浮动着柔和的光。

刘旻坐在轮椅上,单手托腮,另一只手富有意趣地摇晃着红酒杯,望着窗外之景,似乎在思索什么。

钟点工到点下班,朝刘旻汇报道:"小刘总,房间都整理完了,我先走了。"

刘旻不应,钟点工便识趣地关上门离开了。偌大的房子里此时只有他一人,显得十分孤寂。他面色颓唐,颧骨高突,再不复从前的神采飞扬;眼皮沉重地耷拉下来,醒目的黑眼圈分布在眼眶下,显得病态十足。

刘旻啜了口酒,便拿起桌上的手机,飞快浏览着新闻视频。

热点还是前几天的那些,于他毫无新鲜感。先是雀德游戏被强制执行,再是某个明星的芝麻点事,稍微往下翻,看到了令他无语的爆料。

"某富二代被传抛售所有房产……"

他笑得难以自抑,一时间仿佛扫尽了他的病气。

无知的媒体,偏激的群众,煽风点火的阿猫、阿狗……

他在心里魔鬼般低语:"为什么他们就不肯放过我呢?"他继续划拉屏幕,停顿在徐姗姗的报道页面上。

"这群臭虫,我也不会放过你们的。既然这么想红,就让她红得彻底。"他的语气冰冷下来,把手机放回桌上,嘴角得意地扯起,"你说呢?我的朋友。"


照片世界里,"爱岗敬业"的程小时终于熬过了他人生较为艰难的一个下午,和乔苓走出照相馆,轻轻关上了门。

"哼,一天不挨揍,脑瓜就秀逗!"乔苓看起来余气未消,气鼓鼓地叉着腰嘀咕道。

程小时:"乔妹,他俩是怎么做到从照片中获取过往信息的?"

乔苓面色缓和下来,解释道:"具体的我也不太清楚,每次都是他俩单独操作,神神道道的。"

接下来的话,程小时说得异常艰难:"总觉得……这个程小时不靠谱,不知道会不会做出什么不三不四的事情……"

乔苓朝她宽慰笑笑,安抚道:"嗯,放心吧,估计主要都是靠陆光,程小时就是个工具人,陆光靠谱就行了。"

工具人?!

程小时的眉头几乎拧成倒八字,眼睛瞪大了一倍。不说劳苦功高,但他起码也是每次任务不可缺少的关键吧!如果他不进入照片,深入挖掘,哪里能获得线索,侦破悬疑呢?他和陆光起码也是五五开吧?!

什么叫主要都是靠陆光?于是他直接问出来:"什么?工具人?乔苓你怎么也这么想?"

陆光咳嗽两声,示意他注意身份。

程小时艰难出声:"竟然和我不谋而合。"

行,我忍。

程小时内心想着,等任务结束他一定要让陆光亲口向乔苓澄清自己的地位,不然就罢工到过年。

乔苓没有觉察到他的情绪起伏,只是拽起他的胳膊,边走边笑道:"虽然话是这么说,但程小时这家伙骨子里其实还是有股韧劲儿的。"

他经了这冷不丁的一夸,忽地受宠若惊起来,傻里傻气地笑出了声:"嘿嘿,还真没看出来。"

乔苓微微仰头,似在思考什么,嘴角挂着似有若无的笑意:"他从小就这样,表面上什么都不在乎,吊儿郎当的,但其实……"

微风拂过她柔滑的发丝,裹着她的思绪飞向遥远的过往。

过往固然遥远,但在被回想起的那个瞬间,便近在眼前。

那时程小时尚是孩童模样,被父母遗弃在家里,他的肩头微微颤抖着,垂着脑袋一言不发。

同样瘦小的乔苓扶着门站在门口,强烈的阳光被她小小的身体挡在后面。

大人们看着程小时，或八卦，或出谋。

"你说这是怎么回事呀？这说走就走了……"

"哎哟，把孩子一个人丢下，也太不负责任了……"

"就是呀。"

"这孩子未来可怎么办哪？"

在一干忧愁的议论声里，有人提议："哎，要不我们轮流带，怎么样？"

然而很快便被否决了："开玩笑，出了事儿谁负责呀？"

又有人提议："那……送孤儿院？"

但很快也被否决了："呸呸呸，人家爸妈又没死。"

"孤儿院"三个字，推倒了程小时内心最后的壁垒。他扶着柱子想要站起来，豆大的眼泪一滴一滴地砸到地板上，牙关紧咬，指甲快要抠破墙壁。

有几个大人开始提议："我看哪，还是先联系警察吧。"

程小时再也忍不住了，他嘴唇颤抖着，像只愤怒的小兽般嘶吼道："我不要！"

乔芩明显被他这声嘶吼吓到了，一只手将伸不伸，放在胸前不知所措，紧接着就听到一句句无力的辩驳。

"他们只是出远门了，他们会回来的！

"我哪儿也不去！

"我不要你们来关心我！"

他陷入了一种近乎疯狂的偏执，将一切关于他父母的言论都贴上了恶意的标签。

"走，你们都走！"

程小时用尽全力把大人们都推了出去，乔芩也不得不退到门外，十分纠结。

"哎，你这孩子，好心都当驴肝肺了。"

"哎哟，真是，谁乐意管这种事？"

大人们在他用力的推搡下纷纷退到门口，摇了摇头，纷纷扬长而去。

只剩乔芩一人还默默立在门口。程小时转头看向她，圆圆的眼睛里噙满了泪珠,但眼神格外凶猛,下嘴唇几乎快要被他咬出血:"你也认为,我爸爸妈妈他们不会回来了吗?"

乔苓"哦"了一声,放下了扶着门框的手,似乎想了一下,接着甜甜地回答道:"不,他们会回来的,我陪你一起等。"

乔苓就静静地站在那里,仿若天使。

程小时的怒气霎时一扫而空,他勉强压制住鼻头的酸涩,不再看她,红着脸说道:"谢谢你,乔苓。"

乔苓落落大方地走上台阶,和他并排而立,一只手搭着他的肩膀:"别谢我,要谢先谢我爸。他说借你十年房租,等你长大以后重新开店,再把钱还上。"

程小时兴奋地攥着小拳头,一脸惊喜道:"哇,那我以后,岂不是要叫你包租婆啦?"

他阳光爽朗的笑声回荡在寂静温馨的街道,也回响在乔苓的记忆深处。

乔苓的思绪回到现实,笑了一下,面色逐渐归于失落:"虽然我们能尽一份绵薄之力,但之后的日子,他过得仍然很辛苦。"

程小时看着这样的乔苓,内心顿时百感交集。

乔苓在他的生命中,明面上是债主,实则一直是姐姐般的角色。

乔苓继续说:"为了让自己和正常孩子一样,为了融入大家,他竭尽全力,但是……"

但是,当他放学形单影只地走在街道上时,看到别的孩子都和父母其乐融融地踩着夕阳回家时,他会不自觉地驻足痴望。

会有不懂事的孩子嘲笑他是"没爸妈的小野兽"。

"最终还是被孤立了。"

乔苓的声音越来越小,她想到了当年大地震的时候。

程小时跑到她的房间,语无伦次地哭噎道:"新闻上说,昨天半夜发生了大地震,死了好多人……爸爸妈妈会不会也在那里?他们会不会遇上地震?会不会再也回不来了?"

睡眼惺忪的乔苓被他吓得睡意全无,但很快就恢复了温柔的表情,她摸摸这个哭到抖动的毛茸茸的脑袋,轻声安抚道:"别傻了,他们应该是去了更远的地方，一定会平安回来的。"

"乔苓，我想他们……"程小时的眼泪洒在乔苓的肩头，洇湿了一大片衣衫，"我想他们……"

历经多年，这些回忆仍未在乔苓脑中暗淡，反而愈加鲜活，难以磨灭。

"那个时候我才体会到，当他说出那句'我不要你们来关心我'的时候，心里该有多痛啊。"乔苓边走边说道，"我曾经一度担心，程小时还能不能交到真正关心他的朋友，直到……陆光神奇地出现在我们的生活里。"

在英雄照相馆彻底改头换面为时光照相馆的那段时间，程小时遇到了陆光。

高中毕业不久的程小时光荣承袭了乔苓父亲照相馆的员工岗位，在旧馆重修期间，亲力亲为地对这座伫立了几十年的房子进行改造。

当时戴着口罩的程小时正在门口刷漆。日头比较烈，陆光经不得晒，就沿着有店面遮阴的街道边缘散步，不经意地一瞥，看到了程小时。

"这么巧哇？"

专心粉刷墙壁的程小时扭过头，看见来人，不由得惊诧道："欸？陆光？"

当时在屋里整理杂物的乔苓听到了他的惊叹，也出门打量了一番陆光："这精神小伙是谁呀，程小时？你朋友？"

要知道"朋友"对程小时而言，就像天山雪莲般珍稀。

彼时陆光还不认识乔苓，他表情淡然："正好路过而已。"

话音刚落，他转过头，继续往前走。

乔苓看得出来，程小时对陆光的态度比较特别。要知道，这么多年她还是第一次听到程小时心平气和地叫出一个陌生的名字。

于是她不希望程小时失去这个朋友，朝那个即将离开的身影喊着："有空的话，过来帮忙搭把手呗。"

她只是随口一说，没想到这个人竟然后撤一步，转身面向他们。

程小时手里的油漆桶差点滑落。

乔苓则收获了意外之喜。这下子，她不仅有了个靠谱的帮手，更重要的是，她为程小时寻觅到了一个新朋友。

陆光当时帮他们打扫清理，粉墙刷壁，搬抬重物，一起完成了如今照相馆的基本布置。

经此一遇，乔苓想要留下陆光的意愿空前强烈。上天仿佛眷顾她似的，陆光后来竟主动请缨，来照相馆和他们共事。

无论是过去还是现在，在乔苓眼中，陆光都像从天而降的天使，坠落到他们生活的旮旯里，在他们最需要帮助的时候出现，并一直不离不弃。

她更知晓，吸引天使的并不是旮旯本身，而是旮旯里住着的人。

想到这里，乔苓的笑意渐浓，继续道："我当时问他，怎么就和程小时看对眼成了朋友，你猜他怎么说？"

程小时得意忘形，登时臭屁起来："不会是贪图程小时的美色吧？"

陆光警告道："说人话。"

乔苓继续说："我当时就问陆光，你到底看上我家程小时哪点了？这么多年来，你可是除我之外他的第一个好哥们儿。陆光的回答是看上程小时的天真了。"

听完乔苓的描述，身为徐姗姗的程小时顿时仰着头笑岔了气："天真是什么情况呀？！"

"陆光当时说得可认真了，而且这点我也赞同。"乔苓面色温和，"恰恰是程小时的这份单纯和直白，让人特别想要保护他。"

程小时意味深长地看着乔苓，传达自己最真挚的感谢："谢谢你，乔苓。"

乔苓被他这句莫名其妙的话整蒙了。要知道，徐姗姗和程小时可是死对头，她明明在夸程小时，徐仙姑却更像被夸的人，还朝她道谢。

她停了步，挽上徐姗姗的胳膊问道："你谢我干什么？你今天怎么了？稀奇古怪的。"

程小时这才意识到自己此时还是徐姗姗，忙里忙慌地正准备解释，乔苓却突然拽他前行，差点儿没让他摔个趔趄。

"走走走，喝奶茶去！快乐快乐！"

程小时还是不习惯乔苓挨自己这么近，别扭地嘀咕道："都快饭点了，还喝啥奶茶呀？"

包租婆为了奶茶是真的豁得出去："喝完晚饭就不吃了，当减肥！"

另一边，董易依然坐在面试公司楼下，身旁的煎饼馃子早已凉透，他始终攥着手机一言不发。

"小伙子，看你提溜着两个煎饼在楼下转悠一天了，是不是犯了错，来向女朋友赔罪呀？"旁边保安见董易还没走，十分关心他，"我呀，见多了。"

董易听了这话，看着自动关机的手机，忍不住自嘲道："我俩现在算什么关系？所以，我想等一个答案。"

进入照片时空的程小时还身处昨天，入夜，万家灯火已然熄灭，月光倾泻在街道上，绵延的路灯虽然开着，但不甚明亮。

靠着沙发昏昏欲睡的陆光是被手机的消息提示音惊醒的，他的精神始终紧绷，因此睡眠很浅。

此时是凌晨一点，最紧张的时刻就要开始了。

程小时坐在徐姗姗的床上，终于等到了骤然亮起的手机屏幕，把握住了这个象征性的时间点——徐姗姗接收陆光消息的时刻。

在这之后的半小时内，正是凶手袭击的时间。

陆光看了眼手表，淡淡开口道："距离案发时间还有二十分钟。"

他放下小臂，接着问道："怎么样，准备好了吗？"

程小时坚决点头应道："嗯，没问题。"

虽然只是短短几个字，但果敢又自信。

陆光稍微放下心来："嫌疑人潜入后会躲在厕所，等你打开灯，就会拿刀扑向你，你最好趁这个时机，扯下他的面具。"

程小时了然于心，请求道："陆光，能不能让我来主导行动？"

陆光有点疑惑："你？什么意思？"

在这个节骨眼儿上，他不敢让程小时冒险，但经历了这么多，他明白程小时不会乱来，最后答应了他的请求。

221

程小时忐忑不安地坐在床上，随着时间一分一秒地推进，他听到了异样的声音。他按照原本的时间线走到大门处，轻巧地开了锁，看了看门外。

他只是淡淡扫了一眼，就将门合上，准备最后的行动——打开厕所的灯。程小时光脚踩着冰凉的地板，走向卫生间。现在十分关键。

谁是猎手，谁是猎物，还得开了灯后才能说清。

程小时的手指碰到了开关。一点三十整，厕所灯被"啪"的一下打开，一张丑陋的面具出现在程小时面前。嫌疑人高举屠刀，在刀落下的瞬间，程小时以惊人的气力掌住了嫌疑人握刀的手："是不是很意外，为什么会早有准备？"

程小时接着说："我既然能通过她的身体和你对话，就有办法掌握你的一举一动。"

面具背后，嫌疑人的目光愈显玩味："我们来玩个游戏，今天早上十点，你会得到一条线索，明天这个时间，凭线索来找我。"

嫌疑人后退几步，再度发出可怖的笑声。

"有趣。"他忽地身体前倾，"如果我赢了，你能答应做我的新朋友吗？"

程小时只觉得恶心，后退了一步，顾左右而言他："我不会通知警察，但你们要确保徐姗姗的安全。"

按照程小时的计划，他用线索引诱嫌疑人来到了时光照相馆，并让陆光设置好陷阱将嫌疑人困在展览室里，嫌疑人不停地敲门，企图通过蛮力走出困境。

与此同时，陆光拨通电话，语速飞快："我已经把他锁在里面了……"

照片世界里的程小时面对嫌疑人，双臂做出即将合十的姿态。

"那么，游戏……"一声清脆的合掌，程小时便回到了现实世界里照相馆的展览室。他如约而至，空降在嫌疑人跟前："结束！"

# 第十一章 带着光的人

Whenever there is light, one can photograph.
—— Alfred Stieglitz

有光的地方就可以摄影。
——艾尔弗雷德·施蒂格利茨

抓住嫌疑人的计划是程小时安排的,几个小时前,他向陆光阐释了自己的想法:"你还记不记得乔苓最后打给徐姗姗的时候,嫌疑人的留言?"

陆光点头:"记得。"他无论如何都不会忘记那句——我会,如约而至。

"我有个大胆的猜想。"程小时看着自己的手,说出自己的猜测,"和他有约的,会不会就是我?"

按照嫌疑人的"如约而至",当时在场的人,必定有一人会同他有过约定,而当时在场的只有陆光、程小时和乔苓三人。乔苓基本可以排除,而陆光自始至终都没有亲自和嫌疑人打过照面,唯一的可能性,就是可以穿梭照片并且同嫌疑人有过交手的程小时了。

短短几秒内,陆光根据时空的闭环性,推敲出了这个想法的合理性:"难道说,那条诡异的短信,也是你给自己留下的时间坐标?"

程小时点头道:"没错。按这个思路倒推来看的话,上午十点徐姗姗的微信说过,线索收到,我的新朋友。"

那条线索便是时光照相馆的位置信息。

程小时渐渐明白了:"一切,就都连上了。"

陆光曾经说过,无论事件循环多少次,细节如何改动,都无法改变最重要的节点。

如今基本确定的是,如果程小时没有魂穿徐姗姗,就不会有那句"我会,如约而至"。

陆光接着问道:"那你准备怎么做?"

程小时思路清晰:"提示少许线索,引发他的好奇,将他带入局中。我会将昨天早上十点乔苓发的短信作为提示。像这种犯案滴水不漏的变态,一定能从短信中找到线索,等他顺着诱饵上钩以后,就能使出下一招——请君入瓮。"

只要嫌疑人进了照相馆,那么一切就都好办了。

陆光尚存疑问:"他凭什么会走进你设计好的陷阱?"

程小时一副志在必得的模样:"就凭我们店里的感应门铃。"

感应门铃,正是那个每天都会叫嚷"老板里面请"的红外线装置。在进入照片前,程小时拿走了柜台摆放的那只憨态可掬的招财猫,在展览室里用自己的声音录下了"你还挺守时呀"这句话。

只要他一进门,红外感应的电磁波就会让招财猫播放录音——"你还挺守时啊",成功营造出程小时在场的假象。

陆光扭头走进昏暗的展览室里,感叹道:"原来你一下午在暗房里磨磨蹭蹭,是在准备这些。"

程小时明显感知到了陆光这句话里的赞叹,笑着说:"得到你的认可,真是太不容易了!"

不过陆光还是有点疑惑:"但还有个问题,即使能抓到和我们通话的人,又怎么证明他就是连环嫌疑人呢?"

程小时沉声道:"这是计划里最精彩,也是最危险的一部分。"

验证的环节,现在正式开始了。

程小时准时出现在展览室里,嫌疑人不自觉地后退一步,不可思议道:"原来真的是你,那天的目击者。"

程小时开口怒斥:"你这个把滥杀无辜当乐趣的人渣!"

嫌疑人警惕地同他周旋,没有丝毫怯意,攥刀的手搭上面具:"滥杀无辜?我才不会做那么没有价值的事情呢。"

程小时的拳头狠狠砸向嫌疑人的面具,他没有给嫌疑人喘息的余地,持续打了好几拳,嫌疑人轻轻哼笑了几声:"一点都不痛。"

"不见了?"等嫌疑人抬头时,房间里只有他一个人,这反而让他更加亢奋,"终于找到我真正的朋友了。"

陆光报完警后,一直紧贴房门,持续留意着屋里的所有声响。

其实在嫌疑人到来之前,为了谨慎起见,陆光提前看了程小时布置的陷阱。

陆光一进去就看到满墙的照片:"这些都是……"

"我在各种社交账号里找到了不同被害人生前的照片,把它们贴满暗房,我就能借此来回穿梭,来去无痕。"程小时继续冷静分析道,"一个追求完美犯案的人,怎么受得了我这般戏耍,一旦被激怒,势必会露出破绽,而且我要他在所有被害人面前,低头忏悔。"

陆光很开心能看到程小时亲自策划出这个方案,对他的飞速成长感到欣慰。程小时的身体里蕴藏了太多能量,即使是陆光也不知道究竟有多大。

程小时的这个方案有三个目的:第一,他要通过这些照片来验证嫌疑人是不是连环杀手;第二,嫌疑人带刀,进入照片能降低他受伤的风险;第三,就是让他忏悔。

没错,消失的程小时其实是进入了照片。他先进入了一张情侣合照,男朋友是个拍照菜鸟,没有把笑靥如花的女朋友拍好,引得女孩抱怨着:"你这拍的是什么呀,都只顾自己,只给我拍进去半张脸。"

男生一脸无措:"那,那给你,你来拍吧。"

然而调试摄像头时,女孩还是决定把这活撂回去:"哎呀,我手短,摆得近容易把脸拍大!还是你来,你来!"女孩晃晃手机,示意男友拿走。

男孩怔怔地看着女孩,灰色的瞳仁里闪过了碎金般的光。

女孩见他没反应,歪头"嗯"了一声,靠近一步,没好气地问道:"大猪头,你在那儿发什么呆呢?"

程小时就在刚刚进入了男孩的身体,不过他没有回应女孩,浅淡一笑后,便恋恋不舍地合掌,他要去惩罚剥夺这一切美好的恶魔了。

程小时从照片里出来后就站在嫌疑人身后,对方反应极快,但快不过程小时的拳头。在他转身之际,下巴便遭受了这狠狠一击,磕到了桌角。

"嘿嘿嘿……"嫌疑人先是低头笑了几声,紧接着抬头,嘲讽问道,"我为什么要忏悔?我做错了什么?"

他攥着刀,扶着桌面勉强站起,注意到程小时看他的目光极具恨意,像即将扑杀而来的狼。他在立马就要被人咬破喉管的直觉催动下，猛地朝程小时捅过去。

程小时进入第二张照片。他进入了一个女孩的身体，正拿着相机给一只笑容憨厚的萨摩耶拍照。

"你爸妈催婚催得这么急，你倒挺淡定的。"身旁的闺密调侃着。

"哎呀，结不结婚有那么重要吗？来，卷卷坐好，让妈妈给你拍个照。"女孩没当回事。

"我看啊，你就跟它过一辈子算了！"闺密忍不住调侃。

没想到，几天后女孩会被杀害。阴雨连绵，墓园里，闺密抱着卷卷含泪站在女孩的墓碑前。

程小时退出照片再次出现在嫌疑人身后，又是重重的一拳。嫌疑人即刻挥刀奔去，程小时却再次消失在他的眼前。

这到底是……什么戏法？

嫌疑人捏紧了刀，显然厌倦了这种无聊重复的戏码，而这恰好达到了程小时的目的。急必乱，程小时要让他自己承认罪孽。毕竟这是一个特殊的任务，他们需要嫌犯自己说出杀人经过，这样才能作为证据送给警察。

程小时合掌后，进入第三张照片。

礼堂大厅中，讲台上的女孩正在主持活动："各班学习委员请在会后到办公室集合，领取月考试卷以及成绩单。再见，谢谢大家。"

程小时正高举着手机拍照，却冷不丁地被大力拽走："学校开大会是多么严肃的事，你倒好，偷偷摸摸拍女同学，害不害臊！"

原来是一脸严肃的教导主任。

显而易见，他魂穿的这个男同学应该暗恋着方才台上演讲的女同学。

女同学已留意到了男同学被抓包时的糗样，偷偷捂嘴笑。

青涩的校园暗恋。

然而，没想到男同学很快便遇害了。

"这里的一张张照片背后，都是被你毁掉的一段段人生！"程小时闪现在嫌疑人身后，一边暴打一边说，"那些受害者到底做错了什么？"

嫌疑人看起来是在被动承受,殊不知他一直在观察程小时消失的规律,这一次他终于看清楚了——原来如此,是通过拍手啊。

程小时进入的第四张照片是 Emma 和父母合影的场景。她离开家乡前,一家三口在覆了一层薄雪的木桥上照相留念。

闪光亮了一瞬,随后清脆地"咔嚓"一声,这美好的一幕就被永远定格了。

"看看拍得怎么样,有没有闭眼睛。"Emma 笑着跑到三脚架前,迫不及待地去看成品,"哇,这次拍得挺好的!回去再修一下,我要发一条微博!"

Emma 拿着相机走向父母,像小孩子似的邀功,急不可耐地把底片给父母看。

"你们小年轻,怎么老喜欢发东西到网上?"母亲一边看照片,一边不解地嘀咕道。

没等 Emma 回答,背着手的父亲就开始"教育"妻子:"你懂啥,这叫晒,你不也老是把闺女给你买的那件名牌毛衣穿在身上到处显摆?"

母亲瞪他一眼,反驳道:"那能一样嘛,我这就小范围地给街里邻居看看。"

Emma 看着一言不合就开始互相给对方讲道理的二老,脸上洋溢起无比幸福的笑。

回到现实世界的程小时瞪着嫌疑人,如果没有法律,他一定把此人碎尸万段。

不过即使到了现在,嫌疑人仍是一副无所谓的姿态,程小时非但没震慑住他,反而令他越发起劲。他肆无忌惮地笑着,十分藐视程小时的这一系列操作。

程小时忍无可忍,拽着他的领子,冲他歇斯底里道:"剥夺一个人的生命,就是摧毁更多人的幸福!这些无辜的受害者,因为你要承受多么巨大的痛苦!"

门外的陆光将这一切都听到了心里。

"程小时,再坚持一会儿。"陆光默念。

警车正在路上，即将抵达照相馆，再坚持一小会儿，嫌疑人就无路可逃了。

"我在意的是你。"房间里的嫌疑人平躺在地，程小时以迅雷不及掩耳之势，果断摘下了他的面具！

面具之下，那个人就是刘旻，他不紧不慢地说："那些人过得好不好，跟我有什么关系？"

程小时盯着这并不陌生的面孔，咬牙切齿道："果然是你！"

刘旻瞳色血红，阴险的笑渐渐浮现："你错了。"

原来，刘旻刚刚只是假装被驯服，实际上他力量极大，轻松就把程小时按倒在地。

一时间，两极反转，刘旻继续补充道："想杀他们的并不是我，我只是代为行动而已。"

程小时厉声质问："你刚才说的话，是什么意思？"

刘旻俯身贴近程小时的耳畔，低语道："那些人，的确都是我杀的。"

刘旻的力道越来越大，程小时一边抵抗身体的束缚，一边嘶声问道："为什么要这么做？"

刘旻撑起手臂，轻描淡写道："因为憎恨、妒忌，又或是愤怒。随便吧，反正都不是我的本意。"

他略显得意，扬起下巴，言语越发肆无忌惮："而且这世上也没人能把我抓住，我又有什么好顾忌的呢？"

"是吗？"程小时的声音骤然洪亮，"他都招了，抓人！"

门外响起嘈杂的命令声，警察已在门外等候多时，刘旻却毫不畏惧，有恃无恐地笑起来。

门被"砰"地踢开，紧接着是肖力的吼声："刘旻！果然是你！"

被制服在地的刘旻没有挣扎，没有唾骂，只是低声嘲讽道："干得不错，我更欣赏你了。我们会再见面的，到时候，可别再耍赖了。"

程小时浑身酸痛，在陆光的搀扶下缓缓站起身来，而肖力已经开始指挥队友收集证据了。

多辆警车连同一辆救护车将本不宽敞的街道堵得水泄不通，周围的邻居干脆也不睡了，纷纷下楼吃瓜看戏。

刘旻被架着走出照相馆，不过此时他的腿却像被抽了骨头一样，直直地往下坠。

"站直！现在装瘫子已经来不及了！起来自己走！"押解他的警员大声警告。

同方才有恃无恐的模样截然不同，此时的刘旻一脸沮丧，不知什么时候收起了邪性的笑，眼睛回归无神空洞的状态；腿像真的有什么毛病一样，警察严厉地斥责后，依然难以站直。

他很快就被戴上手铐，送入了等候已久的警车里。

陆光和程小时在肖力逮捕刘旻后，再没看他一眼。此时他俩站在门口，和陈彬面对面交流。

"虽然你们把他逮住了，但这种做法可不鼓励，"陈彬背靠车门对着陆光和程小时，一反常态，略显严肃，"以后要尽早通知我们。"

陆光淡定回复："抱歉，我们也是才察觉到他可能会来找麻烦，所以采取了临时措施。"

时间有限，陈彬暂且放过了这件事，补充道："我们同时派人排查了刘旻的其他住所，在一栋别墅的车库里找到了徐姗姗。她人没事，就是受到了一些惊吓。"

"程小时，陆光！"与此同时，乔苓不安地呼喊着他们两个，她穿着睡衣一路小跑过来，紧张得满头是汗，"你们没事吧？"

陆光朝她微笑，以平定她的不安，接着温声道："嗯，我们还好，姗姗姐也找到了。具体情况，回头我再跟你细说。"

听到这个好消息，乔苓慢慢松了口气。陈彬站在一旁，看到陆光这么淡定，不由得冲程小时感慨着："这陆光，成熟得就不像个孩子。"

程小时的心思跟他不在一处，没接他的话头，开口道："陈警官，有件事想麻烦你帮个忙。"

抓获刘旻似乎没有给程小时带来多大的喜悦，他莫名觉得事情还没结束，放松不起来："我还是很在意Emma那个案件，可以的话，能不能……"

陈彬听完程小时的想法，短暂地思索后，缓缓点了头。

这是个不眠之夜，市局大楼灯火通明，宛若白昼，因为押送回了本年度的重量级犯人——刘旻。上面给的指令就是，立即审！

刑警队长肖力被任命为主审警察，亲自对这个狠角色展开紧急审讯。

"刘旻，你别在这儿给我装疯卖傻！"审讯的过程不是很顺利，刘旻说的话全都不在点子上，甚至开始否认罪行。

肖力猛地从椅子上站起，双手扶着桌子，居高临下地瞪着刘旻："之前你在照相馆说的话，我们在门外听得一清二楚！"

然而刘旻看起来不像是演的，光打在他的正脸上，毫无血色。他表情木讷，声音低落，同之前在照相馆里持刀行凶的恶徒几乎判若两人："警察同志，我真记不得了，谁说的你问谁去。"

肖力面对这个无赖，恨到咬牙切齿："徐姗姗是在你的车库里被发现的，你还敢说连环案的凶手不是你？"

面对警察的逼问，刘旻毫无生气地僵坐着，看着气急败坏的肖力，过了一会儿，才缓缓开口道："如果我告诉你，这些都是我一个朋友干的，你信不信？"

肖力熬了这么久，总算等到一条有用的信息。这小子果然有帮手！一个人完成这么多起案子的可能性不大，他们很早就猜测，这并非单独作案。

"好哇，你还有同伙！"肖力站起身，把纸笔摔在桌上，"按作案时间顺序，把你知道的都说出来！"

刘旻叹了口气，视线落在桌上的几张照片上，看到了 Emma 的脸："这个臭婆娘，我倒是记得清清楚楚。"

他盯着照片目不转睛，嘴角挂着一丝笑意。


为了保护案发现场，肖力走后，照相馆门前依然有两辆警车守护在此。

乔苓此时端坐在二楼的沙发上，认真听完了陆光对整件事的复盘。

"大概经过就是这样，程小时计划了这次抓捕。"故事的结尾，陆光特意夸了一波程小时，这样也能提升程小时在乔苓心里的形象。

果不其然，乔苓不吝赞美："哎哟，程小时，看不出来你还能靠谱一回。"

程小时一直心不在焉地坐在边上，这时听到乔苓喊他，勉强挤出几丝笑意，回道："啊，还好吧。"

这要是在往常，程小时的尾巴早就翘到天上了，甚至都不用乔苓表扬，他自己就会往脸上贴金。这次他确实立下了汗马功劳，却也不一样，有很多谜团他还没解开。

乔苓看他状态不佳，关切地问道："你怎么了？一直心不在焉的。"

程小时自然而然地说出了内心的纠结："我还有个疑惑一直没找到答案，就是 Emma 那起案件中，刘旻的不在场证明。那样的话，杀害 Emma 的凶手，会不会另有其人？"

正说着，手机就亮了。陈彬按照他的请求，截下了 Emma 生前的监控照片，并叮嘱"切记不要传给第二个人"。

程小时点开照片扫了两眼，就果断把手机给了陆光："我问陈警官要来了 Emma 生前的监控照片，陆光你看看，能不能查明死因。"

陆光接过手机，发动了能力。

与此同时，审讯室内刘旻面无表情地侧着头，有气无力地口述道："这个叫 Emma 的，在我们公司财务部上班，刚来没多久就被提拔到了财务总监助理的职位。"

来回踱步的肖力听见他忽然开口，且说的是正事，立刻停住了脚，继续听下去。

"本来只是想吓吓她，唉，没想到……"刘旻笑意渐深，腰背俯得更低，几乎快要贴上桌面。

他回忆起那天，在几乎快要掐死这个素不相识的女人时，后备厢忽地传来一阵噪声，他赶忙松了手下车查看。

"当时我吓坏了，以为错手杀了人，还被谁发现了。"说着，他被手铐禁锢的双手抱住了脑袋，似乎再次沉进了恐惧的情绪里，"但后备厢里竟然空无一人，我怀疑是自己撞了鬼。"

肖力听这人鬼扯似的讲完，眉毛抖了抖，大声呵斥道："我怎么听着

232

你这还是在忽悠我呢？啊？那吴丽华最后到底是怎么死的？"

刘旻收起吊儿郎当的模样，顺着肖力的问题陷入当时的情境中，表情显现出几丝严肃愁苦："我着急忙慌地上车，想把那个女人送去医院，但是……"

但是事与愿违。

回忆里，当时的刘旻十分紧张。如果 Emma 真的死了，那这就是他第一次以个人意志杀人，况且这是一个行踪确定的人，但凡出了什么差错，警方很容易查出端倪。他的心几乎快跳到嗓子眼儿，冰冷的双手机械地操控方向盘，速度几乎加到最大。

然而就在这个时候，Emma 骤然苏醒，也不知道她哪里来的力气，艰难往前挪动，想要拔车钥匙让车停下来。

刘旻敏锐觉察出后方的动静，扭过头正巧对上 Emma 的眼睛。他面色煞白，猛地松开方向盘，悚然大叫："鬼啊——"

接下来，人仰车翻。看到这里，陆光将视线从照片上移开，对着程小时摇头，轻声道："那座废弃的桥只有一个探头，监控视线范围太少，我只看到了满身伤痕的 Emma。"

审讯室内，刘旻感情充沛地继续描述事件经过，一副心有余悸的模样："我当时以为死人诈尸了，吓得方向盘都握不住，那个臭女人还扑了上来！"

苏醒不久的 Emma 用尽全身气力拉拽着刘旻的胳膊，声嘶力竭地呼喊："让我下车！让我下车！"

刘旻下意识腾出双手推开她，却没意识到车子还在行驶。当他再次回过神时，整辆车处于漂移状态，不受控地撞上了一堵厚实的墙，一切都天旋地转起来。

"车就这么撞了。"刘旻趴在桌上，恶狠狠地补充，"之后我不省人事，这腿也是拜她所赐！"

队长走出审讯室。

"肖队，怎么样？"看见上司心事重重地从审讯室里走出，陈彬连忙迎了过去,"都交代了吗?"

肖力的表情显然不像审讯顺利,他摇头道:"一直嚷嚷着都是他一个朋友干的,和自己无关。"

陈彬思忖几秒,给出一个可能性:"会不会是精神分裂,或者是多重人格呀?错把自己的另一个人格当成了朋友?"

肖力再次摇头,坚定否决:"不可能,医生都出证明了,说他精神情况良好。"

"欸?说到医生证明,他不是应该瘫了吗?"陈彬忽然想到这点,抛出一个细思极恐的问题,"那他是怎么跑进照相馆的?"

照相馆内,面对陆光给出的有限信息,程小时思忖片刻,还是想再进照片看看:"陆光,让我进照片去查明真相吧!"

他将手掌平摊在陆光眼前,这是执行任务的信号。

陆光并未立刻答应,而是静静审视他坚定的面庞,半晌,平淡开口:"真相,不一定能给你最好的答案。"

程小时面不改色,手也不曾颤抖一下。

一旁的乔苓则兴奋地看着二人:"这次也让我亲眼见识一下。"

程小时见陆光迟迟没跟他击掌,知道对方这是需要自己给出理由:"但Emma的命运是因我而改变的,所以明知不行,我也想再试一次。"

没有回头的余地了。

陆光将手伸出,清脆的掌声响起,他的手指划过小时温热的手心,决战已然拉开序幕。

来到照片世界。

车子侧翻后,不知过了多久,夜间潮气弥漫,摔得稀碎的车门被轻轻推开,Emma艰难地逃出来了。血迹染红了她的衬衣,她踉跄站起,目光所及是一片陌生的荒地。

刘旻满身是血,在车中难以动弹,嘶哑痛骂道:"臭婆娘,我不会放过你的,我要整死你们全家!"

Emma 没有理会他，执着地掀开后座碎裂的车窗，将身体探进去，在玻璃碴中，找到了自己的手机。但手机目前已经关机了，无论她怎么努力，手机都无法正常使用。

　　手机那头是她最爱的父母。

　　她该怎么办？他们还能团聚吗？

　　月光怜悯般洒在她单薄的脊背上，痛哭过后，巨大的绝望席卷而来。鞋子没了踪迹，泥灰裹满她的脚底，但她浑然不觉，只有些许泛黄的回忆涌进大脑。

　　那时的她还扎着俏皮的双马尾，穿着妈妈亲手做的袄子，换上了爸爸从城里买来的新鞋，来回蹦跶着欣赏。

　　"这鞋有啥好的？"妈妈看着蹦蹦跳跳的女儿，不解地问道。

　　爸爸站在一旁维护着自己的女儿："哎呀，你懂啥，这叫潮。"

　　妈妈一直对爸爸乱花钱有意见："原来潮就是比谁买的贵呀。"

　　女孩快乐地转了个圈，看着她爱的爸爸妈妈，笑靥如花，一字一句说出了自己的承诺："等我长大去城里赚了钱，把你们从头到脚都按最潮的标准包装起来！"

　　但是长大后的女孩还没有履行承诺便丢了工作，处境落魄，不再是父母过年走亲访友时口中那个有出息的女儿了。

　　"俺们家丽华，现在在那个好德游戏公司当高管了。"父亲曾经骄傲地朝亲朋好友夸耀着女儿。

　　"爸，是雀德游戏。"Emma 稍显局促，拽着他的袖子提醒道。

　　"欸，一样。"父亲不以为意地笑一下，继续对七大姑八大姨夸闺女。

　　面对亲戚们的称赞，Emma 难为情地低下头，小声解释道："目前还只是财务总监的助理。"

　　一听这话，母亲更兴奋了，连忙朝身边人骄傲道："听听，都带'总'了，还管财务哩。她小的时候哇，整天说要去城里赚钱给俺们花，你看看，现在不就出息了……"

　　父亲欣慰地笑着，温暖粗糙的大手紧紧握着她的小手，沉甸甸的父爱就这样毫无保留地放在了她的手心："俺闺女，有出息哩！"

235

Emma 至今都记得父亲的眼神。那张因奔波忙碌而沧桑的面孔上，镶嵌着满是爱意且亮堂的眼眸，而这些爱毫无保留地给了他最爱的女儿。

然而欢乐并非生活的常态，更多时候，生活是无奈的，不尽如人意的。

初入职场的 Emma 年轻漂亮，上司动了歪念头，屡次刁难她。

"嗯……朱总，我不会喝酒……"应酬的餐桌上，面对上司的敬酒，她尽力拒绝着。

"喝酒需要学吗？"朱总诧异地看着她，看似无害的面皮下却尽是不怀好意。

他一起头，满桌的职员都跟着起哄：

"对啊，喝酒还要学吗？"

"喝了不就会了吗！"

"朱总的酒都举酸了。"

酒被推得越来越近，哄乱的人声也越喊越烈。

"喝一个！喝一个！"

……

"被提拔了，喝杯酒感谢一下，总是应该的吧？"朱总耷拉着眼皮瞧着她，像是打量猎物般，危险地靠近了些。

在重重压迫下，Emma 接过了酒，勉强笑了一下："谢谢朱总。"

众人的欢呼接连不断，她的笑容转瞬即逝，视线落进杯中晃荡的液体，像是喝药般眉头紧皱，仰面将杯饮尽。

"就是能喝的！"

"对吧，隐藏实力啊这是。"

"再来一个！"

"北方来的，哪有不能喝的呀！"

众人的欢声笑语淹没了她微喘的咳嗽声，大家继续起哄，Emma 忽地感觉这一桌饭菜是如此地脏。

"哎，再来一个呀！"

"来一个！"

……

狼藉一片的餐桌上，醉鬼们高谈阔论，抑或是讲些风流韵事。Emma勉强维持住清醒，比起酒意，她心里更浓的是悲意。

消息提示亮起，母亲在这时发来了问候："闺女呀，最近都还好吗？"

她停顿一下，快速打出"我很好"，发送过去。

手机的另一头，满怀期待的母亲收到了女儿一切都好的回复，欣慰地扬起嘴角，手机却冷不丁被一旁的丈夫收走。

"哎呀，好了好了，闺女忙着呢，没事别老打扰她！"

母亲"欸"了一下，幽怨地瞪丈夫一眼，又把手机拿走，恋恋不舍地看着屏幕，却没有再发送什么。

"我就是怕打扰她，已经少发很多了。"

Emma知道母亲每天都按捺着满腹的思念，聊天消息虽少，却都很重要。这些文字不同于工作文书中那些冰冷的语言，每一个字、每一个表情都糅合了家人的爱与挂念。

如今手机屏幕裂了，再也传达不出有温度的信息了。

Emma麻木地立在冷风里，心如这屏幕般伤痕累累，她颤抖着抽噎，眼泪无声坠落在手机屏幕上。

她缓缓走到大桥上，手机不小心直接从桥上掉了下去，一眼望下去就是深渊。Emma跨过防护栏，几乎没有犹豫，便要一跃而下。

人生既然已经这么烂了，那就以最烂的结局结束吧。

这未尝不是一种躲避痛苦的方式！

"Emma！"

在她即将如鸟儿般凌空时，这声呼唤将她震醒。她慌张无措地抓住栏杆，勉强维持住平衡。

凌晨五点，天色渐渐亮了，Emma缓缓转过身去，看到的是一位素不相识的青年。

"你是谁？"Emma不安地问。

程小时停在她面前，并未自我介绍，而是低头："对不起！"

Emma不明所以地睁大双眼，程小时继续补充："你今晚的不幸，都是我造成的！有个人告诫过我，不能改变过去，但我当时没听，自以为替你给母亲回消息能让你们更幸福！"

"那条短信，是你替我回的？怎么可能……"Emma回忆起那日自己不曾发过的短信，抱住冰冷的手臂，大声质问，"你到底是谁？"

程小时坦诚相待："我叫程小时，拥有通过照片回到过去的能力。我回到这里，是想弥补自己犯过的错。"

Emma望着这般恳切的程小时，像是抓住了救命稻草般，不顾一切地问道："如果是真的，那可不可以帮我回到最初？"

话没说完，她便不能自已地弯腰抽泣，言语在急剧伸缩的声带里近乎破碎："让一切从头……"

现存的回忆，是如此不堪回首。

当初，不谙世事的她抱着存疑的账单，略显不安地询问上司："朱总，我们为什么会有两套账？"

她犹豫了一下，还是将自己的疑问全盘供出，尽管她基本猜得到这是为什么。

"而且另外那套账里，固定资产折旧的数额高得离谱。"

面对助理的疑问，朱总没有过多惊讶，而是笑了笑，没有回答她的问题，开始说教："Emma，你学得快，又细心，但社会经验这块儿还是差太多。"

他道貌岸然地扶了下眼镜，接着意味深长地道："有些账，不是靠学习就能算清楚的。"

Emma急起来："但这分明是在做假账！被发现是要……"

没等Emma将"坐牢"两个字说出，朱总便直接替她说了：

"儿子偷老子的钱，要坐牢吗？刘旻早被他爸断了经济来源，想让我帮他在他老爸那里弄点儿零花钱，既能卖个人情，又能收到过路费，我何乐而不为呢？"他坦荡地说出这些，面上挂着理所当然的微笑，足见此人厚颜无耻的程度。"而且说穿了，这是他们家自己的事，法律也管不着。"

最后朱总决定拿出撒手锏，从口袋中掏出一张信用卡，不慌不忙道：

238

"最近你加班也辛苦了,这是给你提前发的奖金,你也多存点钱,在市里买套房,早点把你家里人接过来吧。"

她的人生,大概就是从接受那张信用卡开始误入歧途,最终沦落到现在这般田地的。

如果能再来,她再也不要来到这座城市了。她好想回家陪伴父母,哪怕薪资微薄,哪怕没有所谓的大城市有出息,但能守着这份平凡与温情,于她而言便足矣。

"我也想回到过去,退还那些赃钱,拒绝姓朱的骚扰……"冷风吹乱了她的头发,Emma 恳切地诉说着,"开始新的人生!"

程小时知道她的不容易,但每个人不都是这样嘛,他开始劝慰对方:"我经历过很多不同的人生,几乎每一段都有遗憾,而每一次即便我努力了,也不一定能得到完美的结果。"

年复一年地刻苦训练,却仍未能战胜武林高手;天灾面前无能为力,无法营救注定要离开的至亲好友。

"也许我无法还你一个最好的过去,但我不能让你错失一个更好的未来!"程小时上前一大步,向深渊边缘的 Emma 伸出了拯救般的手。

Emma 却后退了一步,抱紧自己颤声啜泣:"未来,我哪还有什么未来!"

程小时温柔地看着她,眼前闪现出曾经一幕幕难忘的情景:

"这都是我在那些努力活着的人生里学到的。

"有些人,为爱坚守了一辈子。

"有的人迷惘过,才又找回了丢掉的自我。

"有的人用生命告诉我,何为父母。

"而有的人,也终于等到了一个答案。"

程小时深吸一口气,继续激发 Emma 对生的渴望:"我相信,每段人生都会有努力活着的理由。"

看到 Emma 的犹豫,程小时果断再向前几步,继续发力:"即使会有身处黑暗的时候,也终会遇见那些带着光的人。"

在他孤单落寞的时候,其实只要抬头,就能看到携光而来的人,那便是乔苓和陆光。

曦日东升,映照出程小时柔和的轮廓。Emma 站在逆光处,把这份温柔看得很是清晰。

程小时朝这个绝望的女孩伸出了手,而 Emma 也遵循着他心里最美好的结局,往前挪动了一小步。

程小时和 Emma 中间隔着一个栏杆,看着程小时诚恳的眼神,Emma 终于卸下所有防备,将满是伤痕的手缓缓伸向他。

程小时欣然微笑,这一次,他终于救下了想救的人。

现实世界里的陆光不敢相信自己的眼睛:"怎么可能?死亡是无法改变的重大节点。"

救下 Emma 的程小时坚定地说:"你不是说世事无绝对吗?"

这是陆光第一次碰到这种情况,直觉告诉他,事情没有这么简单。

任何强行改变时间轨迹的行为,最终都会遭受应有的惩罚。

这时乔苓端着一盘苹果走了过来,看着陆光一反常态的神色,疑惑问道:"嗯?在和程小时说话吗?"

她刚缓缓放下盘子,眼瞳就瞬间变成了红色,陆光丝毫没有留意到危险已经来临。乔苓悄然拿起了冰凉的水果刀,悄无声息地朝他迈步。

与此同时,站在程小时面前的 Emma 突然抽回了即将落下的手,在程小时惊恐的注视下,Emma 的眼瞳逐渐涌上鲜红,血气四溢。

这不是 Emma!程小时看到了她脸上浮现出的似曾相识的邪笑,这是他曾在刘旻脸上看到过的表情。

"Emma"开口说道:"没想到,还会有目击者,有趣。"

程小时一瞬间怔在原地,语气颤抖:"这个语气……"

陆光的神色同程小时无异,一个可怕的念头冒出:"难道说……刘旻只是傀儡,真凶另有其人?!"

有医院确诊瘫痪的证明,却仍能下床正常行走的刘旻说,幕后真凶不仅拥有和程小时相似的附身能力,还会继承他们本体的思想,也包括力量!

"该不会也是……"

就在最终谜底呼之欲出的时刻，下腹传来一阵刺痛，被真凶附身的乔苓将水果刀插进了陆光的身体，同时挑衅着："你是他的朋友吧？"

"乔苓"语气森冷，握刀的手又推进几分。

陆光的喉间漫上血雾，半天才溢出几个简短的字节："你也是……"

你也是，超能力者。

陆光咬牙支撑着身体，却不知道照片中的程小时也正在经历巨大的绝望——Emma 当着他的面，纵身一跃而下。

而警局内，刘旻忽然发了狂似的，靠着椅背用镣铐的链子紧勒脖颈，企图自杀。

他们的双眼无不呈现悚然的血色。

在生命的最后一刻，Emma 眼中的血红逐渐散去，满眼都是疑惑、无措和恐惧。

在这极限的一瞬间，程小时回到了现实，仿佛刚刚经历了一场梦魇，跪在地上大口大口地喘着气，然而他很快就意识到了气氛的不对劲。陆光怎么什么话都没说？怎么会这么安静？

他猛地抬头，看到陆光昏倒在坐垫上，而"乔苓"持刀邪笑，像是对自己的作品很满意。

"这不是乔苓，附身乔苓的是导致 Emma 死亡的真凶！陆光，陆光……"程小时的精神濒临崩溃。

"乔苓"缓缓转身，笑着对程小时说："这是对你上一局耍赖的惩罚。"

冷汗滴落在程小时的睫毛上，现实世界的一切都凌乱破碎在他的眼前，亦真亦幻，几乎快要昏厥："你到底是谁？！"

"乔苓"并未答复他，而是像个恶作剧的孩子，信步走近些，双眸闪烁猩红，仿佛是地狱来的审判恶魔，趣味盎然地歪头宣布："游戏，重新开始。"

我该怎么做呢，陆光？

游戏开局，他已然损失惨重。

他该如何求索？如何翻盘？

## 番外一　比武招亲

Not searching for unusual subject matter but marking the commonplace unusal.
—— Edward Weston

我不是专门去搜索那些不寻常的题材的，而是要将寻常的题材变成不寻常的作品。
——爱德华·韦斯顿

仲夏的日子无比难熬，尤其正午的太阳烧得最旺。山间的阶梯宽敞无尘，两边没有任何树木遮挡，每一块砖都暴露在炙热的阳光下，踩上去都能明显给脚烫一下。

半山腰间，一名身材消瘦的青年正拖着沉重的步子往上迈，颤巍巍的身影在强光下更显孱弱。他不知已经走了多久，身后仿佛拖着一块大石头，每上一层阶梯都要费很大的力气。

他此时紧咬后槽牙，还在努力往上爬。越接近山顶，他走得就越艰难，尽管他察觉到自己的体力几乎透支，可他的心里始终有股力量在暗中支撑着他，不要停，上去，再上去。

脊背上的汗已把深蓝色的练功服浸湿，裸露的胳膊上那一片片触目惊心的晒伤痕迹让人看得心疼。

就这样走着走着，不知道过了多久，他终于停下来，扶着膝盖大口吐气，休息一会儿后缓缓直起腰继续前进。他被晒得满脸通红，但目光异常坚定。

头顶的烈日忽地隐入云层，而他的思绪在这极端的酷暑里，偷偷溜进了短暂的回忆。

回忆里的青年还只是一个面容青涩的中学生。他叫思文，并且人如其名，斯文内向，因为个子相对矮小，经常被班级里提前发育长个的男孩子们嘲笑。

有一天午后的课间时间，班级里的女同学几乎全都出去自由活动了，只剩几个聚在一起八卦；男孩子更是全都不见踪影，除了沉默寡言的思文。

思文大脑空空地盯着桌面，忽地想透透气，便起身往教室外走。

244

"唉,这个月处女座要倒大霉了,诸事不顺!沙加,你要当心点哦。"这个年纪的女孩子普遍对星座塔罗感兴趣,会聚在一起用这个测近几天的运势,玄玄乎乎、神神道道,跟同伴交流得不亦乐乎。

"我听说买水晶可以辟邪挡煞,下了课……要不我陪你去逛逛?"

"哇,这个月……摩羯会遇到贵人!"

女孩子轻快的嗓音怀揣着满满的兴奋,继续问:"欸,我们这儿谁是摩羯啊?"

此时思文刚好路过这些扎成堆的女孩子,听到她们叽叽喳喳的讨论声,却没承想自己会忽然被人叫住:"欸,刘思文,你生日不是一月二日吗?是不是摩羯的?"

思文在班里被男生排挤,白嫩的外表使他缺少了些许阳刚气,因此女生们也都没怎么把他当作寻常男孩子避嫌。

要知道,这个男孩可是比女生都容易害羞的,因此大家就经常打趣他,不过实属无心,没有恶意,只是来自异性的过度热情会让他感到恐惧不适。

思文脚步一顿,甚至不敢侧头看向这些女孩子,在女孩子们银铃般的欢笑声里加快步伐狼狈逃走了。他一向应付不了两人以上的场面,这会使他敏感的内心紧张不安,更不必说被这样的群体关注,那些不论是好奇的还是带笑的目光都会让他感到窒息。

虽然他的确是摩羯座。

后来有一天放学,刘思文形单影只地走在回家的路上,遇到几个小混混堵截。他身上没有一分钱,于是被一群人围殴。

绝望之际,他的光毫无预兆地出现了。

穿着短裙的高挑女生轻而易举地将这些小混混逐一撂倒,尽管这样的力量和她的外表看起来严重不符。

衣着凌乱的刘思文被她挡在身后,几分钟前他还被小混混们殴打在地,这会儿他撑着手勉强站起,视线所及只有一个逆光而立、纤细却异常强大的背影,一时有些愣怔。

落日的余晖映红了刘思文白净的脸庞,他看着这个保护自己的背影,擦了擦脸上的鼻血,终于鼓足了勇气,在夕阳余晖的照耀下缓缓开口:"大姐姐……"

女孩子扭头冷冷地看他:"嗯?"

刘思文深吸一口气,用尽了毕生所有的勇气,没有丝毫犹豫:"我们做朋友吧!"

如今长大后的刘思文早已退去了少年时的青涩懦弱,现在的他终于快爬到山顶了,也看到了那个迎风而立、压迫性十足的背影。

这才是真正的困难。

山顶上那个身材魁梧的男子,一身干练的武袍在滚热的风里摇摆鼓动,形成了一个无形的气场,令刘思文在一瞬间有些恍惚惧怕。可他必须战胜眼前这个人,才能得偿所愿。

男人负手而立,耳朵微微一动,敏锐察觉到身后的轻响,缓缓转头看去,原来是刘思文心心念念的人和她的母亲。

这不知是刘思文第多少次登上山峰看到的画面了。他每年都会在最酷热的盛夏爬上这座山,跨入这白云雀鸟环绕的武学门派,直面这个男人。

眼前武袍曳曳、眼神凛然的男人正是他心爱之人的父亲,他未来的岳父。

这个男人曾放言所有求亲者必须同他比试一番,只有打败他才能做自己的女婿,否则他永远都不认可。

爬这么高的山对一个文弱书生而言或许不算什么困难,最难的是让他打败一个武学高手。

男人居高临下地睨了他一眼,早已对他的造访见怪不怪。这个小子已经来提亲许多年了,却每次都被他打趴下,不知今年武功长进多少。

刘思文鼓起勇气和那双沧桑的眼睛对视,深吸一口气,同先前每一次挑战一样,边吼边猛冲而去。

虽然开场动作每年都如出一辙,但他的速度和力量肉眼可见地比去年提升不少,可这些小进步在绝对的力量面前实在是不值一提。

看到刘思文不断用皮肉之躯接下父亲实打实的拳头,女孩面露担忧,几次都想冲上去阻止,但每次都被母亲拽了回来。

刘思文一直想从那番行云流水的动作里找出破绽，可惜都以失败告终。男人连眼睛都没有眨，直接一拳将刘思文击溃在地。

盛夏炎热，街道上几乎没什么人，这对很多商铺而言无疑是淡季，不过对时光照相馆这个快关门的店来说，也没有什么淡旺季之分。

这样的天，照相馆没什么业务，三个悠闲的青年便窝在空调房里喝冷饮、打游戏。

一开始程小时还兀自惊奇，乔苓一般都不怎么打游戏，甚至见不得自己玩物丧志，始终认为游戏是浪费时间和生命的东西，怎么今天忽然有了兴致，跟他们组队浪费生命了？

问过才知道，原来乔苓又有委托任务要拜托他们了。只是以前一般是强制性地让程小时干活，怎么这次这么委婉，还要拜托？

程小时内心升腾起一种不好的预感："包租婆，你接了个什么委托？"

乔苓欲盖弥彰地一笑："打完游戏你就知道了。"

在游戏世界里，乔苓势如破竹，把程小时打得连连败退。她攻势凶猛，丝毫不像一个柔弱的女孩，不断挥着拳头，每一次拳风掠过，都能精准打中程小时身体的一处要害，可以说是毫不拖泥带水，思路清晰，一截一截消耗着程小时的能量。

程小时挨了几次击打后血条便掉了大半，震惊之余还要持续躲闪，根本没有反击的机会，每次好不容易出拳还打空了。在最后关头，他决定豁出去了，用全身残存的能量开大招："看我的！"体力尚充沛的乔苓吃了他这一次攻击后几乎掉血，但她有的是办法躲开控制技能。

于是她礼尚往来地同样开大，一把捏住程小时的肩膀，便狠狠将其往后撂倒。

他被打败了，还是被他暗中嘲讽过的乔苓打败的。

程小时跟陆光并排坐在沙发上，输了游戏的他泄气地往后一躺，还兀自嘴硬找借口："哎，网络延迟，这破手机的中央处理器太慢了，新版本的平衡做得太差，唉。"

乔苓毫不留情地戳穿："你这迟钝的反射神经，就别找借口了，赶紧换人。"

如果程小时输了，陆光就答应跟乔苓来一把，不过他天真地以为应该轮不到自己。程小时这种游戏迷应该能赢，那就没他什么事了。

程小时把游戏机递给陆光的时候，还慵懒地靠着沙发，叮嘱道："陆光你争点气啊，我们输了可是要答应帮她白跑一回的。"

程小时对陆光挺有信心的，毕竟像他这种高智商人士，打游戏什么的应该难不住他。

陆光只是淡淡地瞥他一眼，气定神闲道："小儿科。"

乔苓看着这俩人在游戏开打前如出一辙的傲慢，决定在游戏里梅开二度，再给他们些好果子吃。

最终，乔苓非常轻松地打败了他，甚至还拿下了个"绝佳"。

一旁观战的程小时的眼珠子几乎快要瞪出来了："不是吧？我好歹还抓到过她一次……"他不可思议地摆摆手，继续吐槽，"你，你这连人都没摸到就输了？"

乔苓大胜之后，犀利评价程小时、陆光两人："菜鸡互啄。"

陆光虽然输了游戏很不爽，不过也像程小时一样装作脸不红心不跳的模样继续端起书嘴硬："……好男不跟女斗。"

乔苓叹了口气："唉，完了，就你们俩的操作，这次委托任务我看是悬了。"

程小时最经不住挑衅，听到这话登时扭头看乔苓，好奇地问："什么内容啊？说来听听，好像还挺刺激的。"

乔苓得意道："这次的委托人爱上了一个武学世家的千金，并多次向她求爱，但女方父亲是个绝世高手，只有他认可的人才有资格成为他的女婿，并且他们祖上也从未接纳过一个门外汉。"

这种世家儿女的婚姻向来讲究门当户对。到了现代，在武学世家的传统观念里，这种思想固然淡化很多，虽然不拘泥于钱权，但起码也得是习武之人迎娶习武之人，总不可能让一个武力值还不如新娘的瘦弱书生做新郎吧。

乔苓接着说："委托人为此习武挑战，但皆以失败告终，究其原因，

248

是那位绝世高手有一套独门秘籍。委托人始终都无法参透其中奥妙，需要我们帮他破解拳路，迎娶心上人。"

程小时心里暗自感叹：为爱习武，还甘愿挨老丈人的打，这样的好男人哪里找？

听完了乔苓的介绍，程小时满脸轻松地扭头看陆光道："陆光，这不就是你一眼便能看穿的事儿吗？"

陆光听了这话，放下书，低头思考了一会儿："做不到。"

程小时一副恨铁不成钢的样子。还没做呢怎么就做不到了，难得夸这冰块，就不能给自己点面子吗？

关键是做不到也得做啊，毕竟这份委托由不得两个刚在游戏里被乔苓暴打过的员工拒绝。

乔苓没有理会他俩的心理活动，自顾自地把一张二人合照放在桌上道："喏，这是某次比武前他们的合影。"

照片上是一对情侣，两人一脸幸福地微笑，隔着镜头都能感受到两个人对彼此浓烈的爱和幸福。

程小时捏着照片，忍不住感言："嚯，看样子是两情相悦，被棒打鸳鸯了。"

乔苓没有多做评价，站起身开口提醒："对了，留给他的机会可能不多了。"

语罢，她径直走出了客厅，徒留沙发上发愣的两个人和桌上已经凉了的三杯咖啡。

程小时低头看了眼照片，侧头凑首问陆光："哎，你预知完照片中十二小时后将会发生的事情，不就能看清那位老师傅的套路了吗？"

他显然还在对陆光那句"做不到"耿耿于怀，他以为陆光只要看一眼照片，就能记录下老师傅的拳路，不费吹灰之力地完成这次的委托任务。

陆光向来实话实说，答道："这么直观的细节，还是需要你亲临现场，成为我的眼睛。"

程小时被"眼睛"这个形容搞得有点不知所措，过了一会儿还是叹了口气，应道："好吧，谁让我们赌输了呢。"

果然是他想得太天真。陆光如果用眼睛就能看出来，乔苓就不会跟他们打赌。这次任务看似简单，实则暗藏玄机。

钟表的指针嘀嘀嗒嗒地走着路，在快要到达照片的拍摄时间时，程小时伸出手，掌心朝上，等待着同伴的信任一击。

"准备……"程小时晃了晃手。

而陆光还在等准确的时间，他一向严谨周密，时间上更是如此。若要进入照片，必须要严格契合照片所拍摄的时间，一秒都不能出错。

程小时的手就这样被晾在空气里几秒。

当时间到达九点半时，陆光立刻和那只静候许久的手击掌："……出发。"

话音刚落，程小时就感觉自己轻飘飘地从现实世界抽离，仅仅几秒后，他的视线逐渐明朗，已然是到了这一次照片的时空。

盛夏的天是湛蓝的，日头耀眼，程小时此刻变成了思文，正高举着相机，搂着身旁的一个女孩自拍合照。

相机是很多年前的款式了。那个时代估计智能手机还没上市，因此只能用这种风靡一时的卡片机拍照。

程小时暗忖，如果这是委托人生活的年代，那……他在现实世界里岂不是至少年过半百？

他这半辈子难道都没有娶到心上人吗？

程小时越想越觉得离谱，索性不再去想，收回高举相机的手，取出照片。

身边的漂亮女孩想必就是思文的心上人了。此时的她凑近程小时，看着刚出炉的新鲜照片，脸上逐渐浮现出温柔的微笑。

程小时嗅到了清爽熟悉的香味儿，心跳开始不受控制地加速，他能明显感受到委托人对这个女孩的喜爱。

他吊儿郎当地捏着照片晃了晃，道："嘿嘿，先来张订婚照。"

女孩轻笑出声，娇嗔道："别贫了。"

下一秒，一丝落寞的神情浮现在她的脸上："以我爸的倔脾气，绝不会放过你的。"

程小时不知道哪儿来的自信，大言不惭地吹牛："我今年勤加练习，已经习得秘术真传，你呀，就等着瞧好吧。"

这显然就是安慰人的玩笑话。女孩心如明镜，知道对方这是在劝慰自己，不由得嘴角勾起，侧首去瞧他："你哪一次不是夸下海口，却又无功而返？还记得你第一次登门时的情景吗？"

程小时瞬间激活了委托人的记忆。

记忆里的石梯仿佛永无止境，怎么走都走不到头，终于到达山顶后，抬眼望去，就看到了身姿挺拔的男人负手而立，显然已经静待多时，只听这位武学高手缓缓说道："我们家族，世代从未有过门外汉踏足，你别白费力气了。"

男人身后站着他的妻子、女儿和徒弟。妻子拉着自己被求亲的女儿，有些讶异道："还是个没长大的孩子，比你小好多，传出去多丢人哪！"

在那个时代，姐弟恋不是那么容易被接受的，女孩听到母亲的话，不由得低下了头。

只见思文立刻甩走满脸的汗珠，攒足了力气，在踏进门的前一刻，拼尽全力吼出："欧阳，我来娶你了！"

这声音穿透了在场每一个人的耳朵，直抵内心。好像他们也是第一次遇到这样的事，尤其是欧阳的父亲，他的眼睛瞪得很大，不知道该说些什么。

叫作欧阳的女孩的脸越发红了，愣了一秒后忍不住笑出声，惊得母亲嗔怪道："哎呀，我的天哪，你还笑，害臊不害臊哇？"

但欧阳显然没有理会母亲的埋怨，自顾自地幸福笑着，目光温柔地盯着门口的那个身影。

委托人吼完这一通，似乎是增添了不少勇气与信心，他直起腰杆，面无表情地往前走，浑身散发着和先前完全不同的气场，像在酝酿什么招式。

大家看着他一步步走来，心想这人是不是深藏不露，有两把刷子。但万万没想到，这个求亲者刚越过门槛，就毫无征兆地倒下去了。

是的，他中暑了。

第一次挑战，狼狈收场。

回想完委托人的糗事,程小时不禁捧腹大笑,笑得难以自拔,心想世上怎么会有这么搞笑的人。

照片外的陆光抱着胳膊坐在沙发上,提醒道:"程小时,控制下自己。"

然而这人仿佛被人挠了痒痒肉,捂着肚子笑得一颤一颤的,大腿都快拍麻了还是无法停下,断断续续道:"我尽量,我尽量。"

"这个经历也太逗了。"程小时笑出了眼泪,用手擦了擦,没注意到欧阳正在疑惑地打量着自己。

原来人还真能被自己笑哭。

欧阳看着笑得发抖的程小时,面露不满地嘱咐他:"这次可别喊了。"

程小时听到这话,骨子里贱兮兮的叛逆基因再次觉醒,直接秒回:"我偏要。"

然后拳头也是秒回的,精准砸在他的脸上:"不许!"

不愧是武学世家的千金哪,揍人也是一套一套的。

程小时被捶得嘴里含糊,口齿不清:"这话又不是我先说的,证据我还存着呢。"

说着,他掏出相机,将屏幕亮给欧阳看。只见欧阳顿时收回了手,面色羞红:"你怎么还把这老古董藏着?"接着,她伸手就要去抢相机,"把它删了!"

程小时打算再逗逗她,及时把相机弄到她够不着的地方,坏笑着躲闪。欧阳连抓几次没抓到,最后没坐稳,一不小心栽到了男友的怀里,拽着对方的前襟以维持稳定,双颊变得更红了。

程小时忍不住擅自加戏:"嘿嘿,你脸红的样子真好看。"

照片外正在悠闲喝咖啡的陆光听到这话,冷不丁被呛了一口,清清嗓子连忙警告:"弱智!不准擅加台词!"

女孩还维持着在他怀里的姿势,微微正色道:"思文……"

程小时:"嗯?"

欧阳犹豫了几秒,才继续道:"有一件事,我想还是得告诉你。师哥他……也向父亲提亲了。"

程小时眉头微皱,收起了方才的不正经,面色凝重道:"你爸……他答应了?"

欧阳没有回答他,只是忽地站起身,坚定地说道:"就算答应了,我也不会同意的。"

接着,她转身对程小时说:"好了,再不回去,爸妈要着急了,等会儿山顶见啦。"她冲程小时比画一个鼓舞的手势,临走前笑道,"加油!"

程小时还坐在街道的椅子上,目送着欧阳渐行渐远的背影,逐渐陷入了思考——怪不得乔苓说,留给他的机会已经不多了。

欧阳的师哥也上门提亲了,这可是个很棘手的竞争对手,毕竟这个师哥是学武之人,与欧阳还有同窗情谊,还是欧阳父亲的徒弟。

陆光继续提醒:"程小时,你应该知道,同样的照片是无法重复使用的,所以机会只有这一次了。"

这次任务若没有成功,这个为爱执着大半辈子的人,可能再也没机会娶到心爱之人了。

眼前的路尽被林荫遮住,但再往前走就是半山腰,那里没有遮天蔽日的树木,真正的考验才刚开始。都说行百里者半九十,然而实际上,大部分人在一半时就放弃了,尤其是爬这座山。

程小时站在山脚下,望着通往高处的石梯,面如菜色:"还要老子徒步上山?乔苓哪儿接的坑爹任务哇?"

抱怨归抱怨,该上山还是得上山。程小时叹了口气,机械地一步接一步地往上爬去。

而此时的陆光正坐在沙发上悠闲地吃冰棍,好不惬意。这种天气没什么比在空调房里吃冰棍更幸福的了。陆光一边吃,一边损损地提醒程小时:"这么慢可不行啊,两小时内必须到山顶。"

程小时此时已然走到半山腰,实打实地用皮肉承受着毒辣的阳光,听到陆光嚼冰块的声响,心里的火噌地燃起来:"你还落井下石!"

话未说完,程小时便撑不住了,停步扶膝张嘴吐气。炎热的天气让程小时心里的火烧得更旺:"为什么最苦的永远是我?!"

吐槽归吐槽,程小时化怒火为动力,大步迎着热风往上冲。时间一分一秒地过去,程小时不知向前狂奔了多久,注意到陆光那边已经很久没动

253

静了,一边大口喘气一边喊道:"陆光!人死哪儿去了?"

快要睡着的陆光顿时被这一嗓子嚷醒了,猫儿一样从沙发上爬起来打了个哈欠,低头看了眼表,晕晕问道:"你到哪儿了?"

程小时有气无力地答道:"我快到顶了,然后怎么着?"

程小时勉强抬起眼皮,已经能看到前方雕梁画栋的建筑了,古朴又不失考究。建筑前,站着等候已久的四个人。

"停。"陆光忽然命令道。

程小时被这一声吓得差点崴了脚,身体不受控制地晃动:"欸欸欸。"

陆光继续冷静提醒他:"你到早了,千万别再动了。"

原来是程小时比委托人曾经到达山顶的时间早,如果提前进去,可能会发生不可预料的事情。

于是他就在红瓦铺顶的石门外单脚站着不动,引得院子里的人面露疑惑。

身着灰袍的掌门人站在女儿前面,抱着胳膊严肃打量着门口的程小时,兀自喃喃道:"这又是学的哪门哪派的妖招?"

而着一袭红装的欧阳则暗自为心上人捏了一把汗,面色渐渐担忧。

她回想起之前对方胸有成竹的姿态,以为只是贫嘴,自己当时还嘲笑了一番,但如今结合他不同寻常的举动,难道思文真的有办法战胜自己的父亲?

过了一会儿,陆光低头看了眼表,等时间恰好对上时,他果断提醒:"时间到!"

程小时不知等这声等了多久,终于把悬空的脚平稳地放在最高阶上,接着陆光就叫他喊规定的台词。

每次上山喊那句话已经是委托人的惯例了,如今程小时附身其上,自然也要遵循他的习惯,将那句羞耻的话大声喊出来。

陆光:"喊,拼命地喊!"

程小时只觉得羞耻极了,陆光根本就是想看自己的笑话。

不过他也顾不了多少了,只能憋红了脸,朝前方空旷的大院爆发式地喊道:"欧阳,我来娶你了!"

这一嗓子的气势确实很足,但女方家人似乎早已见惯不怪,这小子每年上山提亲总得吆喝一嗓子。

只见欧阳的父亲负手上前,不耐烦地吐槽:"够了够了,每年都这样,能不能有点新意?"

他向前走了几步便站定,思文也同样往前走了几步停下,站稳后自信道:"这一次,我一定要打赢你!"

这次的宣言令母亲和女儿微微惊讶,她们感受到了此人身上不同于以往的气质,而身为掌门人的父亲发话:"第一,你非习武之辈,门不当户不对;第二,姐弟恋不伦不类,我到死都不会认可的。"

说着,他摆出了攻击的姿态,示意程小时速战速决。

陆光及时出现,专业指导程小时:"左掌前探,右拳护心,重心前倾。"

程小时闻言就摆出陆光精心指导的动作,陆光急忙纠正:"摆反了!"

程小时又是一阵手忙脚乱调整姿势,这滑稽的模样让掌门人越发不满:"连基本站姿都能搞错,成何体统!"

尾音未消,只见他如闪电般朝程小时逼近。仅仅两秒,一阵迅猛的拳风就刮过来,拳头几乎快要擦到程小时的鼻尖。

程小时见状有点慌,好在陆光语速飞快地做出场外指导:"出左手往上格挡。"

但在极度紧张的状态下程小时出成了右手,于是实打实地吃了一记拳头,嘴里顿时鲜血喷涌,甚至听到了牙齿崩裂的声音。

他像个陀螺一样歪歪扭扭地转了个圈,然后倒在地上,屁股也摔了个结结实实,浑身火辣辣地疼。

陆光内心一阵吐槽:这人是被太阳晒傻了吗,老是左右不分!

陆光见到程小时被揍的熊样,忍不住道:"你平时打球不是挺溜的吗,怎么现在反应这么迟钝?别坐地上了,赶紧起来!"

程小时单手扶膝起身,还没站稳,对方便开始新一轮的猛攻,吓得他再次出手格挡。

陆光急切道:"小心,别起那么高!往下躲!"

然而程小时的脑袋晕乎乎的,还没来得及按他的话做出动作,就又吃了对方一巴掌。

"右脚往后撤,挥右拳牵制,身体重心放低!"在这一系列指令发出前,程小时就已经挨了打,每次都正中下怀,脚步像喝醉了般毫无章法。在这样快速进攻的节奏里,他根本没有办法分神去听陆光的指导,更没时间消化并做出相应动作。

欧阳看着一直挨打的男朋友,心都揪起来了:他的功夫怎么好像比上次还差?

程小时被打得毫无还手之力,忙叫停陆光:"给我闭嘴!嗡嗡嗡,头都炸了!"

陆光无辜道:"你得听仔细才能跟得上。"

程小时虽然被打得很惨,但还是潇洒转身,嚣张地擦了血,对陆光说:"你只预报攻击方向就行,其他的我能搞定。"

未来的岳父见到他这副模样,忍不住嘲讽:"看看你吊儿郎当的样子,哪像个正经的学武之人!"

程小时口中放肆道:"岳父,我这是无招胜有招,您来!"

索性直接默认自己是他女婿了。

堂堂掌门人被一个乳臭未干的小子这般挑衅,顿时气急败坏,恼怒的嗓音和拳风同步逼近:"小兔崽子,不知天高地厚!"

程小时一个后仰躲开了那蓄满怒意的一拳,接着跟随陆光的指导,逐渐上了道。

"右边,还是右边。"

"下。"

"左。"

在外人眼里,程小时仿佛忽然被人夺了舍,从一开始的连基本姿势都摆不对,到现在却能接连平稳地躲开掌门人的攻击。

程小时在对方连贯的攻击里逐渐摸出了一套思路,后来索性不需要陆光的指导,已经能按照自己的预判顺利躲过一招又一招,游刃有余的身法让围观的人目瞪口呆。

欧阳的母亲更是难以置信道:"这是哪门子的身法?竟然把你爸彻底看穿了。"

一旁的欧阳也被程小时突飞猛进的武力值震撼。

程小时连着躲闪，碍于礼貌始终没有攻击，但他心里显然已经有了应对这位偏执老人的各种套路，能够灵活跳跃、侧翻躲开对方大部分的攻击。

陆光见程小时越发飘了，提醒道："你别玩得太过了，该挨打还是得挨打。"

程小时暗自腹诽：好不容易能躲了，你又叫我挨打？

程小时此时和他拉开了距离，站在他的身后，窥探到了最佳进攻时机，嘴角扯出一抹坏笑，立马如离弦之箭般直奔而去："声东击西，猴子偷桃！"

在场的所有人都惊讶地看着这一幕，难道今年他真的能战胜掌门人吗？

就在程小时的手将要触及掌门人腰部的那一刻，他眼前忽然一片全白，视线完全被干扰了，下一秒，他就被一个上勾拳狠狠挑飞。

刚才……到底发生了什么？这就是委托人一直无法破解的杀招吗？

程小时仰面重重摔在地上，而掌门人训练有素地收回招式，以宣告战斗的结束。

程小时像个木偶般躺在地上，想要起身却一直起不来，浑身的骨骼散架般咯吱咯吱响。他满怀不甘，刚刚那一瞬没能看清重要动作，于是挣扎着站起来："再来一次……一定能看清楚。"

程小时一个鲤鱼打挺，大吼着再次朝掌门人奔去。

在这短暂的几十秒里，一旁观战的师哥看得满脸是汗，心想：师傅的这招，我学了十年都没学会。

他回想起自己提亲时跟师父比画过，但每次都被打得站不起身，最后只得暂时作罢，目前还在研究怎么破解师傅的致命杀招，然而至今还未参透其中奥妙。

果不其然，程小时上去又吃了几拳，大脑嗡嗡作响，脚底几乎不稳，却还在强撑着精神站稳，努力注意着对方的招式。

程小时被一拳击飞五米，膝盖酸软无比，最后没有了支撑的力气，双膝跪地，接着趴在地上："不行了，根本看不清他的拳路，浑身上下痛得要死，意识也慢慢变得模糊。"

他努力用手掌撑住地面，视线所及是对方武袍的下摆和沾了些许灰尘的布鞋，接着眼皮开合几下就什么都看不清了，撑地的手犹自颤抖："手已经没了知觉……是不是，就到此为止了？"

在程小时意识涣散之际，陆光道："还没有结束。"

程小时真的耗尽了所有体力，他不敢相信这具强弩之末的身体还会有反抗的余力："怎么可能再打？"

陆光的神态没有丝毫变化，冷静回答："但我看到的，是曾经发生过的。"

陆光也不清楚为什么会这样，但他相信自己的眼睛。

程小时快要撑不住了："真的已经到极限了，到底是什么支撑他再站起来的？"

程小时的意识逐渐陷入混沌，盯着那双布鞋几秒，仿佛回到了数年前的那个黄昏。当时的他也是这般被人揿在地上，甚至被吐口水。他把头埋在地上，只想永远在这里昏迷不醒，但在他绝望之际，看到一个女孩英勇的背影和倒在地上狼狈打滚的欺凌者。

他第一次被人这样保护在身后，也是第一次有人愿意站出来为他伸张正义。

那个长发飘飘的飒爽背影，他无比熟悉。

那是他想名正言顺，风光迎娶，相携到白头的人。

"等你来娶我！"这是欧阳曾对他说过的话，他都记得。

哪怕他们门不当户不对，为他人所指点，也根本无法撼动他们彼此之间的爱，和相守到老的决心信念。

程小时感觉到这具被打垮的身体在逐渐酝酿能量，他的手忽地使上了力气，猛地摁在地上，奇迹般支撑着自己站了起来。

他的身体还剧痛着，但这种痛苦于他而言不算什么，如果无法迎娶自己心爱的女人，那才是最真实的痛苦。程小时尝试直起腰杆正对掌门人，此时的欧阳见到他这副模样还在强撑，已经急得哭出来了，赶忙跑到父亲身边喊道："不要再打了！别打了！爸，我这辈子都不嫁人了还不行吗？"

她眼里闪烁着泪花苦苦哀求着父亲，但到底是掌门人，父亲站若磐石，不为所动，目光始终盯着眼前倔强的青年，没有要手下留情的意思。

程小时喘了几口粗气，快速调整好状态，他如野兽般低吼一声，捏紧了拳头，准备进行最后一搏。

而掌门人敏锐察觉到对方的变化，立即摆出了迎击姿态，欧阳的母亲也将情绪激动的女儿拉到一边。

成败在此一举。

程小时目光如炬，朝掌门人直奔而去，生生卷起了一阵强风，最后又硬生生接了一拳。

任务失败了。

程小时回到现实世界后才渐渐苏醒，此时他和陆光并排坐在沙发上，两人都沉默不语。

乔苓掐准了时间，满脸期待，步履轻快地跑进来问道："怎么样？记住他的拳路了吗？"

回应她的是死一般的寂静和沙发上两人沮丧的姿态。

她察觉到异样，预感任务可能失败了，但还是关切地走到两人跟前，缓缓蹲下，温柔问道："怎么了？不会是太复杂忘了吧？"

见程小时迟迟不开口，陆光只好自己解释："直到最后我们也没能看清……"他顿了一下，哑着嗓子接着道，"太快了。"

乔苓听到这些，只是表情略显遗憾，稍后立刻对两人笑笑，劝慰道："算了，本来也是助人为乐嘛。"

说着，她掏出手机一边回消息一边说："做不到也别勉强啦。"

此时，一脸疲态的程小时终于抬起脑袋，仰靠着沙发，面上完全没有了平日里的吊儿郎当。看得出来，这次任务失败，他很是耿耿于怀："乔苓，这个委托你是从哪儿接的呀？"

这话立马触及了陆光的逆鳞，他瞪向程小时，恨不得把他们进入照片的那些准则深深刻进这人的脑袋："我说过，无论过……"

然而他话音未落，就被乔苓的娓娓叙述打断。

"一直流传说，最近几个月接连有命案发生，所以我上个月路过一家拳馆，就想着学学防身，然后就认识了委托人。"

她边说边在手机聊天框里打下了"对不起"三个字。

她回想起那天她在这家冷清的拳馆外四下打量之际,身后传来一个慈祥的声音:"姑娘,想学啥?"

老师傅的精神状态显然很好,他打开拳馆的门走进去,并且邀请乔苓一同入内:"有兴趣进来坐坐,学归学,聊归聊。"

乔苓说老师傅告诉自己,他为了堂堂正正迎娶自己心爱的人,年复一年,就是不肯放弃。

沙发上的程小时面色有些动容。照片里,他就已经感受到宿主内心强烈的不甘和无穷的斗志,乔苓的描述跟他的设想基本一致。这个思文,最后还是苦苦等到了白头,却依旧无法名正言顺地迎娶心爱之人。

人一辈子也就这几十年,这份爱情从两人少时便开始萌芽,如今双双白头,却还是无法喜结连理,这样的故事任谁听了都为之扼腕叹息。

"女方父亲嫌他不是学武的,门不当户不对,他就刻苦修行,还自己开了拳馆……"乔苓说到这里,神色逐渐暗淡下来,嘴角的弧度也显得无奈落寞,"大家都嘲笑他和女方家庭顽固不化,都什么时代了,还要为一个名分拉拉扯扯一辈子。"

这一拉扯,从青丝到白头,值当吗?这算是程小时见过的顶级拉扯了,但其中至死不渝的浪漫又令他不得不钦佩。

乔苓接下来不知该说什么了,索性和眼前两人一样陷入沉默,但她的耳边逐渐回响起老师傅的话语,当时谈话的场景尚且记忆犹新:"自从我下定决心,就开始每天规律饮食,早起早睡,勤加练习,但没想到习武之人如此硬朗。我打也打不赢,熬也熬不过,况且每一次还有那么多阶梯要爬……"

乔苓当时也问老师傅:"你们在一起这么久了,为什么还要得到她父亲的认可?"

老师傅告诉她:"我坚持,是因为我答应过欧阳要娶她,就一定要做到!"

没能名正言顺地迎娶爱人这件事,是老师傅刘思文一辈子最大的遗憾和心病。

男儿有泪不轻弹。

乔苓在老师傅的啜泣声里低下了头,似乎在考虑些什么,不过很快便做好了决定,抬头看他,道:"我有个办法可不可以试试?"

可惜现在进入照片这个办法也失败了,他们没能破解武学高手的拳路。

不过乔苓还是小心翼翼地开口请求:"虽然任务失败了,但又快到老师傅上山的时候了。这次我想喊上你们,跟我一起帮他上阶梯,这样起码能让他好受点,保存更多的体力。

"然后我们到了那里,尽可能地帮他说服女方的父亲吧。

"你们愿意吗?"

熟悉的时间、熟悉的地点,刘思文再次来到山脚下,越过红瓦铺顶、古色古香的"武道"之门,丝毫没有留恋阴凉,径直向阶梯爬去。

如今他早已年过半百,跟这个阶梯和山上的人杠了大半辈子,也让心爱的人等了大半辈子。屡次失败的经历在他心里无时无刻不敲打着他,却也化为他坚定的信念和源源不断的动力,只要他还活着,只要还有一口气,有生之年他一定要做到。

他往前迈步,再度踏上石阶。

山顶上,一位头发全白,但站如青松的老人依旧是负手姿态,如约等候着每年都会上山挑战自己的那个人。他和以前相比除了头发白了,腰有些弯了,几乎没什么变化,气势犹存,威严犹在。

在他的身后,欧阳也仍然穿着练功服,如之前每一年那样,站在那里静候思文的到来。

太阳渐渐下山了,父亲背着手缓缓转身,嗓音沙哑地对满面惆怅的女儿道:"进屋吧,我看他是不会再来了。"

父亲依旧面若冰霜,言语仿佛从不会掺带任何感情,但此时遗憾的神色在眼睛里一闪而过。他不会承认,自己其实是期待那个人到来的,嘴上却说着:"不该来的人终于不来了。"

他顿了顿,逐渐回忆起自己曾带过的那个徒弟,也是曾经求娶欧阳的师哥,可惜后来在一次挑战失败后,这个徒弟便放弃了:"而该来的人……却早早退场。"

欧阳迟迟没有动,眼里逐渐泛起泪光。父亲就这样看着她,眼里属于掌门人的锐利冰冷难得剥落,只剩下属于父亲的慈爱温和。

他们都是执着的人,无论是掌门人、欧阳还是刘思文。

傍晚时分的微光细腻如纱,柔化了一切实体的线条。身后忽然传来断断续续的喘息以及不再稳健的脚步声,父亲表情微妙,转身看去,熟悉的人再次出现在门口,气喘吁吁的姿态一如从前。

欧阳的眼睛惊喜地亮了,接着难以置信地捂着嘴。有些人或许会迟到,但绝不会缺席。

他的身后跟着三个朝气蓬勃的青年,护送着这位老人,为他的追爱之路保驾护航。

程小时和陆光最终还是答应了乔苓,尽自己所能为这个老人弥补遗憾。

刘思文迈步上到最高阶,已然精疲力竭。年轻时便令他望之生畏的高山,如今爬起来虽说是轻车熟路,但岁数大了,体力不济,如果没有人从旁帮助,几乎是不能上来的。

刘思文在陆、程二人的搀扶下稳住呼吸,沿袭以往的惯例,用尽他平生最大的气力大声喊道:"欧阳,我来娶你了!"

欧阳听到这声熟悉的呼喊,眼眶逐渐润湿。这句喊多少年了,她就是听不腻。年轻时听到会笑,如今听了想哭。

刘思文轻轻挣脱二人的搀扶,一步一步朝挡在他和爱人之间的掌门人走去。他的步伐很不灵活,足以显现出他腿脚的不便。年轻时因为过度练功导致如今肌肉萎缩,但他不输气势。他敢来,敢坚持这么多年,就已经超越世间无数的人了。

而父亲面上已经回归了掌门人的威严,做出标准漂亮的迎战姿态,这是一种对对手的尊重。

乔苓三人站在门口望着刘思文越跑越快的背影,担忧之余更多的是震撼。

是什么让一个腿脚不便的老人跑得如此之快,吼得如此响亮?

这或许就是爱情最初的模样吧。

无所畏惧,矢志不渝。

刘思文竭尽全力地往前奔跑,却在即将撞上掌门人拳头的那一刻跌倒在地,不断挣扎想要站起来。

而掌门人看了他几秒，最后收手，拢袖而立。

刘思文没有力气站立了，他就这样不甘心地双手撑地，以谦卑的姿态哑着嗓子请求："明年……能不能……"他小臂酸软，很快便无法继续支撑，身体不停地摇晃，"……下山再打？"

刘思文垂下脑袋，静候着对方的嘲讽和打击。

然而预料中的话语并未到来，一只粗糙温暖的手放在了他瘦削的肩膀上。掌门人在夕阳的余晖里半蹲，对眼前这个执着了一辈子的人说："我输了。"

这三个字刘思文等了一辈子，欧阳再也按捺不住，热泪夺眶而出。

她以袖揩泪，奋力奔向刘思文，和他紧紧拥抱，放声大哭，似乎要把这辈子所有的委屈和不甘全部发泄出来。泪痕未去，他们又朗声大笑，享受着苦尽甘来的美好。等到哭累了，笑累了，最后他们就这样抱着彼此，像两块相互吸引的玉石，永远不会再分离。

陆光看着眼前这对晚成的璧玉，短暂的高兴后心里一阵落寞。这样执着的代价太大，需要用一辈子做抵押。两个相爱的人步入暮年才被成全，从某种意义上来说，也是一个悲剧。

他走到老者身边，忍不住问："为什么直到如今才肯放手？"

掌门人迎面对上陆光质问的目光，慢条斯理道："外孙都已经出国打比赛了，当爹的连外公都打不过，叫我怎么认可他，唉。"

说着，他摇摇头，越过陆光，往太阳落下的方向走去。

日落沿着天际贩卖温柔，淡紫色的夜幕从远方飘来，流星轻扫过寂静的云层，山下已然是万家灯火，而山上的浪漫永不消亡。

## 番外二　新年

过节就是过节，不必给它赋予太多意义，如果硬要给过年以意义，那就是：人们也要笑一回。

——鲁迅

"二十七,打阳春;二十八,洗邋遢;二十九,洗老狗……"

厨房里的蒸汽咕嘟咕嘟地顶着锅盖,屋子里到处弥漫着煮汤圆的香气。门口处的风铃一阵轻响,机械音的"老板里面请"被淹没在门外连成一片的烟花爆竹声中,几个小孩儿跑了过去,带进来一串童谣。

"陆光,饭好了没?我要饿死了!"程小时扯着嗓子嚷嚷。

陆光正用一根捆着竹叶的竹竿扫柜子顶上的灰尘,闻言回头:"快了,十二点就可以开饭了。"

程小时兴冲冲地搬来另一把椅子,敏捷地跳上去,接过陆光手里的竹竿:"我来我来,你看看我带什么回来了!"

陆光任由程小时大开大合地将灰尘扫得到处都是,跳下椅子,观察程小时放在柜台上的红色塑料袋。

"是……春联?"

程小时"腾"地跳到陆光身边,得意扬扬地拣出两块桃木板:"还有门神,神荼、郁垒,我排了好半天的队才买到的!这雕工,绝了!"

又随手扔了块小一点的桃木挂件给陆光:"这个是桃符,喏,给你的,纳福辟邪,万事顺意!"

陆光掂起桃符装进自己的口袋。

"程小时、光光,出来接客啦!"

下一秒,门铃再响,乔苓人没到,声音先进来了。

程小时一咧嘴:"光光——哕!"

乔苓"哼"了一声:"懒得理你!光光,这是我妈做的腊肠和酥肉,给你们加个菜!"

程小时抻着脖子去够:"有黄花没?没黄花的酥肉汤我可不吃啊!"

"一大把黄花，撑到你不会动啊！"乔苓一巴掌把程小时扇到一边，自发地挽起袖子："光光，你在打扫卫生吗？我来帮忙！"

程小时长腿一伸，迈开步子："那我来刷糨糊，贴春联！陆光，咱家钉子放哪儿了？我把门神请上，请门神保佑来年包租婆给咱们降租金啊！"

乔苓小声怼他："你做梦吧！不好好干活儿，明年一定涨你租金！"

"喂！包租婆，你不是吧？"

陆光轻笑一声，系上围裙，弯腰去给程小时找锤子："你们慢慢收拾，等下就吃年夜饭。"

于是大家井然有序地忙碌起来。

乔苓心细，将陆光没注意到的花叶子都擦了一遍，又将墙壁上挂着的相框拿下来细细扫去灰尘。

陆光在厨房，虽然忙得脚不沾地，但是动作轻巧，厨房里一点大的声音都没有。

最闹腾的就是程小时。

他端着在厨房里顺的一碗糨糊，在窗户外头对乔苓扮着凶恶的鬼脸，看乔苓不理他，又将桃符按在门口的柱子上，敲得叮当作响。

乔苓打开窗户："程小时！我刚挂好的相框！你轻点敲！"

程小时咧咧嘴："包租婆，你不回家吃年夜饭啊？"

乔苓"喊"了一声："下午三点才开饭，还要敬神、祭祖，得折腾到五六点才算好。怎么，嫌我租金要少了？"

程小时吐了舌头："嫌你压榨得太多了！"

陆光从厨房里探出头来："乔苓姐，别跟他一般见识。"

中午十二点，乔苓擦好了家具，程小时贴好了两道春联，还有一些大大小小的福字。

陆光端出一盅汤放到桌上："乔苓姐，汤好了。"

乔苓对着门口吆喝一声："程小时，吃饭了！"

"来了来了！"程小时用锤子敲好最后一下，端详了一下两块门神，喜滋滋地钻到餐厅，着急忙慌地掀开盖子，金黄色的酥肉和黄花的香气扑鼻而来。

267

"哇——这味儿正宗啊！"

乔苓端过碗筷，另外摆好了两副空碗筷："等不及了，我先喝口汤！等下吃完午饭，晚上都去我家！"

程小时欢呼一声："包租婆万岁！"

很快就摆了满满一大桌，乔苓双眼放光地盯着桌子："红烧鱼、镶碗、甜烧白、坨子肉、口水鸡……哇，都是我爱吃的！"

陆光端来三碗汤圆，解下围裙："还有红糖汤圆。"

程小时吸了吸口水："我宣布，陆光你就是我的神！"

陆光点点头。

乔苓开了一罐汽水，学着电视剧里某些领导的样子说："我讲两句话！"

程小时一脸受不了的表情："不是吧，包租婆！"

乔苓嘴角一翘："我宣布，新的一年，甜烧白都是我的！开吃！"说罢就去夹甜烧白。

程小时"哎呀"一声："那口水鸡都是我的！"

陆光嘴角抽搐，忍了忍，低声叹息："幼稚……"

酒足饭饱，杯盘狼藉。

陆光默默地在厨房里收拾残局，心满意足的程小时躺在凳子上揉肚子，打着嗝的乔苓靠在沙发上喝水。

"喝了水就不能长肉了……"

程小时小声吐槽："精神胜利法。"

乔苓眼睛一横："程小时，你也别闲着，把地扫了！"

程小时耍赖："明天再扫。"

乔苓笑眯眯地摇着手指："不行哟，年三十扫地，初一不能扫地，否则会把财运扫走的！"

程小时闻言难以置信："陆光，真的吗？"

陆光："……你们开心就好。"

程小时伤心地叨叨着："怪不得我每年都发不了财，原来是扫地惹的祸！我宣布，从今天开始，扫把就被我从家里开除了！"

不知不觉，已经是华灯初上。

千家万户欢声笑语，同聚一堂。烟花爆竹照亮天穹，一片热闹景象。

刚刚还撑得动不了的程小时又生龙活虎起来，从外面拎回来一大袋子烟花，带着一身寒气，脸上洋溢着大大的笑容。

"快到除夕了，陆光，放烟花呀！"

陆光挑挑眉："好啊。"

乔苓依依不舍："我等不得回去守岁啦！程小时，你替我放个烟花吧！"

程小时喜上眉梢："那敢情好，我都替你放了，你趴窗户边好好看着啊！"

乔苓拧眉："程小时！"

陆光从屋子里拿出一个小小的袋子："乔苓姐，这是送你的新年礼物，祝你新年快乐！"

乔苓开心地从袋子里拿出一条红色围巾，戴在脸子上："谢谢光光，你也新年快乐！"

程小时探头探脑地看："围巾？我也要！"

乔苓怕程小时抢她的围巾，风风火火地出门："那就这样，给你们的礼物放在桌子上啦！明天见！"

程小时冲进餐厅一看，是两封红包，他把写着光光的红包交给陆光，把自己的那封打开，里面是一张红色的卡纸，上面写着：一日房租减免券。

"什么啊？好歹减一个月嘛！"程小时拿卡纸扇了扇，问陆光，"你的是什么啊？"

陆光闻言失笑："是压岁钱。"

程小时顿足："啊！坏心眼的包租婆！"

程小时和陆光放了许多许多烟花，烟花放完了就坐在台阶上，继续看别人放。

璀璨的烟火里，程小时诚心诚意地对着烟花许愿："新的一年，祝我们都发财，括号合法的！身体健康，开心快乐，没有括号！"

在新年的钟声敲响之际，一朵巨大的烟花在天空炸响。

半面天空都被流光溢彩铺满，火树银花，纷纷吹落，如雨一般，如梦如幻。

在缤纷的色彩和震耳欲聋的巨响中,程小时蹦了起来,大喊着什么。

陆光看着程小时的身影,轻轻一笑:"新年快乐。"

愿新年,胜旧年。

## 番外三 情书

愿岁月不静好,英雄温柔,铜雀小乔。
像太阳,像飞鸟,
穿过荆棘,时光不老。

——金宁溪

"我不干！"

程小时抱着手臂，满脸不情愿。

乔苓拧眉："程——小——时——"

程小时撒泼打滚地耍赖："不干不干，北方太冷啦！"

面前的老婆婆见状笑得满脸宠溺："好，好，不去。小店主跟我的孙子一样大，老婆子可舍不得叫你去遭罪……"

程小时贴在婆婆身边蹭了蹭："谢谢婆婆！那您也别去啦，我带您去欢乐谷玩儿？"

乔苓扶额，满脸黑线："程小时，你给我正经点！"

程小时抱着婆婆的手臂："就不，人家还是个小宝宝。"

"程小时！"乔苓额角跳动。

发作前一秒，咕嘟咕嘟的声音从厨房传来。

"水开了。"

热水咕嘟咕嘟地撞着壶盖，一只白皙的手提起提梁，将热水闷进茶壶。花茶的香气氤氲开来。

"喝杯茶。"

陆光欠身，将漂亮的茶杯推到客人面前。

乔苓瘪瘪嘴，气呼呼地端起茶杯一饮而尽。

"烫、烫、烫、烫——"

陆光正色道："婆婆，您为什么一定要去北方呢？"

老人家和善地笑了笑："说起来，那是四十多年前的事情了，陈芝麻烂谷子咯！"

乔苓摇晃着老婆婆的手臂，轻轻撒着娇："张奶奶，您就说说嘛！前几天碰到您儿子，他说想接您过去一起住，您不乐意。是不是那时候就想着自己悄悄地出门玩啊？"

张奶奶的笑意淡了一丝："是啊，去年我家那个老头子不是去世了嘛，这一年来我一直自己过，也没觉得怎么不方便，不过这些天我老是想起我们当年一起在北方生活的日子，零零星星地想起来当初老头子答应过我，要带我一块去看雪、看大海，还说有一首什么诗，但我就是想不起来那首诗是怎么说的了……所以想去看看，万一能想起来呢！"

张奶奶有些局促地摩挲着茶杯："我就想着，自己去他说的那里看一看，也许就能想起来了。孩子们都忙，我也不想麻烦他们，就想着悄悄去一趟，看一眼就回。这不，刚出小区，就被这娃儿逮到了，叫你们看笑话了。"

乔苓一脸的不赞同："张奶奶，这我可要批评您了！您现在的腿脚比照当年，那可是一个天上一个地下。您一个老太太，自己出门，找得出去，找得回来吗？这不是叫我们担心嘛！"

张奶奶手足无措："哎呀，看一眼就回来了嘛，又不会丢，我还没有老糊涂呢……"

乔苓凶神恶煞地叉着腰："不行！我是您看着长大的，您跟我亲奶奶一样，放您自己出远门我可不放心！程小时，这一趟你去也得去，不去也得去！"

程小时小声道："你自己不能去吗？"

乔苓拎着程小时的耳朵："我有急事要马上出门，不然我喊你干吗！

"你去不去？

"不去我涨租金！"

程小时哀怨地把脸埋进沙发："那你可得报销车马费——"

乔苓敲了敲程小时的脑壳："格局小了不是？你好好带奶奶出去玩，不光报销车马费，还有茶水费呢！"

程小时眼前一亮，疯狂给陆光使眼色。

陆光无奈："好，这单生意我们接了。"

程小时欢呼一声："好啊！'南方炸洋芋'要去看雪、看大海咯！"

273

这次旅程，程小时从终年雾漫漫的南方杀到了北方。

这样远的以为一辈子都没机会抵达的距离，在空中飞了六个小时，就轻飘飘地落地了。

张奶奶看着白皑皑的窗外，眼中满是回忆。

"四十年了，还以为这辈子都不会回来咯！"

陆光眸光微动，低声安抚："奶奶，现在交通便利，保重身体，往后什么时候想来都能来。"

张奶奶满脸笑容，轻轻点了点头。

走出机场的时候，程小时余光一闪，跑到了绿化带边上，跃跃欲试地从背包里摸出一个杯子。

陆光忍耐了两秒："程小时，雪不能吃！"

程小时假装没听到陆光的"警告"，飞快地舔了一口："……不太甜啊。"

张奶奶忍俊不禁地拿出纸巾给程小时擦手："傻孩子，现在的雪可不能吃，吃了要坏肚子的！"

程小时脸色微妙地揉了揉肚子："奶奶，你说晚啦。"

"张奶奶插队的地方是现在的凤城，距离机场还有两个小时的车程。"

陆光瞥了一眼脸色煞白的程小时："下一趟网约车还有半个小时到。"

程小时讪讪地别开眼："要不我请大家吃刨冰吧？"

三人在大厅里等车的时候，一趟一趟的网约车抵达出口，不断有三五成群的年轻人操着南方口音，叽叽喳喳地钻进车里，奔向各个景点。

张奶奶表情感慨："当年，这里是我们这些年轻人最不喜欢来的地方，寒冬腊月冻得手脚生疮，连玉米秆都舍不得烧，四五个人围着一个火盆烤红薯吃……"

程小时没心没肺地说："奶奶，现在可不一样了！这里成了南方人最喜欢的打卡地！听说他们在江面上修了暖棚，滑完冰还能去暖棚里蹭姜糖水喝呢！"

张奶奶笑得合不拢嘴："好，好，我们用一代人的青春建设的地方没有被埋没，太好了……"

网约车司机热情地叫程小时，怀疑他是不是跟自己有亲戚。

上车没有五分钟，程小时把自己睡觉喜欢翻跟头的事儿都跟人家交代出去了。

陆光忍不住轻咳一声，制止了程小时滔滔不绝的表达。

"奶奶，前边就是蓖麻沟了，您插队的地方在凤城东南方的一个村子里，我们联系了那边的村集体，他们很欢迎您。"

张奶奶看着周围陌生中透着熟悉的城市，眼含激动。

"我去那边的山上踏过青、采过蘑菇，老张在山的那边翻过土地、种过粮食……太大了，变化太大了，我都要认不出来了！"

网约车司机安静了一会儿，感慨了一句："是啊，这四十年的变化天翻地覆。这里也是您老人家的半个家乡，以后啊，得常来！"

张奶奶连连答应："好，常来，一定常来！"

蓖麻沟，边陲小镇。

曾经是凤城无数个贫穷村庄中的一个，山连山、水环水，山脉陡峭、水脉破碎，撒下一斤种子，只能收回八两的破败地方。

现在它已经成了周围有名的旅游打卡景点，农家院搞得如火如荼。

他们逆着车流进入了小镇最深处，这里是村民居住的地方，几个老人家拄着拐杖等在雪地里。

张奶奶眯着眼看着他们，看着看着，眼圈就红了。

等下了车，那几个老人家也看了张奶奶好一会儿，一个头发花白的老人家才叫了一声："谢友兰？"

张奶奶颤巍巍地"欸"了一声："是我……你是……刘金山？"

老人家含着眼泪点着头："是我啊，老姐姐，你还记得跟在你屁股后头要糖吃的小山吗？"

"记得，记得。小山，你也老啦！"张奶奶擦了擦眼角，感慨不已。

"张大哥呢？"

"他啊，享福去了！"

"唉，这些年，老伙计们走了不少，剩下的没几个咯！"

"对了，老姐姐，我这里还有当年张大哥写给你的一封信呢！"

刘金山从口袋里小心地拿出一个手帕，手帕打开后是一个泛黄的老式信封:"张大哥偷偷给你写情书,被村长发现的那次,你还记得吗?"

张奶奶难以置信地看着信封上的字迹:"这……这是?!"

刘金山点点头:"这就是那封信。现在这封迟到了四十年的信,总算寄到了。"

张奶奶接过信封,端详着上面的字迹,再也忍不住,捂着脸哭了出来。

不远处的程小时轻轻碰了碰陆光的手肘,小声说:"我老了也会满脸皱纹拄着拐棍吗?"

陆光瞥了程小时一眼:"如果你不好好工作,就不会有机会变老。"

"是心情美丽就会延年益寿吗?"

"不,你会饿死。"

"他总是跟我说,那里是咱们国家的北端,那里的大海雄浑、壮阔,有着战胜一切的勇气和矢志不渝的决心,就像我们老百姓自己……"

在去海边的车上,张奶奶的手紧紧地按着那个信封:"从蓖麻沟到东城,竟然只有40公里的路程,可是当年我们觉得那里好远好远,好像总也到不了似的。"

陆光轻声说:"奶奶,有些遗憾经过时间的沉淀,也会酿成美好的碎片,藏在回忆里。"

程小时惊呼着打开车窗:"下雪啦!奶奶,你看,雪花好大啊!"

张奶奶笑着去看窗外的雪花。

海浪在黄色的沙滩上缓缓退却,铅灰色的天空中,洁白的雪花逐渐成为视线中唯一的颜色。北风呼啸怒吼,好像想钻进车里又不忍心一样,化作耳边缠绕的风声。

张奶奶将信纸按在胸口,望着窗外的雪花,绽开一个笑容。

"想起来了,我想起来了。

"他说,那里的雪花很美,下起来好像一片一片落下的云。"